STS

STS

SHAN TIAN SHE
-新制對應版-

網羅新日本語能力試驗文法必考範圍

日本語
動詞活用
辭典

NIHONGO BUNPOO · DOUSI KATSUYOU ZITEN

N2單字辭典

【吉松由美・田中陽子 合著】

前言

「動詞」就是日文的神經和血液，
有了神經和血液——動詞，才能讓您的日文活起來！才能讓您的表達
更確實有張力！日檢得高分！
因此，紮實並強化日文，就要確實學會動詞，先和它和它成為好朋友！

一眼搞懂！N2 動詞　14 種活用，完全圖表
3 個公式、14 種變化
五段動詞、上一段・下一段動詞、カ變・サ變動詞
辭書形、ない形、ます形、ば形、させる形、命令形、う形…共 14 種活用
日檢、上課、上班天天派上用場，順利揮別卡卡日文！

　　日語動詞活用是日語的一大特色，它的規則類似英語動詞，語尾也有原形、
現在形、過去形、過去分詞、現在分詞等變化。

　　日語動詞活用就像是動詞的兄弟，這裡將介紹動詞的這 14 個兄弟（14 種活
用變化）。兄弟本是同根生，但由於他們後面可以自由地連接助動詞或語尾變
化，使得各兄弟們都有著鮮明的個性，他們時常高喊「我們不一樣」，大搞特
色。請看：

正義正直的老大 → 書<u>く</u>	書寫	（表示語尾）
小心謹慎的老 2 → 開<u>か</u>ない	打不開	（表示否定）
悲觀失意的老 3 → 休<u>まなかった</u>	過去沒有休息	（表示過去否定）
彬彬有禮的老 4 → 渡<u>します</u>	交給	（表示鄭重）
外向開朗的老 5 → 弾<u>いて</u>	彈奏	（表示連接等）
快言快語的老 6 → 話<u>した</u>	説了	（表示過去）
聰明好學的老 7 → 入<u>ったら</u>	進去的話	（表示條件）
情緒多變的老 8 → 寝<u>たり</u>	又是睡	（表示列舉）
實事求是的老 9 → 登<u>れば</u>	攀登的話	（表示條件）
暴躁善變的老 10 → 飲<u>ませる</u>	叫…喝	（表示使役）
追求刺激的老 11 → 遊<u>ばれる</u>	被玩弄	（表示被動）
豪放不羈的老 12 → 脱<u>げ</u>	快脫	（表示命令）
勇敢正義的老 13 → 点<u>けられる</u>	可以點燃	（表示可能）
異想天開的老 14 → 食べ<u>よう</u>	吃吧	（表示意志）

　　本書利用完全圖表，再配合三個公式，讓您一眼搞懂各具特色的日檢 N2 動詞 14 種活用變化！讓您考日檢、上課、上班天天派上用場。順利揮別卡卡日文！

目録

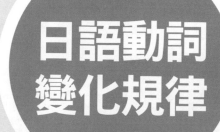

日語動詞
變化規律

■日語動詞三個公式

表示人或事物的存在、動作、行為和作用的詞叫動詞。日語動詞可以分為三大類（三個公式），有：

分類		ます形	辭書形	中文
一般動詞	上一段動詞	おきます すぎます おちます います	おきる すぎる おちる いる	起來 超過 掉下 在
	下一段動詞	たべます うけます おしえます ねます	たべる うける おしえる ねる	吃 接受 教授 睡覺
五段動詞		かいます かきます はなします しります かえります はしります おわります	かう かく はなす しる かえる はしる おわる	購買 書寫 說 知道 回來 跑 結束
不規則動詞	サ變動詞	します	する	做
	カ變動詞	きます	くる	來

■動詞按形態和變化規律，可以分為5種：

❶上一段動詞

　　　　動詞的活用詞尾，在五十音圖的「い段」上變化的叫上一段動詞。一般由有動作意義的漢字，後面加兩個平假名構成。最後一個假名為「る」。「る」前面的假名一定在「い段」上。例如：

　　● い段音「い、き、し、ち、に、ひ、み、り」
　　　　　　　　　　i　ki　shi　chi　ni　hi　mi　ri

　　　　　起きる（おきる）

　　　　　過ぎる（すぎる）

　　　　　落ちる（おちる）

❷下一段動詞

　　　　動詞的活用詞尾在五十音圖的「え段」上變化的叫下一段動詞。一般由一個有動作意義的漢字，後面加兩個平假名構成。最後一個假名為「る」。「る」前面的假名一定在「え段」上。例如：

　　● え段音「え、け、せ、て、ね、へ、め、れ」
　　　　　　　　　　e　ke　se　te　ne　he　me　re

　　　　　食べる（たべる）

　　　　　受ける（うける）

　　　　　教える（おしえる）

　　　　只是，也有「る」前面不夾進其他假名的。但這個漢字讀音一般也在「い段」或「え段」上。如：

　　　　　居る（いる）

　　　　　寝る（ねる）

　　　　　見る（みる）

❸ 五段動詞

　　　　動詞的活用詞尾在五十音圖的「あ、い、う、え、お」五段上變化的叫五段動詞。一般由一個或兩個有動作意義的漢字，後面加一個（兩個）平假名構成。

（1）五段動詞的詞尾都是由「う段」假名構成。其中除去「る」以外，凡是「う、く、す、つ、ぬ、ふ、む」結尾的動詞，都是五段動詞。例如：

　　　　買う（かう）　　　待つ（まつ）
　　　　書く（かく）　　　飛ぶ（とぶ）
　　　　話す（はなす）　　読む（よむ）

（2）「漢字＋る」的動詞一般為五段動詞。也就是漢字後面只加一個「る」，「る」跟漢字之間不夾有任何假名的，95% 以上的動詞為五段動詞。例如：

　　　　売る（うる）　　　走る（はしる）
　　　　知る（しる）　　　要る（いる）
　　　　帰る（かえる）

（3）個別的五段動詞在漢字與「る」之間又加進一個假名。但這個假名不在「い段」和「え段」上，所以，不是一段動詞，而是五段動詞。例如：

　　　　始まる（はじまる）　　　　終わる（おわる）

❹ サ變動詞

　　　　サ變動詞只有一個詞「する」。活用時詞尾變化都在「サ行」上，稱為サ變動詞。另有一些動作性質的名詞＋する構成的複合詞，也稱サ變動詞。例如：

　　　　結婚する（けっこんする）　　　勉強する（べんきょうする）

❺ カ變動詞

　　　　只有一個動詞「来る」。因為詞尾變化在カ行，所以叫做カ變動詞，由「く＋る」構成。它的詞幹和詞尾不能分開，也就是「く」既是詞幹，又是詞尾。

動詞單字

N2

あいする【愛する】 愛・愛慕；喜愛・有愛情・疼愛・愛護；喜好 他サ グループ3

愛する・愛します

辞書形(基本形) 愛	あいする	たり形 又是愛	あいしたり
ない形（否定形） 沒愛	あいさない	ば形（條件形） 愛的話	あいすれば
なかった形（過去否定形） 過去沒愛	あいさなかった	させる形（使役形） 使愛	あいさせる
ます形（連用形） 愛	あいします	られる形（被動形） 被愛	あいされる
て形 愛	あいして	命令形 快愛	あいせ
た形（過去形） 愛了	あいした	可能形 可以愛	あいせる
たら形（條件形） 愛的話	あいしたら	う形（意向形） 愛吧	あいそう

△愛する人に手紙を書いた。／我寫了封信給我所愛的人。

あう【遭う】 遭遇・碰上 自五 グループ1

遭う・遭います

辞書形(基本形) 碰上	あう	たり形 又是碰上	あったり
ない形（否定形） 沒碰上	あわない	ば形（條件形） 碰上的話	あえば
なかった形（過去否定形） 過去沒碰上	あわなかった	させる形（使役形） 使碰上	あわせる
ます形（連用形） 碰上	あいます	られる形（被動形） 被碰上	あわれる
て形 碰上	あって	命令形 快碰上	あえ
た形（過去形） 碰上了	あった	可能形	———
たら形（條件形） 碰上的話	あったら	う形（意向形） 碰上吧	あおう

△交通事故に遭ったにもかかわらず、幸い軽いけがで済んだ。／
雖然遇上了交通意外，所幸只受到了輕傷。

あおぐ【扇ぐ】 （用扇子）扇（風）

扇ぐ・扇ぎます

辞書形(基本形) 扇	あおぐ	たり形 又是扇	あおいだり
ない形（否定形） 沒扇	あおがない	ば形（條件形） 扇的話	あおげば
なかった形（過去否定形） 過去沒扇	あおがなかった	させる形（使役形） 使扇	あおがせる
ます形（連用形） 扇	あおぎます	られる形（被動形） 被扇	あおがれる
て形 扇	あおいで	命令形 快扇	あおげ
た形（過去形） 扇了	あおいだ	可能形 可以扇	あおげる
たら形（條件形） 扇的話	あおいだら	う形（意向形） 扇吧	あおごう

 △暑いので、うちわであおいでいる。／因為很熱，所以拿圓扇搧風。

あがる【上がる】 （效果、地位、價格等）上升、提高；上・登・進入；上漲；膽怯；加薪；吃・喝・吸（煙）；表示完了

自他五・接尾　グループ1

上がる・上がります

辞書形(基本形) 提高	あがる	たり形 又是提高	あがったり
ない形（否定形） 沒提高	あがらない	ば形（條件形） 提高的話	あがれば
なかった形（過去否定形） 過去沒提高	あがらなかった	させる形（使役形） 使提高	あがらせる
ます形（連用形） 提高	あがります	られる形（被動形） 被提高	あがられる
て形 提高	あがって	命令形 快提高	あがれ
た形（過去形） 提高了	あがった	可能形 可以提高	あがれる
たら形（條件形） 提高的話	あがったら	う形（意向形） 提高吧	あがろう

 △ピアノの発表会で上がってしまって、思うように弾けなかった。／
在鋼琴發表會時緊張了，沒能彈得如預期中那麼好。

あきらめる【諦める】 死心・放棄；想開 他下一 グループ2

諦める・諦めます

辞書形(基本形) 放棄	あきらめる	たり形 又是放棄	あきらめたり
ない形（否定形） 沒放棄	あきらめない	ば形（條件形） 放棄的話	あきらめれば
なかった形（過去否定形） 過去沒放棄	あきらめなかった	させる形（使役形） 使放棄	あきらめさせる
ます形（連用形） 放棄	あきらめます	られる形（被動形） 被放棄	あきらめられる
て形 放棄	あきらめて	命令形 快放棄	あきらめろ
た形（過去形） 放棄了	あきらめた	可能形 可以放棄	あきらめられる
たら形（條件形） 放棄的話	あきらめたら	う形（意向形） 放棄吧	あきらめよう

 △彼は、諦めたかのようにため息をついた。／
他彷彿死心了似的嘆了一口氣。

あきれる【呆れる】 吃驚・愕然・嚇呆・發愣 自下一 グループ2

呆れる・呆れます

辞書形(基本形) 嚇呆	あきれる	たり形 又是嚇呆	あきれたり
ない形（否定形） 沒嚇呆	あきれない	ば形（條件形） 嚇呆的話	あきれれば
なかった形（過去否定形） 過去沒嚇呆	あきれなかった	させる形（使役形） 使嚇呆	あきれさせる
ます形（連用形） 嚇呆	あきれます	られる形（被動形） 被嚇呆	あきれられる
て形 嚇呆	あきれて	命令形 快嚇呆	あきれろ
た形（過去形） 嚇呆了	あきれた	可能形	——
たら形（條件形） 嚇呆的話	あきれたら	う形（意向形） 嚇呆吧	あきれよう

 △あきれて物が言えない。／我嚇到話都說不出來了。

あく【開く】 開・打開；（店舗）開始營業

開く・開きます

辞書形（基本形）打開	あく	たり形 又是打開	あいたり
ない形（否定形）沒打開	あかない	ば形（條件形）打開的話	あけば
なかった形（過去否定形）過去沒	あかなかった	させる形（使役形）使打開	あかせる
ます形（連用形）打開	あきます	られる形（被動形）被打開	あけられる
て形 打開	あいて	命令形 快打開	あけ
た形（過去形）打開了	あいた	可能形 可以打開	あけられる
たら形（條件形）打開的話	あいたら	う形（意向形）打開吧	あこう

△店が10時に開くとしても、まだ2時間もある。／
就算商店十點開始營業，也還有兩個小時呢。

あげる【上げる】 舉起・抬起，揚起・懸掛；（從船上）卸貨；增加；升遷；送入；表示做完

上げる・上げます

辞書形（基本形）抬起	あげる	たり形 又是抬起	あげたり
ない形（否定形）沒抬起	あげない	ば形（條件形）抬起的話	あげれば
なかった形（過去否定形）過去沒抬起	あげなかった	させる形（使役形）使抬起	あげさせる
ます形（連用形）抬起	あげます	られる形（被動形）被抬起	あげられる
て形 抬起	あげて	命令形 快抬起	あげろ
た形（過去形）抬起了	あげた	可能形 可以抬起	あげられる
たら形（條件形）抬起的話	あげたら	う形（意向形）抬起吧	あげよう

△分からない人は、手を上げてください。／有不懂的人，麻煩請舉手。

あこがれる【憧れる】　嚮往・憧憬・愛慕；眷戀　自下一 グループ2

憧れる・憧れます

辞書形(基本形) 嚮往	あこがれる	たり形 又是嚮往	あこがれたり
ない形（否定形） 沒嚮往	あこがれない	ば形（條件形） 嚮往的話	あこがれれば
なかった形（過去否定形） 過去沒嚮往	あこがれなかった	させる形（使役形） 使嚮往	あこがれさせる
ます形（連用形） 嚮往	あこがれます	られる形（被動形） 被嚮往	あこがれられる
て形 嚮往	あこがれて	命令形 快嚮往	あこがれろ
た形（過去形） 嚮往了	あこがれた	可能形 可以嚮往	あこがれられる
たら形（條件形） 嚮往的話	あこがれたら	う形（意向形） 嚮往吧	あこがれよう

△田舎でののんびりした生活に憧れています。／
很嚮往鄉下悠閒自在的生活。

あじわう【味わう】　品嚐；體驗・玩味・鑑賞　他五 グループ1

味わう・味わいます

辞書形(基本形) 品嚐	あじわう	たり形 又是品嚐	あじわったり
ない形（否定形） 沒品嚐	あじわわない	ば形（條件形） 品嚐的話	あじわえば
なかった形（過去否定形） 過去沒品嚐	あじわわなかった	させる形（使役形） 使品嚐	あじわわせる
ます形（連用形） 品嚐	あじわいます	られる形（被動形） 被品嚐	あじわわれる
て形 品嚐	あじわって	命令形 快品嚐	あじわえ
た形（過去形） 品嚐了	あじわった	可能形 可以品嚐	あじわえる
たら形（條件形） 品嚐的話	あじわったら	う形（意向形） 品嚐吧	あじわおう

△1枚5,000円もしたお肉だよ。よく味わって食べてね。／
這可是一片五千圓的肉呢！要仔細品嚐喔！

あつかう【扱う】 操作・使用；對待・待遇；調停・仲裁 他五 グループ1

扱う・扱います

辞書形(基本形) 操作	あつかう	たり形 又是操作	あつかったり
ない形（否定形） 沒操作	あつかわない	ば形（條件形） 操作的話	あつかえば
なかった形（過去否定形） 過去沒操作	あつかわなかった	させる形（使役形） 使操作	あつかわせる
ます形（連用形） 操作	あつかいます	られる形（被動形） 被操作	あつかわれる
て形 操作	あつかって	命令形 快操作	あつかえ
た形（過去形） 操作了	あつかった	可能形 可以操作	あつかえる
たら形（條件形） 操作的話	あつかったら	う形（意向形） 操作吧	あつかおう

△この商品を扱うに際しては、十分気をつけてください。／
在使用這個商品時，請特別小心。

あてはまる【当てはまる】 適用・適合・合適・恰當 自五 グループ1

当てはまる・当てはまります

辞書形(基本形) 適用	あてはまる	たり形 又是適用	あてはまったり
ない形（否定形） 沒適用	あてはまらない	ば形（條件形） 適用的話	あてはまれば
なかった形（過去否定形） 過去沒適用	あてはまら なかった	させる形（使役形） 使適用	あてはまらせる
ます形（連用形） 適用	あてはまります	られる形（被動形） 被適用	あてはまられる
て形 適用	あてはまって	命令形 快適用	あてはまれ
た形（過去形） 適用了	あてはまった	可能形	———
たら形（條件形） 適用的話	あてはまったら	う形（意向形） 適用吧	あてはまろう

△結婚したいけど、私が求める条件に当てはまる人が見つからない。／
我雖然想結婚，但是還沒有找到符合條件的人選。

あてはめる【当てはめる】 適用；應用

他下一 グループ2

当てはめる・当てはめます

辞書形（基本形）應用	あてはめる	たり形又是應用	あてはめたり
ない形（否定形）沒應用	あてはめない	ば形（條件形）應用的話	あてはめれば
なかった形（過去否定形）過去沒應用	あてはめなかった	させる形（使役形）使應用	あてはめさせる
ます形（連用形）應用	あてはめます	られる形（被動形）被應用	あてはめられる
て形應用	あてはめて	命令形快應用	あてはめろ
た形（過去形）應用了	あてはめた	可能形可以應用	あてはめられる
たら形（條件形）應用的話	あてはめたら	う形（意向形）應用吧	あてはめよう

△その方法はすべての場合に当てはめることはできない。／
那個方法並不適用於所有情況。

あばれる【暴れる】 胡鬧；放蕩・橫衝直撞

自下一 グループ2

暴れる・暴れます

辞書形（基本形）胡鬧	あばれる	たり形又是胡鬧	あばれたり
ない形（否定形）沒胡鬧	あばれない	ば形（條件形）胡鬧的話	あばれれば
なかった形（過去否定形）過去沒胡鬧	あばれなかった	させる形（使役形）使胡鬧	あばれさせる
ます形（連用形）胡鬧	あばれます	られる形（被動形）被吵鬧	あばれられる
て形胡鬧	あばれて	命令形快鬧	あばれろ
た形（過去形）胡鬧了	あばれた	可能形可以鬧	あばれる
たら形（條件形）胡鬧的話	あばれたら	う形（意向形）鬧吧	あばれよう

△彼は酒を飲むと、周りのこともかまわずに暴れる。／
他只要一喝酒・就會不顧周遭一切地胡鬧一番。

あびる【浴びる】 洗・浴；曬・照；遭受・蒙受

浴びる・浴びます

辞書形(基本形) 洗	あびる	たり形 又是洗	あびたり
ない形（否定形） 沒洗	あびない	ば形（條件形） 洗的話	あびれば
なかった形（過去否定形） 過去沒洗	あびなかった	させる形（使役形） 使洗	あびさせる
ます形（連用形） 洗	あびます	られる形（被動形） 被洗	あびられる
て形 洗	あびて	命令形 快洗	あびろ
た形（過去形） 洗了	あびた	可能形 可以洗	あびられる
たら形（條件形） 洗的話	あびたら	う形（意向形） 洗吧	あびよう

△シャワーを浴びるついでに、頭も洗った。／
在沖澡的同時，也順便洗了頭。

あぶる【炙る・焙る】 烤；烘乾；取暖

炙る・炙ります

辞書形(基本形) 烤	あぶる	たり形 又是烤	あぶったり
ない形（否定形） 沒烤	あぶらない	ば形（條件形） 烤的話	あぶれば
なかった形（過去否定形） 過去沒烤	あぶらなかった	させる形（使役形） 使烤	あぶらせる
ます形（連用形） 烤	あぶります	られる形（被動形） 被烤	あぶられる
て形 烤	あぶって	命令形 快烤	あぶれ
た形（過去形） 烤了	あぶった	可能形 可以烤	あぶれる
たら形（條件形） 烤的話	あぶったら	う形（意向形） 烤吧	あぶろう

△魚をあぶる。／烤魚。

あふれる【溢れる】 溢出・漾出・充満

自下一　グループ2

溢れる・溢れます

辞書形(基本形) 充満	あふれる	たり形 又是充満	あふれたり
ない形（否定形） 沒充満	あふれない	ば形（條件形） 充満的話	あふれれば
なかった形（過去否定形） 過去沒充満	あふれなかった	させる形（使役形） 使充満	あふれさせる
ます形（連用形） 充満	あふれます	られる形（被動形） 被充満	あふれられる
て形 充満	あふれて	命令形 快充満	あふれろ
た形（過去形） 充満了	あふれた	可能形	——
たら形（條件形） 充満的話	あふれたら	う形（意向形） 充満吧	あふれよう

△道に人が溢れているので、通り抜けようがない。／
道路擠滿了人，沒辦法通過。

あまやかす【甘やかす】 嬌生慣養・縦容放任；嬌養・嬌寵

他五　グループ1

甘やかす・甘やかします

辞書形(基本形) 嬌生慣養	あまやかす	たり形 又是嬌生慣養	あまやかしたり
ない形（否定形） 沒嬌生慣養	あまやかさない	ば形（條件形） 嬌生慣養的話	あまやかせば
なかった形（過去否定形） 過去沒嬌生慣養	あまやかさ なかった	させる形（使役形） 使嬌寵	あまやかさせる
ます形（連用形） 嬌生慣養	あまやかします	られる形（被動形） 被嬌寵	あまやかされる
て形 嬌生慣養	あまやかして	命令形 快嬌寵	あまやかせ
た形（過去形） 嬌生慣養了	あまやかした	可能形 會嬌寵	あまやかせる
たら形（條件形） 嬌生慣養的話	あまやかしたら	う形（意向形） 嬌寵吧	あまやかそう

△子どもを甘やかすなといっても、どうしたらいいかわからない。／
雖說不要寵小孩，但也不知道該如何是好。

あまる【余る】 剰餘；超過・過分・承擔不了

余る・余ります

辞書形(基本形) 超過	あまる	たり形 又是超過	あまったり
ない形（否定形） 沒超過	あまらない	ば形（條件形） 超過的話	あまれば
なかった形（過去否定形） 過去沒超過	あまらなかった	させる形（使役形） 使超過	あまらせる
ます形（連用形） 超過	あまります	られる形（被動形） 被超過	あまられる
て形 超過	あまって	命令形 快超過	あまれ
た形（過去形） 超過了	あまった	可能形	———
たら形（條件形） 超過的話	あまったら	う形（意向形） 超過吧	あまろう

 △時間が余りぎみだったので、喫茶店に行った。／
看來還有時間，所以去了咖啡廳。

あむ【編む】 編・織；編輯・編纂

編む・編みます

辞書形(基本形) 編	あむ	たり形 又是編	あんだり
ない形（否定形） 沒編	あまない	ば形（條件形） 編的話	あめば
なかった形（過去否定形） 過去沒編	あまなかった	させる形（使役形） 使編	あませる
ます形（連用形） 編	あみます	られる形（被動形） 被編	あまれる
て形 編	あんで	命令形 快編	あめ
た形（過去形） 編了	あんだ	可能形 可以編	あめる
たら形（條件形） 編的話	あんだら	う形（意向形） 編吧	あもう

 △お父さんのためにセーターを編んでいる。／為了爸爸在織毛衣。

あやまる【誤る】 錯誤・弄錯；恥誤

自他五　グループ1

誤る・誤ります

辞書形(基本形) 弄錯	あやまる	たり形 又是弄錯	あやまったり
ない形（否定形） 沒弄錯	あやまらない	ば形（條件形） 弄錯的話	あやまれば
なかった形（過去否定形） 過去沒弄錯	あやまらなかった	させる形（使役形） 使弄錯	あやまらせる
ます形（連用形） 弄錯	あやまります	られる形（被動形） 被弄錯	あやまられる
て形 弄錯	あやまって	命令形 快弄錯	あやまれ
た形（過去形） 弄錯了	あやまった	可能形	———
たら形（條件形） 弄錯的話	あやまったら	う形（意向形） 弄錯吧	あやまろう

△誤って違う薬を飲んでしまった。／不小心搞錯吃錯藥了。

あらためる【改める】 改正・修正・革新；檢查

他下一　グループ2

改める・改めます

辞書形(基本形) 修正	あらためる	たり形 又是修正	あらためたり
ない形（否定形） 沒修正	あらためない	ば形（條件形） 修正的話	あらためれば
なかった形（過去否定形） 過去沒修正	あらためなかった	させる形（使役形） 使修正	あらためさせる
ます形（連用形） 修正	あらためます	られる形（被動形） 被修正	あらためられる
て形 修正	あらためて	命令形 快修正	あらためろ
た形（過去形） 修正了	あらためた	可能形 可以修正	あらためられる
たら形（條件形） 修正的話	あらためたら	う形（意向形） 修正吧	あらためよう

△酒で失敗して以来、私は行動を改めることにした。／
自從飲酒誤事以後，我就決定檢討改進自己的行為。

ある【有る・在る】 有；持有・具有；舉行・發生；有過；在　自五 グループ1

ある・あります

辞書形(基本形) 持有	ある	たり形 又是持有	あったり
ない形（否定形） 沒持有	ない	ば形（條件形） 持有的話	あれば
なかった形（過去否定形） 過去沒持有	なかった	させる形（使役形）	———
ます形（連用形） 持有	あります	られる形（被動形）	———
て形 持有	あって	命令形 快持有	あれ
た形（過去形） 持有了	あった	可能形 可以持有	あられる
たら形（條件形） 持有的話	あったら	う形（意向形） 持有吧	あろう

 △あなたのうちに、コンピューターはありますか。／你家裡有電腦嗎？

あれる【荒れる】 天氣變壞；（皮膚）變粗糙；荒廢・荒蕪；暴戾・胡鬧；秩序混亂　自下一 グループ2

荒れる・荒れます

辞書形(基本形) 荒廢	あれる	たり形 又是荒廢	あれたり
ない形（否定形） 沒荒廢	あれない	ば形（條件形） 荒廢的話	あれれば
なかった形（過去否定形） 過去沒荒廢	あれなかった	させる形（使役形） 使荒廢	あれさせる
ます形（連用形） 荒廢	あれます	られる形（被動形） 被荒廢	あれられる
て形 荒廢	あれて	命令形 快荒廢	あれろ
た形（過去形） 荒廢了	あれた	可能形	———
たら形（條件形） 荒廢的話	あれたら	う形（意向形） 荒廢吧	あれよう

 △天気が荒れても、明日は出かけざるを得ない。／
儘管天氣很差，明天還是非出門不可。

いいだす【言い出す】 開始說・說出口

他五 グループ1

言い出す・言い出します

辞書形（基本形） 說出口	いいだす	たり形 又是說出口	いいだしたり
ない形（否定形） 沒說出口	いいださない	ば形（條件形） 說出口的話	いいだせば
なかった形（過去否定形） 過去沒說出口	いいださなかった	させる形（使役形） 使說出口	いいださせる
ます形（連用形） 說出口	いいだします	られる形（被動形） 被說出口	いいだされる
て形 說出口	いいだして	命令形 快說出口	いいだせ
た形（過去形） 說出口了	いいだした	可能形 可以說出口	いいだせる
たら形（條件形） 說出口的話	いいだしたら	う形（意向形） 說出口吧	いいだそう

△余計なことを言い出したばかりに、私が全部やることになった。／
都是因為我多嘴，所以現在所有事情都要我做了。

いいつける【言い付ける】 命令；告狀；說慣・常說

他下一 グループ2

言い付ける・言い付けます

辞書形（基本形） 命令	いいつける	たり形 又是命令	いいつけたり
ない形（否定形） 沒命令	いいつけない	ば形（條件形） 命令的話	いいつければ
なかった形（過去否定形） 過去沒命令	いいつけなかった	させる形（使役形） 使命令	いいつけさせる
ます形（連用形） 命令	いいつけます	られる形（被動形） 被命令	いいつけられる
て形 命令	いいつけて	命令形 快命令	いいつけろ
た形（過去形） 命令了	いいつけた	可能形 可以命令	いいつけられる
たら形（條件形） 命令的話	いいつけたら	う形（意向形） 命令吧	いいつけよう

△あーっ。先生に言いつけてやる！／啊！我要去向老師告狀！

いだく【抱く】 抱；懷有・懷抱

抱く・抱きます

辞書形(基本形) 抱	いだく	たり形 又是抱	いだいたり
ない形（否定形） 沒抱	いだかない	ば形（條件形） 抱的話	いだけば
なかった形（過去否定形） 過去沒抱	いだかなかった	させる形（使役形） 使抱	いだかせる
ます形（連用形） 抱	いだきます	られる形（被動形） 被抱	いだかれる
て形 抱	いだいて	命令形 快抱	いだけ
た形（過去形） 抱了	いだいた	可能形 可以抱	いだける
たら形（條件形） 抱的話	いだいたら	う形（意向形） 抱吧	いだこう

△彼は彼女に対して、憎しみさえ抱いている。／他對她甚至懷恨在心。

いたむ【痛む】 疼痛；苦惱；損壞

痛む・痛みます

辞書形(基本形) 損壞	いたむ	たり形 又是損壞	いたんだり
ない形（否定形） 沒損壞	いたまない	ば形（條件形） 損壞的話	いためば
なかった形（過去否定形） 過去沒損壞	いたまなかった	させる形（使役形） 使損壞	いたませる
ます形（連用形） 損壞	いたみます	られる形（被動形） 被損壞	いたまれる
て形 損壞	いたんで	命令形 快損壞	いため
た形（過去形） 損壞了	いたんだ	可能形	———
たら形（條件形） 損壞的話	いたんだら	う形（意向形） 損壞吧	いたもう

△傷が痛まないこともないが、まあ大丈夫です。／
傷口並不是不會痛，不過沒什麼大礙。

いたる【至る】 到・來臨；達到；周到

自五 グループ1

至る・至ります

辞書形(基本形) 到	いたる	たり形 又是到	いたったり
ない形 (否定形) 沒到	いたらない	ば形 (條件形) 到的話	いたれば
なかった形 (過去否定形) 過去沒到	いたらなかった	させる形 (使役形) 使達到	いたらせる
ます形 (連用形) 到	いたります	られる形 (被動形) 被達到	いたられる
て形 到	いたって	命令形 快達到	いたれ
た形 (過去形) 到了	いたった	可能形 可以達到	いたれる
たら形 (條件形) 到的話	いたったら	う形 (意向形) 達到吧	いたろう

△国道1号は、東京から名古屋、京都を経て大阪へ至る。／
國道一號是從東京經過名古屋和京都，最後連結到大阪。

いばる【威張る】 誇耀・逞威風

自五 グループ1

威張る・威張ります

辞書形(基本形) 誇耀	いばる	たり形 又是誇耀	いばったり
ない形 (否定形) 沒誇耀	いばらない	ば形 (條件形) 誇耀的話	いばれば
なかった形 (過去否定形) 過去沒誇耀	いばらなかった	させる形 (使役形) 使誇耀	いばらせる
ます形 (連用形) 誇耀	いばります	られる形 (被動形) 被誇耀	いばられる
て形 誇耀	いばって	命令形 快誇耀	いばれ
た形 (過去形) 誇耀了	いばった	可能形 可以誇耀	いばれる
たら形 (條件形) 誇耀的話	いばったら	う形 (意向形) 誇耀吧	いばろう

△上司にはぺこぺこし、部下にはいばる。／
對上司畢恭畢敬，對下屬盛氣凌人。

いやがる【嫌がる】 討厭，不願意，逃避

嫌がる・嫌がります

辭書形(基本形) 討厭	いやがる	たり形 又是討厭	いやがったり
ない形（否定形） 沒討厭	いやがらない	ば形（條件形） 討厭的話	いやがれば
なかった形（過去否定形） 過去沒討厭	いやがらなかった	させる形（使役形） 使討厭	いやがらせる
ます形（連用形） 討厭	いやがります	られる形（被動形） 被討厭	いやがられる
て形 討厭	いやがって	命令形 快討厭	いやがれ
た形（過去形） 討厭了	いやがった	可能形 可以討厭	いやがれる
たら形（條件形） 討厭的話	いやがったら	う形（意向形） 討厭吧	いやがろう

△彼女が嫌がるのもかまわず、何度もデートに誘う。／
不顧她的不願，一直要約她出去。

いる【煎る・炒る】 炒・煎

煎る・煎ります

辭書形(基本形) 炒	いる	たり形 又是炒	いったり
ない形（否定形） 沒炒	いない	ば形（條件形） 炒的話	いれば
なかった形（過去否定形） 過去沒炒	いなかった	させる形（使役形） 使炒	いさせる
ます形（連用形） 炒	いります	られる形（被動形） 被炒	いられる
て形 炒	いって	命令形 快炒	いりろ
た形（過去形） 炒了	いった	可能形 可以炒	いられる
たら形（條件形） 炒的話	いったら	う形（意向形） 炒吧	いろう

△ごまを鍋で煎ったら、いい香りがした。／
芝麻在鍋裡一炒，就香味四溢。

うえる【飢える】 飢餓・渇望

自下一 グループ2

飢える・飢えます

辞書形(基本形) 渇望	うえる	たり形 又是渇望	うえたり
ない形（否定形） 沒渇望	うえない	ば形（條件形） 渇望的話	うえれば
なかった形（過去否定形） 過去沒渇望	うえなかった	させる形（使役形） 使渇望	うえらせる
ます形（連用形） 渇望	うえます	られる形（被動形） 被渇望	うえられる
て形 渇望	うえて	命令形 快渇望	うえろ
た形（過去形） 渇望了	うえた	可能形	———
たら形（條件形） 渇望的話	うえたら	う形（意向形） 渇望吧	うえよう

△生活に困っても、飢えることはないでしょう。／
就算為生活而苦，也不會挨餓吧！

うかぶ【浮かぶ】 漂・浮起；想起・浮現・露出；（佛）超度；出頭・擺脱困難

自五 グループ1

浮かぶ・浮かびます

辞書形(基本形) 想起	うかぶ	たり形 又是想起	うかんだり
ない形（否定形） 沒想起	うかばない	ば形（條件形） 想起的話	うかべば
なかった形（過去否定形） 過去沒想起	うかばなかった	させる形（使役形） 使想起	うかばせる
ます形（連用形） 想起	うかびます	られる形（被動形） 被想起	うかばれる
て形 想起	うかんで	命令形 快想起	うかべ
た形（過去形） 想起了	うかんだ	可能形 可以想起	うかべる
たら形（條件形） 想起的話	うかんだら	う形（意向形） 想起吧	うかぼう

△そのとき、すばらしいアイデアが浮かんだ。／
就在那時，靈光一現，腦中浮現了好點子。

うかべる【浮かべる】 浮・泛・浮出；露出；想起 他下一 グループ2

浮かべる・浮かべます

辞書形(基本形) 浮出	うかべる	たり形 又是浮出	うかべたり
ない形（否定形） 沒浮出	うかべない	ば形（條件形） 浮出的話	うかべれば
なかった形（過去否定形） 過去沒浮出	うかべなかった	させる形（使役形） 使浮出	うかべさせる
ます形（連用形） 浮出	うかべます	られる形（被動形） 被浮出	うかべられる
て形 浮出	うかべて	命令形 快浮出	うかべろ
た形（過去形） 浮出了	うかべた	可能形 可以浮出	うかべる
たら形（條件形） 浮出的話	うかべたら	う形（意向形） 浮出吧	うかべよう

 △子供のとき、笹で作った小舟を川に浮かべて遊んだものです。／
小時候會用竹葉折小船，放到河上隨水漂流當作遊戲。

うく【浮く】 飄浮；動搖・鬆動；高興・愉快；結餘・剩餘；輕薄 自五 グループ1

浮く・浮きます

辞書形(基本形) 動搖	うく	たり形 又是動搖	ういたり
ない形（否定形） 沒動搖	うかない	ば形（條件形） 動搖的話	うけば
なかった形（過去否定形） 過去沒動搖	うかなかった	させる形（使役形） 使動搖	うかせる
ます形（連用形） 動搖	うきます	られる形（被動形） 被動搖	うかれる
て形 動搖	ういて	命令形 快動搖	うけ
た形（過去形） 動搖了	ういた	可能形 可以動搖	うける
たら形（條件形） 動搖的話	ういたら	う形（意向形） 動搖吧	うこう

 △面白い形の雲が、空に浮いている。／天空裡飄著一朵形狀有趣的雲。

うけたまわる【承る】

聴取；遵從；接受；知道；知悉；傳聞　　他五　グループ1

承る・承ります

辞書形(基本形)　接受	うけたまわる	たり形　又是接受	うけたまわったり
ない形（否定形）　沒接受	うけたまわらない	ば形（條件形）　接受的話	うけたまわれば
なかった形（過去否定形）　過去沒接受	うけたまわらなかった	させる形（使役形）　使接受	うけたまわらせる
ます形（連用形）　接受	うけたまわります	られる形（被動形）　被接受	うけたまわられる
て形　接受	うけたまわって	命令形　快接受	うけたまわれ
た形（過去形）　接受了	うけたまわった	可能形　可以接受	うけたまわれる
たら形（條件形）　接受的話	うけたまわったら	う形（意向形）　接受吧	うけたまわろう

△担当者にかわって、私が用件を承ります。／
由我來代替負責的人來承接這件事情。

うけとる【受け取る】

領・接收・理解・領會　　他五　グループ1

受け取る・受け取ります

辞書形(基本形)　接收	うけとる	たり形　又是接收	うけとったり
ない形（否定形）　沒接收	うけとらない	ば形（條件形）　接收的話	うけとれば
なかった形（過去否定形）　過去沒接收	うけとらなかった	させる形（使役形）　使接收	うけとらせる
ます形（連用形）　接收	うけとります	られる形（被動形）　被接收	うけとられる
て形　接收	うけとって	命令形　快接收	うけとれ
た形（過去形）　接收了	うけとった	可能形　可以接收	うけとれる
たら形（條件形）　接收的話	うけとったら	う形（意向形）　接收吧	うけとろう

△好きな人にラブレターを書いたけれど、受け取ってくれなかった。／
雖然寫了情書送給喜歡的人，但是對方不願意收下。

うけもつ【受け持つ】 擔任・擔當・掌管　他五　グループ1

受け持つ・受け持ちます

辞書形(基本形) 擔任	うけもつ	たり形 又是擔任	うけもったり
ない形（否定形） 沒擔任	うけもたない	ば形（條件形） 擔任的話	うけもてば
なかった形（過去否定形） 過去沒擔任	うけもたなかった	させる形（使役形） 使擔任	うけもたせる
ます形（連用形） 擔任	うけもちます	られる形（被動形） 被擔任	うけもたれる
て形 擔任	うけもって	命令形 快擔任	うけもて
た形（過去形） 擔任了	うけもった	可能形 可以擔任	うけもてる
たら形（條件形） 擔任的話	うけもったら	う形（意向形） 擔任吧	うけもとう

 △1年生のクラスを受け持っています。／我擔任一年級的班導。

うしなう【失う】 失去・喪失；改變常態；喪・亡；迷失；錯過　他五　グループ1

失う・失います

辞書形(基本形) 失去	うしなう	たり形 又是失去	うしなったり
ない形（否定形） 沒失去	うしなわない	ば形（條件形） 失去的話	うしなえば
なかった形（過去否定形） 過去沒失去	うしなわなかった	させる形（使役形） 使失去	うしなわせる
ます形（連用形） 失去	うしないます	られる形（被動形） 被失去	うしなわれる
て形 失去	うしなって	命令形 快失去	うしなえ
た形（過去形） 失去了	うしなった	可能形 可以失去	うしなえる
たら形（條件形） 失去的話	うしなったら	う形（意向形） 失去吧	うしなおう

 △事故のせいで、財産を失いました。／都是因為事故的關係，而賠光了財產。

うすめる【薄める】 稀釋，弄淡

他下一　グループ2

薄める・薄めます

辭書形(基本形) 稀釋	うすめる	たり形 又是稀釋	うすめたり
ない形（否定形） 沒稀釋	うすめない	ば形（條件形） 稀釋的話	うすめれば
なかった形（過去否定形） 過去沒稀釋	うすめなかった	させる形（使役形） 使稀釋	うすめさせる
ます形（連用形） 稀釋	うすめます	られる形（被動形） 被稀釋	うすめられる
て形 稀釋	うすめて	命令形 快稀釋	うすめろ
た形（過去形） 稀釋了	うすめた	可能形 可以稀釋	うすめられる
たら形（條件形） 稀釋的話	うすめたら	う形（意向形） 稀釋吧	うすめよう

△この飲み物は、水で5倍に薄めて飲んでください。／
這種飲品請用水稀釋五倍以後飲用。

うたがう【疑う】 懷疑・疑惑・不相信・猜測

他五　グループ1

疑う・疑います

辭書形(基本形) 懷疑	うたがう	たり形 又是懷疑	うたがったり
ない形（否定形） 沒懷疑	うたがわない	ば形（條件形） 懷疑的話	うたがえば
なかった形（過去否定形） 過去沒懷疑	うたがわなかった	させる形（使役形） 使懷疑	うたがわせる
ます形（連用形） 懷疑	うたがいます	られる形（被動形） 被懷疑	うたがわれる
て形 懷疑	うたがって	命令形 快懷疑	うたがえ
た形（過去形） 懷疑了	うたがった	可能形 可以懷疑	うたがえる
たら形（條件形） 懷疑的話	うたがったら	う形（意向形） 懷疑吧	うたがおう

△彼のことは、友人でさえ疑っている。／他的事情，就連朋友也都在懷疑。

うちあわせる【打ち合わせる】 使…相碰·（預先）商量 他下一 グループ2

打ち合わせる・打ち合わせます

辞書形（基本形） 商量	うちあわせる	たり形 又是商量	うちあわせたり
ない形（否定形） 沒商量	うちあわせない	ば形（條件形） 商量的話	うちあわせれば
なかった形（過去否定形） 過去沒商量	うちあわせ なかった	させる形（使役形） 使商量	うちあわせさせる
ます形（連用形） 商量	うちあわせます	られる形（被動形） 被商量	うちあわせられる
て形 商量	うちあわせて	命令形 快商量	うちあわせろ
た形（過去形） 商量了	うちあわせた	可能形 可以商量	うちあわせられる
たら形（條件形） 商量的話	うちあわせたら	う形（意向形） 商量吧	うちあわせよう

△あ、ついでに明日のことも打ち合わせておきましょう。／
啊！順便先商討一下明天的事情吧！

うちけす【打ち消す】 否定·否認；熄滅·消除 他五 グループ1

打ち消す・打ち消します

辞書形（基本形） 否認	うちけす	たり形 又是否認	うちけしたり
ない形（否定形） 沒否認	うちけさない	ば形（條件形） 否認的話	うちけせば
なかった形（過去否定形） 過去沒否認	うちけさなかった	させる形（使役形） 使否認	うちけさせる
ます形（連用形） 否認	うちけします	られる形（被動形） 被否認	うちけされる
て形 否認	うちけして	命令形 快否認	うちけせ
た形（過去形） 否認了	うちけした	可能形 可以否認	うちけせる
たら形（條件形） 否認的話	うちけしたら	う形（意向形） 否認吧	うちけそう

△夫は打ち消したけれど、私はまだ浮気を疑っている。／
丈夫雖然否認，但我還是懷疑他出軌了。

うつす【映す】 映・照；放映

他五　グループ1

映<ruby>う<rt>うつ</rt></ruby>す・<ruby>映<rt>うつ</rt></ruby>します

辞書形（基本形）放映	うつす	たり形　又是放映	うつしたり
ない形（否定形）没放映	うつさない	ば形（條件形）放映的話	うつせば
なかった形（過去否定形）過去沒放映	うつさなかった	させる形（使役形）使放映	うつさせる
ます形（連用形）放映	うつします	られる形（被動形）被放映	うつされる
て形放映	うつして	命令形　快放映	うつせ
た形（過去形）放映了	うつした	可能形　可以放映	うつせる
たら形（條件形）放映的話	うつしたら	う形（意向形）放映吧	うつそう

△<ruby>鏡<rt>かがみ</rt></ruby>に<ruby>姿<rt>すがた</rt></ruby>を<ruby>映<rt>うつ</rt></ruby>して、おかしくないかどうか<ruby>見<rt>み</rt></ruby>た。／
我照鏡子，看看樣子奇不奇怪。

うったえる【訴える】 控告・控訴・申訴；求助於；使…感動・打動

他下一　グループ2

<ruby>訴<rt>うった</rt></ruby>える・<ruby>訴<rt>うった</rt></ruby>えます

辞書形（基本形）控告	うったえる	たり形　又是控告	うったえたり
ない形（否定形）没控告	うったえない	ば形（條件形）控告的話	うったえれば
なかった形（過去否定形）過去沒控告	うったえなかった	させる形（使役形）使控告	うったえさせる
ます形（連用形）控告	うったえます	られる形（被動形）被控告	うったえられる
て形控告	うったえて	命令形　快控告	うったえろ
た形（過去形）控告了	うったえた	可能形　可以控告	うったえられる
たら形（條件形）控告的話	うったえたら	う形（意向形）控告吧	うったえよう

△<ruby>彼<rt>かれ</rt></ruby>が<ruby>犯人<rt>はんにん</rt></ruby>を<ruby>知<rt>し</rt></ruby>った<ruby>上<rt>うえ</rt></ruby>は、<ruby>警察<rt>けいさつ</rt></ruby>に<ruby>訴<rt>うった</rt></ruby>えるつもりです。／
既然知道他是犯人，我就打算向警察報案。

うなずく【頷く】 點頭同意・首肯

頷く・頷きます

辞書形（基本形） 首肯	うなずく	たり形 又是首肯	うなずいたり
ない形（否定形） 沒首肯	うなずかない	ば形（條件形） 首肯的話	うなずけば
なかった形（過去否定形） 過去沒首肯	うなずかなかった	させる形（使役形） 使首肯	うなずかせる
ます形（連用形） 首肯	うなずきます	られる形（被動形） 被首肯	うなずかれる
て形 首肯	うなずいて	命令形 快首肯	うなずけ
た形（過去形） 首肯了	うなずいた	可能形 可以首肯	うなずける
たら形（條件形） 首肯的話	うなずいたら	う形（意向形） 首肯吧	うなずこう

△私が意見を言うと、彼は黙ってうなずいた。／
我一說出意見，他就默默地點了頭。

うなる【唸る】 呻吟；（野獸）吼叫；發出鳴聲；吟・哼；贊同・喝彩

唸る・唸ります

辞書形（基本形） 吼叫	うなる	たり形 又是吼叫	うなったり
ない形（否定形） 沒吼叫	うならない	ば形（條件形） 吼叫的話	うなれば
なかった形（過去否定形） 過去沒吼叫	うならなかった	させる形（使役形） 使吼叫	うならせる
ます形（連用形） 吼叫	うなります	られる形（被動形） 被喝彩	うなられる
て形 吼叫	うなって	命令形 快吼叫	うなれ
た形（過去形） 吼叫了	うなった	可能形 可以吼叫	うなれる
たら形（條件形） 吼叫的話	うなったら	う形（意向形） 喝彩吧	うなろう

△ブルドッグがウーウー唸っている。／哈巴狗嗚嗚地叫著。

うばう【奪う】 剝奪；強烈吸引；除去

他五 グループ1

奪う・奪います

辞書形(基本形) 剝奪	うばう	たり形 又是剝奪	うばったり
ない形（否定形） 沒剝奪	うばわない	ば形（條件形） 剝奪的話	うばえば
なかった形（過去否定形） 過去沒剝奪	うばわなかった	させる形（使役形） 使剝奪	うばわせる
ます形（連用形） 剝奪	うばいます	られる形（被動形） 被剝奪	うばわれる
て形 剝奪	うばって	命令形 快剝奪	うばえ
た形（過去形） 剝奪了	うばった	可能形 可以剝奪	うばえる
たら形（條件形） 剝奪的話	うばったら	う形（意向形） 剝奪吧	うばおう

△戦争で家族も財産もすべて奪われてしまった。／
戦爭把我的家人和財産全都奪走了。

うやまう【敬う】 尊敬

他五 グループ1

敬う・敬います

辞書形(基本形) 尊敬	うやまう	たり形 又是尊敬	うやまったり
ない形（否定形） 沒尊敬	うやまわない	ば形（條件形） 尊敬的話	うやまえば
なかった形（過去否定形） 過去沒尊敬	うやまわなかった	させる形（使役形） 使尊敬	うやまわせる
ます形（連用形） 尊敬	うやまいます	られる形（被動形） 被尊敬	うやまわれる
て形 尊敬	うやまって	命令形 快尊敬	うやまえ
た形（過去形） 尊敬了	うやまった	可能形 可以尊敬	うやまえる
たら形（條件形） 尊敬的話	うやまったら	う形（意向形） 尊敬吧	うやまおう

△年長者を敬うことは大切だ。／尊敬年長長輩很重要的。

うらがえす【裏返す】 翻過來，通敵，叛變

裏返す・裏返します

辞書形(基本形) 叛變	うらがえす	たり形 又是叛變	うらがえったり
ない形（否定形） 沒叛變	うらがえさない	ば形（條件形） 叛變的話	うらがえせば
なかった形（過去否定形） 過去沒叛變	うらがえさ なかった	させる形（使役形） 使叛變	うらがえさせる
ます形（連用形） 叛變	うらがえします	られる形（被動形） 被叛變	うらがえされる
て形 叛變	うらがえって	命令形 快叛變	うらがえせ
た形（過去形） 叛變了	うらがえった	可能形 可以叛變	うらがえせる
たら形（條件形） 叛變的話	うらがえったら	う形（意向形） 叛變吧	うらがえそう

△靴下を裏返して洗った。／我把襪子翻過來洗。

うらぎる【裏切る】 背叛・出賣・通敵；辜負・違背

裏切る・裏切ります

辞書形(基本形) 出賣	うらぎる	たり形 又是出賣	うらぎったり
ない形（否定形） 沒出賣	うらぎらない	ば形（條件形） 出賣的話	うらぎれば
なかった形（過去否定形） 過去沒出賣	うらぎらなかった	させる形（使役形） 使出賣	うらぎらせる
ます形（連用形） 出賣	うらぎります	られる形（被動形） 被出賣	うらぎられる
て形 出賣	うらぎって	命令形 快出賣	うらぎれ
た形（過去形） 出賣了	うらぎった	可能形 可以出賣	うらぎれる
たら形（條件形） 出賣的話	うらぎったら	う形（意向形） 出賣吧	うらぎろう

△私というものがありながら、ほかの子とデートするなんて、裏切ったも同然だよ。／
他明明都已經有我這個女友了，卻居然和別的女生約會，簡直就是背叛嘛！

うらなう【占う】 占卜・占卦・算命

占う・占います

辞書形（基本形）算命	うらなう	たり形 又是算命	うらなったり
ない形（否定形）沒算命	うらなわない	ば形（條件形）算命的話	うらなえば
なかった形（過去否定形）過去沒算命	うらなわなかった	させる形（使役形）使算命	うらなわせる
ます形（連用形）算命	うらないます	られる形（被動形）被算命	うらなわれる
て形 算命	うらなって	命令形 快算命	うらなえ
た形（過去形）算了命	うらなった	可能形 可以算命	うらなえる
たら形（條件形）算命的話	うらなったら	う形（意向形）算命吧	うらなおう

△恋愛と仕事について占ってもらった。／我請他幫我算愛情和工作的運勢。

うらむ【恨む】 抱怨・恨；感到遺憾・可惜；雪恨・報仇

恨む・恨みます

辞書形（基本形）抱怨	うらむ	たり形 又是抱怨	うらんだり
ない形（否定形）沒抱怨	うらまない	ば形（條件形）抱怨的話	うらめば
なかった形（過去否定形）過去沒抱怨	うらまなかった	させる形（使役形）使抱怨	うらませる
ます形（連用形）抱怨	うらみます	られる形（被動形）被抱怨	うらまれる
て形 抱怨	うらんで	命令形 快抱怨	うらめ
た形（過去形）抱怨了	うらんだ	可能形 可以抱怨	うらめる
たら形（條件形）抱怨的話	うらんだら	う形（意向形）抱怨吧	うらもう

△仕事の報酬をめぐって、同僚に恨まれた。／
因為工作的報酬一事，被同事懷恨在心。

うらやむ【羨む】 羨慕・嫉妒

羨む・羨みます

辭書形(基本形) 嫉妒	うらやむ	たり形 又是嫉妒	うらやんだり
ない形（否定形） 沒嫉妒	うらやまない	ば形（條件形） 嫉妒的話	うらやめば
なかった形（過去否定形） 過去沒嫉妒	うらやまなかった	させる形（使役形） 使嫉妒	うらやませる
ます形（連用形） 嫉妒	うらやみます	られる形（被動形） 被嫉妒	うらやまれる
て形 嫉妒	うらやんで	命令形 快嫉妒	うらやめ
た形（過去形） 嫉妒了	うらやんだ	可能形	———
たら形（條件形） 嫉妒的話	うらやんだら	う形（意向形） 嫉妒吧	うらやもう

△彼女はきれいでお金持ちなので、みんなが羨んでいる。／
她人既漂亮又富有，大家都很羨慕她。

うりきれる【売り切れる】 賣完・賣光

売り切れる・売り切れます

辭書形(基本形) 賣完	うりきれる	たり形 又是賣完	うりきれたり
ない形（否定形） 沒賣完	うりきれない	ば形（條件形） 賣完的話	うりきれれば
なかった形（過去否定形） 過去沒賣完	うりきれなかった	させる形（使役形） 使賣完	うりきれさせる
ます形（連用形） 賣完	うりきれます	られる形（被動形） 被賣完	うりきれられる
て形 賣完	うりきれて	命令形 快賣完	うりきれろ
た形（過去形） 賣完了	うりきれた	可能形	———
たら形（條件形） 賣完的話	うりきれたら	う形（意向形） 賣完吧	うりきれよう

△コンサートのチケットはすぐに売り切れた。／
演唱會的票馬上就賣完了。

うれる【売れる】 商品賣出・暢銷；變得廣為人知・出名・聞名 自下一 グループ2

売れる・売れます

辞書形(基本形) 暢銷	うれる	たり形 又是暢銷	うれたり
ない形（否定形） 沒暢銷	うれない	ば形（條件形） 暢銷的話	うれれば
なかった形（過去否定形） 過去沒暢銷	うれなかった	させる形（使役形） 使暢銷	うれさせる
ます形（連用形） 暢銷	うれます	られる形（被動形） 被聞名	うれられる
て形 暢銷	うれて	命令形 快暢銷	うれろ
た形（過去形） 暢銷了	うれた	可能形	———
たら形（條件形） 暢銷的話	うれたら	う形（意向形） 暢銷吧	うれよう

△この新製品はよく売れている。／這個新産品賣況奇佳。

うわる【植わる】 栽上・栽植 自五 グループ1

植わる・植わります

辞書形(基本形) 栽植	うわる	たり形 又是栽植	うわったり
ない形（否定形） 沒栽植	うわらない	ば形（條件形） 栽植的話	うわれば
なかった形（過去否定形） 過去沒栽植	うわらなかった	させる形（使役形） 使栽植	うわらせる
ます形（連用形） 栽植	うわります	られる形（被動形） 被栽植	うわられる
て形 栽植	うわって	命令形 快栽植	うわれ
た形（過去形） 栽植了	うわった	可能形	———
たら形（條件形） 栽植的話	うわったら	う形（意向形） 栽植吧	うわろう

△庭にはいろいろのばらが植わっていた。／庭院種植了各種野玫瑰。

えがく【描く】 畫·描繪；以…為形式·描寫，想像

他五 グループ1

描く・描きます

辞書形(基本形) 畫	えがく	たり形 又是畫	えがいたり
ない形（否定形） 沒畫	えがかない	ば形（條件形） 畫的話	えがけば
なかった形（過去否定形） 過去沒畫	えがかなかった	させる形（使役形） 使畫	えがかせる
ます形（連用形） 畫	えがきます	られる形（被動形） 被畫	えがかれる
て形 畫	えがいて	命令形 快畫	えがけ
た形（過去形） 畫了	えがいた	可能形 可以畫	えがける
たら形（條件形） 畫的話	えがいたら	う形（意向形） 畫吧	えがこう

△この絵は、心に浮かんだものを描いたにすぎません。／
這幅畫只是將內心所想像的東西，畫出來的而已。

おいかける【追い掛ける】 追趕；緊接著

他下一 グループ2

追い掛ける・追い掛けます

辞書形(基本形) 追趕	おいかける	たり形 又是追趕	おいかけたり
ない形（否定形） 沒追趕	おいかけない	ば形（條件形） 追趕的話	おいかければ
なかった形（過去否定形） 過去沒追趕	おいかけなかった	させる形（使役形） 使追趕	おいかけさせる
ます形（連用形） 追趕	おいかけます	られる形（被動形） 被追趕	おいかけられる
て形 追趕	おいかけて	命令形 快追趕	おいかけろ
た形（過去形） 追趕了	おいかけた	可能形 可以追趕	おいかけられる
たら形（條件形） 追趕的話	おいかけたら	う形（意向形） 追趕吧	おいかけよう

△すぐに追いかけないことには、犯人に逃げられてしまう。／
要是不趕快追上去的話，會被犯人逃走的。

おいつく【追い付く】 追上・趕上；達到；來得及 自五 グループ1

追い付く・追い付きます

辞書形(基本形) 追上	おいつく	たり形 又是追上	おいついたり
ない形 (否定形) 沒追上	おいつかない	ば形 (條件形) 追上的話	おいつけば
なかった形 (過去否定形) 過去沒追上	おいつかなかった	させる形 (使役形) 使追上	おいつかせる
ます形 (連用形) 追上	おいつきます	られる形 (被動形) 被追上	おいつかれる
て形 追上	おいついて	命令形 快追上	おいつけ
た形 (過去形) 追上了	おいついた	可能形 可以追上	おいつける
たら形 (條件形) 追上的話	おいついたら	う形 (意向形) 追上吧	おいつこう

△一生懸命走って、やっと追いついた。／拼命地跑，終於趕上了。

おう【追う】 追；趕走；逼催・忙於；趨趕；追求；遵循・按照 他五 グループ1

追う・追います

辞書形(基本形) 趕走	おう	たり形 又是趕走	おったり
ない形 (否定形) 沒趕走	おわない	ば形 (條件形) 趕走的話	おえば
なかった形 (過去否定形) 過去沒趕走	おわなかった	させる形 (使役形) 使趕走	おわせる
ます形 (連用形) 趕走	おいます	られる形 (被動形) 被趕走	おわれる
て形 趕走	おって	命令形 快趕走	おえ
た形 (過去形) 趕走了	おった	可能形 可以趕走	おえる
たら形 (條件形) 趕走的話	おったら	う形 (意向形) 趕走吧	おおう

△刑事は犯人を追っている。／刑警正在追捕犯人。

おうじる・おうずる【応じる・応ずる】 自上一 グループ2

響應；答應；允應，滿足；適應

応じる・応じます

辞書形(基本形) 答應	おうじる	たり形 又是答應	おうじたり
ない形（否定形） 沒答應	おうじない	ば形（条件形） 答應的話	おうじれば
なかった形（過去否定形） 過去沒答應	おうじなかった	させる形（使役形） 使允應	おうじさせる
ます形（連用形） 答應	おうじます	られる形（被動形） 被允應	おうじられる
て形 答應	おうじて	命令形 快答應	おうじろ
た形（過去形） 答應了	おうじた	可能形 可以答應	おうじられる
たら形（条件形） 答應的話	おうじたら	う形（意向形） 答應吧	おうじよう

△場合に応じて、いろいろなサービスがあります。／
随著場合的不同，有各種不同的服務。

おえる【終える】 做完・完成・結束 自他下一 グループ2

終える・終えます

辞書形(基本形) 完成	おえる	たり形 又是完成	おえたり
ない形（否定形） 沒完成	おえない	ば形（条件形） 完成的話	おえれば
なかった形（過去否定形） 過去沒完成	おえなかった	させる形（使役形） 使完成	おえさせる
ます形（連用形） 完成	おえます	られる形（被動形） 被完成	おえられる
て形 完成	おえて	命令形 快完成	おえろ
た形（過去形） 完成了	おえた	可能形 可以完成	おえられる
たら形（条件形） 完成的話	おえたら	う形（意向形） 完成吧	おえよう

△太郎は無事任務を終えた。／太郎順利地把任務完成了。

おおう【覆う】 覆蓋，籠罩；掩飾；籠罩，充滿；包含，蓋擴 他五 グループ1

覆<ruby>覆<rt>おお</rt></ruby>う・<ruby>覆<rt>おお</rt></ruby>います

辞書形(基本形) 覆蓋	おおう	たり形 又是覆蓋	おおったり
ない形（否定形） 沒覆蓋	おおわない	ば形（條件形） 覆蓋的話	おおえば
なかった形（過去否定形） 過去沒覆蓋	おおわなかった	させる形（使役形） 使覆蓋	おおわせる
ます形（連用形） 覆蓋	おおいます	られる形（被動形） 被覆蓋	おおわれる
て形 覆蓋	おおって	命令形 快覆蓋	おおえ
た形（過去形） 覆蓋了	おおった	可能形 可以覆蓋	おおえる
たら形（條件形） 覆蓋的話	おおったら	う形（意向形） 覆蓋吧	おおおう

△<ruby>車<rt>くるま</rt></ruby>をカバーで<ruby>覆<rt>おお</rt></ruby>いました。／用車套蓋住車子。

おがむ【拝む】 叩拜；合掌作揖；懇求，央求；瞻仰，見識 他五 グループ1

<ruby>拝<rt>おが</rt></ruby>む・<ruby>拝<rt>おが</rt></ruby>みます

辞書形(基本形) 叩拜	おがむ	たり形 又是叩拜	おがんだり
ない形（否定形） 沒叩拜	おがまない	ば形（條件形） 叩拜的話	おがめば
なかった形（過去否定形） 過去沒叩拜	おがまなかった	させる形（使役形） 使叩拜	おがませる
ます形（連用形） 叩拜	おがみます	られる形（被動形） 被叩拜	おがまれる
て形 叩拜	おがんで	命令形 快叩拜	おがめ
た形（過去形） 叩拜了	おがんだ	可能形 可以叩拜	おがめる
たら形（條件形） 叩拜的話	おがんだら	う形（意向形） 叩拜吧	おがもう

△<ruby>お寺<rt>てら</rt></ruby>に<ruby>行<rt>い</rt></ruby>って、<ruby>仏像<rt>ぶつぞう</rt></ruby>を<ruby>拝<rt>おが</rt></ruby>んだ。／我到寺廟拜了佛像。

おぎなう【補う】 補償・彌補・貼補

補う・補います

辞書形(基本形) 補償	おぎなう	たり形 又是補償	おぎなったり
ない形(否定形) 沒補償	おぎなわない	ば形(條件形) 補償的話	おぎなえば
なかった形(過去否定形) 過去沒補償	おぎなわなかった	させる形(使役形) 使補償	おぎなわせる
ます形(連用形) 補償	おぎないます	られる形(被動形) 被補償	おぎなわれる
て形 補償	おぎなって	命令形 快補償	おぎなえ
た形(過去形) 補償了	おぎなった	可能形 可以補償	おぎなえる
たら形(條件形) 補償的話	おぎなったら	う形(意向形) 補償吧	おぎなおう

△ビタミン剤で栄養を補っています。／我吃維他命錠來補充營養。

おくる【贈る】 贈送・餽贈；授與・贈給

贈る・贈ります

辞書形(基本形) 餽贈	おくる	たり形 又是餽贈	おくったり
ない形(否定形) 沒餽贈	おくらない	ば形(條件形) 餽贈的話	おくれば
なかった形(過去否定形) 過去沒餽贈	おくらなかった	させる形(使役形) 使餽贈	おくらせる
ます形(連用形) 餽贈	おくります	られる形(被動形) 被餽贈	おくられる
て形 餽贈	おくって	命令形 快餽贈	おくれ
た形(過去形) 餽贈了	おくった	可能形 可以餽贈	おくれる
たら形(條件形) 餽贈的話	おくったら	う形(意向形) 餽贈吧	おくろう

△日本には、夏に「お中元」、冬に「お歳暮」を贈る習慣がある。／
日本人習慣在夏季致送親友「中元禮品」，在冬季餽贈親友「歳暮禮品」。

おこたる【怠る】 怠慢・懶惰；疏忽・大意 他五 グループ1

怠る・怠ります

辞書形(基本形) 怠慢	おこたる	たり形 又是怠慢	おこたったり
ない形（否定形） 沒怠慢	おこたらない	ば形（條件形） 怠慢的話	おこたれば
なかった形（過去否定形） 過去沒怠慢	おこたらなかった	させる形（使役形） 使怠慢	おこたらせる
ます形（連用形） 怠慢	おこたります	られる形（被動形） 被怠慢	おこたられる
て形 怠慢	おこたって	命令形 快怠慢	おこたれ
た形（過去形） 怠慢了	おこたった	可能形	———
たら形（條件形） 怠慢的話	おこたったら	う形（意向形） 怠慢吧	おこたろう

△失敗したのは、努力を怠ったからだ。／失敗的原因是不夠努力。

おさめる【収める】 接受；取得；収藏，収存；収集，集中；繳納；供應，賣給；結束 他下一 グループ2

収める・収めます

辞書形(基本形) 接受	おさめる	たり形 又是接受	おさめたり
ない形（否定形） 沒接受	おさめない	ば形（條件形） 接受的話	おさめれば
なかった形（過去否定形） 過去沒接受	おさめなかった	させる形（使役形） 使接受	おさめさせる
ます形（連用形） 接受	おさめます	られる形（被動形） 被接受	おさめられる
て形 接受	おさめて	命令形 快接受	おさめろ
た形（過去形） 接受了	おさめた	可能形 可以接受	おさめられる
たら形（條件形） 接受的話	おさめたら	う形（意向形） 接受吧	おさめよう

△プロジェクトは成功を収めた。／計畫成功了。

おさめる【治める】 治理；鎮壓

治める・治めます

辞書形 (基本形) 治理	おさめる	たり形 又是治理	おさめたり
ない形 (否定形) 没治理	おさめない	ば形 (條件形) 治理的話	おさめれば
なかった形 (過去否定形) 過去没治理	おさめなかった	させる形 (使役形) 使治理	おさめさせる
ます形 (連用形) 治理	おさめます	られる形 (被動形) 被治理	おさめられる
て形 治理	おさめて	命令形 快治理	おさめろ
た形 (過去形) 治理了	おさめた	可能形 可以治理	おさめられる
たら形 (條件形) 治理的話	おさめたら	う形 (意向形) 治理吧	おさめよう

△わが国は、法によって国を治める法治国家である。／
我國是個依法治國的法治國家。

おそれる【恐れる】 害怕・恐懼；擔心

恐れる・恐れます

辞書形 (基本形) 擔心	おそれる	たり形 又是擔心	おそれたり
ない形 (否定形) 没擔心	おそれない	ば形 (條件形) 擔心的話	おそれれば
なかった形 (過去否定形) 過去没擔心	おそれなかった	させる形 (使役形) 使擔心	おそれさせる
ます形 (連用形) 擔心	おそれます	られる形 (被動形) 被擔心	おそれられる
て形 擔心	おそれて	命令形 快擔心	おそれろ
た形 (過去形) 擔心了	おそれた	可能形	———
たら形 (條件形) 擔心的話	おそれたら	う形 (意向形) 擔心吧	おそれよう

△私は挑戦したい気持ちがある半面、失敗を恐れている。／
在我想挑戦的同時，心裡也害怕會失敗。

おちつく【落ち着く】

（心神、情緒等）穩靜；鎮靜・安祥；穩坐，穩當；（長時間）定居；有頭緒；淡雅・協調

自五 グループ1

落ち着く・落ち着きます

辞書形（基本形） 鎮靜	おちつく	たり形 又是鎮靜	おちついたり
ない形（否定形） 沒鎮靜	おちつかない	ば形（條件形） 鎮靜的話	おちつけば
なかった形（過去否定形） 過去沒鎮靜	おちつかなかった	させる形（使役形） 使鎮靜	おちつかせる
ます形（連用形） 鎮靜	おちつきます	られる形（被動形） 被鎮靜	おちつかれる
て形 鎮靜	おちついて	命令形 快鎮靜	おちつけ
た形（過去形） 鎮靜了	おちついた	可能形 可以鎮靜	おちつける
たら形（條件形） 鎮靜的話	おちついたら	う形（意向形） 鎮靜吧	おちつこう

△引っ越し先に落ち着いたら、手紙を書きます。／
等搬完家安定以後，我就寫信給你。

おどかす【脅かす】

威脅・逼迫；嚇唬

他五 グループ1

脅かす・脅かします

辞書形(基本形) 威脅	おびやかす	たり形 又是威脅	おびやかしたり
ない形（否定形） 沒威脅	おびやかさない	ば形（條件形） 威脅的話	おびやかせば
なかった形（過去否定形） 過去沒威脅	おびやかさ なかった	させる形（使役形） 使威脅	おびやかさせる
ます形（連用形） 威脅	おびやかします	られる形（被動形） 被威脅	おびやかされる
て形 威脅	おびやかして	命令形 快威脅	おびやかせ
た形（過去形） 威脅了	おびやかした	可能形 可以威脅	おびやかせる
たら形（條件形） 威脅的話	おびやかしたら	う形（意向形） 威脅吧	おびやかそう

△急に飛び出してきて、脅かさないでください。／
不要突然跳出來嚇人好不好！

おどりでる【躍り出る】 躍進到・跳到

躍り出る・躍り出ます

辞書形(基本形) 跳到	おどりでる	たり形 又是跳到	おどりでたり
ない形(否定形) 沒跳到	おどりでない	ば形(條件形) 跳到的話	おどりでれば
なかった形(過去否定形) 過去沒跳到	おどりでなかった	させる形(使役形) 使跳到	おどりでさせる
ます形(連用形) 跳到	おどりでます	られる形(被動形) 被跳出	おどりでられる
て形 跳到	おどりでて	命令形 快跳到	おどりでろ
た形(過去形) 跳到了	おどりでた	可能形 可以跳到	おどりでられる
たら形(條件形) 跳到的話	おどりでたら	う形(意向形) 跳到吧	おどりでよう

△新製品がヒットし、わが社の売り上げは一躍業界トップに躍り出た。／
新產品大受歡迎，使得本公司的銷售額一躍而成業界第一。

おとる【劣る】 劣・不如・不及・比不上

劣る・劣ります

辞書形(基本形) 不如	おとる	たり形 又是不如	おとったり
ない形(否定形) 沒不如	おとらない	ば形(條件形) 不如的話	おとれば
なかった形(過去否定形) 過去沒不如	おとらなかった	させる形(使役形) 使不如	おとらせる
ます形(連用形) 不如	おとります	られる形(被動形) 被比下去	おとられる
て形 不如	おとって	命令形 快不如	おとれ
た形(過去形) 不如了	おとった	可能形	———
たら形(條件形) 不如的話	おとったら	う形(意向形) 不如吧	おとろう

△弟と比べて、英語力は私の方が劣っているが、国語力は私の方が勝っている。／
和弟弟比較起來，我的英文能力較差，但是國文能力則是我比較好。

おどろかす【驚かす】 使吃驚，驚動；嚇唬；驚喜；使驚覺　他五　グループ1

驚かす・驚かします

辞書形(基本形) 嚇唬	おどろかす	たり形 又是嚇唬	おどろかしたり
ない形(否定形) 沒嚇唬	おどろかさない	ば形(條件形) 嚇唬的話	おどろかせば
なかった形(過去否定形) 過去沒嚇唬	おどろかさなかった	させる形(使役形) 使嚇唬	おどろかさせる
ます形(連用形) 嚇唬	おどろかします	られる形(被動形) 被嚇唬	おどろかされる
て形 嚇唬	おどろかして	命令形 快嚇唬	おどろかせ
た形(過去形) 嚇唬了	おどろかした	可能形 可以嚇唬	おどろかせる
たら形(條件形) 嚇唬的話	おどろかしたら	う形(意向形) 嚇唬吧	おどろかそう

 △プレゼントを買っておいて驚かそう。／事先買好禮物，讓他驚喜一下！

おぼれる【溺れる】 溺水，淹死；沉溺於，迷戀於　自下一　グループ2

溺れる・溺れます

辞書形(基本形) 淹死	おぼれる	たり形 又是淹死	おぼれたり
ない形(否定形) 沒淹死	おぼれない	ば形(條件形) 淹死的話	おぼれれば
なかった形(過去否定形) 過去沒淹死	おぼれなかった	させる形(使役形) 使淹死	おぼれさせる
ます形(連用形) 淹死	おぼれます	られる形(被動形) 被淹死	おぼれられる
て形 淹死	おぼれて	命令形 快淹死	おぼれろ
た形(過去形) 淹死了	おぼれた	可能形	———
たら形(條件形) 淹死的話	おぼれたら	う形(意向形) 淹死吧	おぼれよう

 △川でおぼれているところを助けてもらった。／
我溺水的時候，他救了我。

おもいこむ【思い込む】 確信不疑・深信；下決心 自五 グループ1

思い込む・思い込みます

辞書形(基本形) 深信	おもいこむ	たり形 又是深信	おもいこんだり
ない形(否定形) 沒深信	おもいこまない	ば形(條件形) 深信的話	おもいこめば
なかった形(過去否定形) 過去沒深信	おもいこま なかった	させる形(使役形) 使深信	おもいこませる
ます形(連用形) 深信	おもいこみます	られる形(被動形) 被深信	おもいこまれる
て形 深信	おもいこんで	命令形 快深信	おもいこめ
た形(過去形) 深信了	おもいこんだ	可能形 可以深信	おもいこめる
たら形(條件形) 深信的話	おもいこんだら	う形(意向形) 深信吧	おもいこもう

△彼女は、失敗したと思い込んだに違いありません。／
她一定是認為任務失敗了。

およぼす【及ぼす】 波及到・影響到・使遭到・帶來 他五 グループ1

及ぼす・及ぼします

辞書形(基本形) 波及到	およぼす	たり形 又是波及到	およぼしたり
ない形(否定形) 沒波及到	およぼさない	ば形(條件形) 波及到的話	およぼせば
なかった形(過去否定形) 過去沒波及到	およぼさなかった	させる形(使役形) 使波及到	およぼさせる
ます形(連用形) 波及到	およぼします	られる形(被動形) 被波及到	およぼされる
て形 波及到	およぼして	命令形 快波及到	およぼせ
た形(過去形) 波及到了	およぼした	可能形 可以波及到	およぼせる
たら形(條件形) 波及到的話	およぼしたら	う形(意向形) 波及到吧	およぼそう

△この事件は、精神面において彼に影響を及ぼした。／
他因這個案件在精神上受到了影響。

おろす【卸す】 批發・批售・批賣

他五 グループ1

卸す・卸します

辞書形(基本形) 批售	おろす	たり形 又是批售	おろしたり
ない形(否定形) 沒批售	おろさない	ば形(條件形) 批售的話	おろせば
なかった形(過去否定形) 過去沒批售	おろさなかった	させる形(使役形) 使批售	おろさせる
ます形(連用形) 批售	おろします	られる形(被動形) 被批售	おろされる
て形 批售	おろして	命令形 快批售	おろせ
た形(過去形) 批售了	おろした	可能形 可以批售	おろされる
たら形(條件形) 批售的話	おろしたら	う形(意向形) 批售吧	おろそう

 △定価の五掛けで卸す。／以定價的五折批售。

おわる【終わる】 完畢，結束，告終；做完，完結；（接於其他動詞連用形下）…完

自他五 グループ1

終わる・終わります

辞書形(基本形) 結束	おわる	たり形 又是結束	おわったり
ない形(否定形) 沒結束	おわらない	ば形(條件形) 結束的話	おわれば
なかった形(過去否定形) 過去沒結束	おわらなかった	させる形(使役形) 使結束	おわらせる
ます形(連用形) 結束	おわります	られる形(被動形) 被結束	おわられる
て形 結束	おわって	命令形 快結束	おわれ
た形(過去形) 結束了	おわった	可能形 可以結束	おわれる
たら形(條件形) 結束的話	おわったら	う形(意向形) 結束吧	おわろう

 △レポートを書き終わった。／報告寫完了。

かえす【帰す】 讓…回去・打發回家 他五 グループ1

帰す・帰します

辞書形(基本形) 打發回家	かえす	たり形 又是打發回家	かえしたり
ない形（否定形） 沒打發回家	かえさない	ば形（條件形） 打發回家的話	かえせば
なかった形（過去否定形） 過去沒打發回家	かえさなかった	させる形（使役形） 使打發回家	かえさせる
ます形（連用形） 打發回家	かえします	られる形（被動形） 被打發回家	かえされる
て形 打發回家	かえして	命令形 快打發回家	かえせ
た形（過去形） 打發回家了	かえした	可能形 可以打發回家	かえせる
たら形（條件形） 打發回家的話	かえしたら	う形（意向形） 打發回家吧	かえそう

△もう遅いから、女性を一人で家に帰すわけにはいかない。／
已經太晚了，不能就這樣讓女性一人單獨回家。

かかえる【抱える】 (雙手)抱著・夾(在腋下)；擔當・負擔；雇傭 他下一 グループ2

抱える・抱えます

辞書形(基本形) 抱著	かかえる	たり形 又是抱著	かかえたり
ない形（否定形） 沒抱著	かかえない	ば形（條件形） 抱著的話	かかえれば
なかった形（過去否定形） 過去沒抱著	かかえなかった	させる形（使役形） 使抱著	かかえさせる
ます形（連用形） 抱著	かかえます	られる形（被動形） 被抱著	かかえられる
て形 抱著	かかえて	命令形 快抱著	かかえろ
た形（過去形） 抱著了	かかえた	可能形 可以抱著	かかえられる
たら形（條件形） 抱著的話	かかえたら	う形（意向形） 抱著吧	かかえよう

△彼は、多くの問題を抱えつつも、がんばって勉強を続けています。／
他雖然有許多問題，但也還是奮力地繼續念書。

かがやく【輝く】 閃光・閃耀；洋溢；光榮・顯赫 自五 グループ1

輝く・輝きます

辞書形(基本形) 洋溢	かがやく	たり形 又是洋溢	かがやいたり
ない形（否定形）沒洋溢	かがやかない	ば形（條件形）洋溢的話	かがやけば
なかった形（過去否定形）過去沒洋溢	かがやかなかった	させる形（使役形）使洋溢	かがやかせる
ます形（連用形）洋溢	かがやきます	られる形（被動形）被洋溢	かがやかれる
て形 洋溢	かがやいて	命令形 快洋溢	かがやけ
た形（過去形）洋溢了	かがやいた	可能形 可以洋溢	かがやける
たら形（條件形）洋溢的話	かがやいたら	う形（意向形）洋溢吧	かがやこう

△空に星が輝いています。／星星在夜空中閃閃發亮。

かかわる【係わる】 關係到・涉及到；有牽連・有瓜葛；拘泥 自五 グループ1

係わる・係わります

辞書形(基本形) 涉及到	かかわる	たり形 又是涉及到	かかわったり
ない形（否定形）沒涉及到	かかわらない	ば形（條件形）涉及到的話	かかわれば
なかった形（過去否定形）過去沒涉及到	かかわらなかった	させる形（使役形）使涉及到	かかわらせる
ます形（連用形）涉及到	かかわります	られる形（被動形）被涉及到	かかわられる
て形 涉及到	かかわって	命令形 快涉及到	かかわれ
た形（過去形）涉及到了	かかわった	可能形 可以涉及到	かかわれる
たら形（條件形）涉及到的話	かかわったら	う形（意向形）涉及到吧	かかわろう

△私は環境問題に係わっています。／我有涉及到環境問題。

かぎる【限る】 限定・限制；限於；以…為限；再好不過 自他五 グループ1

限る・限ります

辞書形（基本形）限制	かぎる	たり形 又是限制	かぎったり
ない形（否定形）沒限制	かぎらない	ば形（條件形）限制的話	かぎれば
なかった形（過去否定形）過去沒限制	かぎらなかった	させる形（使役形）使限制	かぎらせる
ます形（連用形）限制	かぎります	られる形（被動形）被限制	かぎられる
て形 限制	かぎって	命令形 快限制	かぎれ
た形（過去形）限制了	かぎった	可能形 可以限制	かぎれる
たら形（條件形）限制的話	かぎったら	う形（意向形）限制吧	かぎろう

△この仕事は、二十歳以上の人に限ります。／
這份工作只限定20歲以上的成人才能做。

かけまわる【駆け回る】 到處亂跑 ；奔走・跑 自五 グループ1

駆け回る・駆け回ります

辞書形（基本形）奔走	かけまわる	たり形 又是奔走	かけまわったり
ない形（否定形）沒奔走	かけまわらない	ば形（條件形）奔走的話	かけまわれば
なかった形（過去否定形）過去沒奔走	かけまわらなかった	させる形（使役形）使奔走	かけまわらせる
ます形（連用形）奔走	かけまわります	られる形（被動形）被奔走	かけまわられる
て形 奔走	かけまわって	命令形 快跑	かけまわれ
た形（過去形）奔走了	かけまわった	可能形 可以跑	かけまわれる
たら形（條件形）奔走的話	かけまわったら	う形（意向形）跑吧	かけまわろう

△子犬が駆け回る。／小狗到處亂跑。

かさなる【重なる】 重疊・重複；（事情、日子）趕在一起 自五 グループ1

重なる・重なります

辞書形(基本形) 重複	かさなる	たり形 又是重複	かさなったり
ない形（否定形） 沒重複	かさならない	ば形（條件形） 重複的話	かさなれば
なかった形（過去否定形） 過去沒重複	かさならなかった	させる形（使役形） 使重複	かさならせる
ます形（連用形） 重複	かさなります	られる形（被動形） 被重複	かさなられる
て形 重複	かさなって	命令形 快重複	かさなれ
た形（過去形） 重複了	かさなった	可能形 可以重複	かさなれる
たら形（條件形） 重複的話	かさなったら	う形（意向形） 重複吧	かさなろう

 △いろいろな仕事が重なって、休むどころではありません。／
同時有許多工作，哪能休息。

かじる【齧る】 咬・啃；一知半解；涉獵 他五 グループ1

齧る・齧ります

辞書形(基本形) 咬	かじる	たり形 又是咬	かじったり
ない形（否定形） 沒咬	かじらない	ば形（條件形） 咬的話	かじれば
なかった形（過去否定形） 過去沒咬	かじらなかった	させる形（使役形） 使咬	かじらせる
ます形（連用形） 咬	かじります	られる形（被動形） 被咬	かじられる
て形 咬	かじって	命令形 快咬	かじれ
た形（過去形） 咬了	かじった	可能形 可以咬	かじれる
たら形（條件形） 咬的話	かじったら	う形（意向形） 咬吧	かじろう

 △一口かじったものの、あまりまずいので吐き出した。／
雖然咬了一口，但實在是太難吃了，所以就吐了出來。

かす【貸す】 借出・出借；出租；捉出策劃

他五　グループ1

貸す・貸します

辞書形（基本形）借出	かす	たり形 又是借出	かしたり
ない形（否定形）沒借出	かさない	ば形（條件形）借出的話	かせば
なかった形（過去否定形）過去沒借出	かさなかった	させる形（使役形）使借出	かさせる
ます形（連用形）借出	かします	られる形（被動形）被借出	かされる
て形 借出	かして	命令形 快借出	かせ
た形（過去形）借出了	かした	可能形 可以借出	かせる
たら形（條件形）借出的話	かしたら	う形（意向形）借出吧	かそう

△伯父にかわって、伯母がお金を貸してくれた。／
嬸嬸代替叔叔，借了錢給我。

かせぐ【稼ぐ】 （為賺錢而）拼命的勞動；（靠工作、勞動）賺錢；爭取・獲得

名・他五　グループ1

稼ぐ・稼ぎます

辞書形（基本形）賺錢	かせぐ	たり形 又是賺錢	かせいだり
ない形（否定形）沒賺錢	かせがない	ば形（條件形）賺錢的話	かせげば
なかった形（過去否定形）過去沒賺錢	かせがなかった	させる形（使役形）使賺錢	かせがせる
ます形（連用形）賺錢	かせぎます	られる形（被動形）被爭取	かせがれる
て形 賺錢	かせいで	命令形 快賺錢	かせげ
た形（過去形）賺錢了	かせいだ	可能形 可以賺錢	かせげる
たら形（條件形）賺錢的話	かせいだら	う形（意向形）賺錢吧	かせごう

△生活費を稼ぐ。／賺取生活費。

かたまる【固まる】

（粉末、顆粒、黏液等）變硬・凝固；固定・成形；集在一起・成群；熱中・篤信（宗教等） 自五 グループ1

固まる・固まります

辞書形（基本形） 凝固	かたまる	たり形 又是凝固	かたまったり
ない形（否定形） 沒凝固	かたまらない	ば形（條件形） 凝固的話	かたまれば
なかった形（過去否定形） 過去沒凝固	かたまらなかった	させる形（使役形） 使凝固	かたまらせる
ます形（連用形） 凝固	かたまります	られる形（被動形） 被凝固	かたまられる
て形 凝固	かたまって	命令形 快凝固	かたまれ
た形（過去形） 凝固了	かたまった	可能形	———
たら形（條件形） 凝固的話	かたまったら	う形（意向形） 凝固吧	かたまろう

△魚の煮汁が冷えて固まった。／魚湯冷卻以後凝結了。

かたむく【傾く】

傾斜；有…的傾向；（日月）偏西；衰弱・衰微；敗落 自五 グループ1

傾く・傾きます

辞書形（基本形） 傾斜	かたむく	たり形 又是傾斜	かたむいたり
ない形（否定形） 沒傾斜	かたむかない	ば形（條件形） 傾斜的話	かたむけば
なかった形（過去否定形） 過去沒傾斜	かたむかなかった	させる形（使役形） 使傾斜	かたむかせる
ます形（連用形） 傾斜	かたむきます	られる形（被動形） 被敗落	かたむかれる
て形 傾斜	かたむいて	命令形 快傾斜	かたむけ
た形（過去形） 傾斜了	かたむいた	可能形 可以傾斜	かたむける
たら形（條件形） 傾斜的話	かたむいたら	う形（意向形） 傾斜吧	かたむこう

△地震で、家が傾いた。／房屋由於地震而傾斜了。

かたよる【偏る・片寄る】偏於・不公正・偏袒；失去平衡　自五　グループ1

片寄る・片寄ります

辞書形(基本形) 偏袒	かたよる	たり形 又是偏袒	かたよったり
ない形 (否定形) 沒偏袒	かたよらない	ば形 (條件形) 偏袒的話	かたよれば
なかった形 (過去否定形) 過去沒偏袒	かたよらなかった	させる形 (使役形) 使偏袒	かたよらせる
ます形 (連用形) 偏袒	かたよります	られる形 (被動形) 被偏袒	かたよられる
て形 偏袒	かたよって	命令形 快偏袒	かたよれ
た形 (過去形) 偏袒了	かたよった	可能形	———
たら形 (條件形) 偏袒的話	かたよったら	う形 (意向形) 偏袒吧	かたよろう

△ケーキが、箱の中で片寄ってしまった。／蛋糕偏到盒子的一邊去了。

かたる【語る】說・陳述；演唱・朗讀　他五　グループ1

語る・語ります

辞書形(基本形) 陳述	かたる	たり形 又是陳述	かたったり
ない形 (否定形) 沒陳述	かたらない	ば形 (條件形) 陳述的話	かたれば
なかった形 (過去否定形) 過去沒陳述	かたらなかった	させる形 (使役形) 使陳述	かたらせる
ます形 (連用形) 陳述	かたります	られる形 (被動形) 被述說	かたられる
て形 陳述	かたって	命令形 快陳述	かたれ
た形 (過去形) 陳述了	かたった	可能形 可以陳述	かたれる
たら形 (條件形) 陳述的話	かたったら	う形 (意向形) 陳述吧	かたろう

△戦争についてみんなで語った。／大家一起在說戰爭的事。

N2
か
かたよる・かたる

かつぐ【担ぐ】 扛・挑；推舉・擁戴；受騙

他五　グループ1

担ぐ・担ぎます

辞書形（基本形）扛	かつぐ	たり形 又是扛	かついだり
ない形（否定形）沒扛	かつがない	ば形（條件形）扛的話	かつげば
なかった形（過去否定形）過去沒扛	かつがなかった	させる形（使役形）使扛	かつがせる
ます形（連用形）扛	かつぎます	られる形（被動形）被扛	かつがれる
て形 扛	かついで	命令形 快扛	かつげ
た形（過去形）扛了	かついだ	可能形 可以扛	かつげる
たら形（條件形）扛的話	かついだら	う形（意向形）扛吧	かつごう

△重い荷物を担いで、駅まで行った。／背著沈重的行李，來到車站。

かなしむ【悲しむ】 感到悲傷・痛心・可歎・哀悼

他五　グループ1

悲しむ・悲しみます

辞書形（基本形）痛心	かなしむ	たり形 又是痛心	かなしんだり
ない形（否定形）沒痛心	かなしまない	ば形（條件形）痛心的話	かなしめば
なかった形（過去否定形）過去沒痛心	かなしまなかった	させる形（使役形）使痛心	かなしませる
ます形（連用形）痛心	かなしみます	られる形（被動形）被哀悼	かなしまれる
て形 痛心	かなしんで	命令形 快哀悼	かなしめ
た形（過去形）痛心了	かなしんだ	可能形 可以哀悼	かなしめる
たら形（條件形）痛心的話	かなしんだら	う形（意向形）哀悼吧	かなしもう

△それを聞いたら、お母さんがどんなに悲しむことか。／
如果媽媽聽到這話，會多麼傷心呀！

かねそなえる【兼ね備える】 両者兼備・兼備・兼具 他下一 グループ2

兼ね備える・兼ね備えます

辞書形(基本形) 兼備	かねそなえる	たり形 又是兼備	かねそなえたり
ない形（否定形） 沒兼備	かねそなえない	ば形（條件形） 兼備的話	かねそなえれば
なかった形（過去否定形） 過去沒兼備	かねそなえ なかった	させる形（使役形） 使兼備	かねそなえさせる
ます形（連用形） 兼備	かねそなえます	られる形（被動形） 被兼備	かねそなえられる
て形 兼備	かねそなえて	命令形 快兼備	かねそなえろ
た形（過去形） 兼備了	かねそなえた	可能形 可以兼備	かねそなえられる
たら形（條件形） 兼備的話	かねそなえたら	う形（意向形） 兼備吧	かねそなえよう

△知性と美貌を兼ね備える。／兼具智慧與美貌。

かねる【兼ねる】 兼備；顧慮；不能，無法 他下一・接尾 グループ2

兼ねる・兼ねます

辞書形(基本形) 兼備	かねる	たり形 又是兼備	かねたり
ない形（否定形） 沒兼備	かねない	ば形（條件形） 兼備的話	かねれば
なかった形（過去否定形） 過去沒兼備	かねなかった	させる形（使役形） 使兼備	かねさせる
ます形（連用形） 兼備	かねます	られる形（被動形） 被兼備	かねられる
て形 兼備	かねて	命令形 快兼備	かねろ
た形（過去形） 兼備了	かねた	可能形 可以兼備	かねられる
たら形（條件形） 兼備的話	かねたら	う形（意向形） 兼備吧	かねよう

△趣味と実益を兼ねて、庭で野菜を育てています。／
為了兼顧興趣和現實利益，目前在院子裡種植蔬菜。

かぶせる【被せる】 蓋上；（用水）澆沖；戴上（帽子等）；推卸 他下一 グループ2

かぶ
被せる・被せます

辞書形(基本形) 蓋上	かぶせる	たり形 又是蓋上	かぶせたり
ない形（否定形） 沒蓋上	かぶせない	ば形（條件形） 蓋上的話	かぶせれば
なかった形（過去否定形） 過去沒蓋上	かぶせなかった	させる形（使役形） 使蓋上	かぶせさせる
ます形（連用形） 蓋上	かぶせます	られる形（被動形） 被蓋上	かぶせられる
て形 蓋上	かぶせて	命令形 快蓋上	かぶせろ
た形（過去形） 蓋上了	かぶせた	可能形 可以蓋上	かぶせられる
たら形（條件形） 蓋上的話	かぶせたら	う形（意向形） 蓋上吧	かぶせよう

 △機械の上に布をかぶせておいた。／我在機器上面蓋了布。

からかう 逗弄・調戲 他五 グループ1

からかう・からかいます

辞書形(基本形) 調戲	からかう	たり形 又是調戲	からかったり
ない形（否定形） 沒調戲	からかわない	ば形（條件形） 調戲的話	からかえば
なかった形（過去否定形） 過去沒調戲	からかわなかった	させる形（使役形） 使調戲	からかわせる
ます形（連用形） 調戲	からかいます	られる形（被動形） 被調戲	からかわれる
て形 調戲	からかって	命令形 快調戲	からかえ
た形（過去形） 調戲了	からかった	可能形 可以調戲	からかえる
たら形（條件形） 調戲的話	からかったら	う形（意向形） 調戲吧	からかおう

 △そんなにからかわないでください。／請不要這樣開我玩笑。

かる【刈る】 割・剪・剃

刈<ruby>刈<rt>か</rt></ruby>る・<ruby>刈<rt>か</rt></ruby>ります

辞書形(基本形) 割	かる	たり形 又是割	かったり
ない形（否定形） 沒割	からない	ば形（條件形） 割的話	かれば
なかった形（過去否定形） 過去沒割	からなかった	させる形（使役形） 使割	からせる
ます形（連用形） 割	かります	られる形（被動形） 被割	かられる
て形 割	かって	命令形 快割	かれ
た形（過去形） 割了	かった	可能形 可以割	かれる
たら形（條件形） 割的話	かったら	う形（意向形） 割吧	かろう

△<ruby>両親<rt>りょうしん</rt></ruby>が<ruby>草<rt>くさ</rt></ruby>を<ruby>刈<rt>か</rt></ruby>っているところへ、<ruby>手伝<rt>てつだ</rt></ruby>いに<ruby>行<rt>い</rt></ruby>きました。／
當爸媽正在割草時過去幫忙。

かれる【枯れる】 枯萎・乾枯；老練・造詣精深；（身材）枯瘦

枯<ruby>枯<rt>か</rt></ruby>れる・<ruby>枯<rt>か</rt></ruby>れます

辞書形(基本形) 枯萎	かれる	たり形 又是枯萎	かれたり
ない形（否定形） 沒枯萎	かれない	ば形（條件形） 枯萎的話	かれれば
なかった形（過去否定形） 過去沒枯萎	かれなかった	させる形（使役形） 使枯萎	かれさせる
ます形（連用形） 枯萎	かれます	られる形（被動形） 被枯萎	かれられる
て形 枯萎	かれて	命令形 快枯萎	かれろ
た形（過去形） 枯萎了	かれた	可能形	——
たら形（條件形） 枯萎的話	かれたら	う形（意向形） 枯萎吧	かれよう

△<ruby>庭<rt>にわ</rt></ruby>の<ruby>木<rt>き</rt></ruby>が<ruby>枯<rt>か</rt></ruby>れてしまった。／庭院的樹木枯了。

かわいがる【可愛がる】 喜愛・疼愛；嚴加管教・教訓　他五　グループ1

可愛がる・可愛がります

辞書形（基本形）疼愛	かわいがる	たり形 又是疼愛	かわいがったり
ない形（否定形）沒疼愛	かわいがらない	ば形（條件形）疼愛的話	かわいがれば
なかった形（過去否定形）過去沒疼愛	かわいがらなかった	させる形（使役形）使疼愛	かわいがらせる
ます形（連用形）疼愛	かわいがります	られる形（被動形）被疼愛	かわいがられる
て形 疼愛	かわいがって	命令形 快疼愛	かわいがれ
た形（過去形）疼愛了	かわいがった	可能形 可以疼愛	かわいがれる
たら形（條件形）疼愛的話	かわいがったら	う形（意向形）疼愛吧	かわいがろう

△死んだ妹にかわって、叔母の私がこの子をかわいがります。／
由我這阿姨，代替往生的妹妹疼愛這個小孩。

かんする【関する】 關於・與…有關　自サ　グループ3

関する・関します

辞書形（基本形）關於	かんする	たり形 又是關於	かんしたり
ない形（否定形）無關於	かんしない	ば形（條件形）關於的話	かんすれば
なかった形（過去否定形）過去沒關於	かんした	させる形（使役形）使與…有關	かんさせる
ます形（連用形）關於	かんします	られる形（被動形）被弄與…有關	かんされる
て形 關於	かんして	命令形 快與…有關	かんしろ
た形（過去形）關於了	かんした	可能形	———
たら形（條件形）關於的話	かんしたら	う形（意向形）關於吧	かんしよう

△日本に関する研究をしていたわりに、日本についてよく知らない。／
雖然之前從事日本相關的研究，但卻對日本的事物一知半解。

きざむ【刻む】 切碎；雕刻；分成段；銘記・牢記

刻む・刻みます

辞書形（基本形）切碎	きざむ	たり形 又是切碎	きざんだり
ない形（否定形）沒切碎	きざまない	ば形（條件形）切碎的話	きざめば
なかった形（過去否定形）過去沒切碎	きざまなかった	させる形（使役形）使切碎	きざませる
ます形（連用形）切碎	きざみます	られる形（被動形）被切碎	きざまれる
て形 切碎	きざんで	命令形 快切碎	きざめ
た形（過去形）切碎了	きざんだ	可能形 可以切碎	きざめる
たら形（條件形）切碎的話	きざんだら	う形（意向形）切碎吧	きざもう

△指輪に二人の名前を刻んだ。／在戒指上刻下了兩人的名字。

きせる【着せる】 給穿上（衣服）；鍍上；嫁禍・加罪

着せる・着せます

辞書形（基本形）給穿上	きせる	たり形 又是給穿上	きせたり
ない形（否定形）沒給穿上	きせない	ば形（條件形）給穿上的話	きせれば
なかった形（過去否定形）過去沒給穿上	きせなかった	させる形（使役形）使嫁禍	きせさせる
ます形（連用形）給穿上	きせます	られる形（被動形）被嫁禍	きせられる
て形 給穿上	きせて	命令形 快給穿上	きせろ
た形（過去形）給穿上了	きせた	可能形 可以給穿上	きせられる
たら形（條件形）給穿上的話	きせたら	う形（意向形）給穿上吧	きせよう

△夕方、寒くなってきたので娘にもう1枚着せた。／
傍晚變冷了，因此讓女兒多加了一件衣服。

きづく【気付く】 察覺・注意到・意識到；（神志昏迷後）甦醒過來　自五　グループ1

気付く・気付きます

辞書形（基本形）察覺	きづく	たり形 又是察覺	きづいたり
ない形（否定形）沒察覺	きづかない	ば形（條件形）察覺的話	きづけば
なかった形（過去否定形）過去沒察覺	きづかなかった	させる形（使役形）使察覺	きづかせる
ます形（連用形）察覺	きづきます	られる形（被動形）被察覺	きづかれる
て形 察覺	きづいて	命令形 快察覺	きづけ
た形（過去形）察覺了	きづいた	可能形 可以察覺	きづける
たら形（條件形）察覺的話	きづいたら	う形（意向形）察覺吧	きづこう

△自分の間違いに気付いたものの、なかなか謝ることができない。／
雖然發現自己不對，但還是很難開口道歉。

きらう【嫌う】 嫌惡・厭惡；憎惡；區別　他五　グループ1

嫌う・嫌います

辞書形（基本形）嫌惡	きらう	たり形 又是嫌惡	きらったり
ない形（否定形）沒嫌惡	きらわない	ば形（條件形）嫌惡的話	きらえば
なかった形（過去否定形）過去沒嫌惡	きらわなかった	させる形（使役形）使嫌惡	きらわせる
ます形（連用形）嫌惡	きらいます	られる形（被動形）被嫌惡	きらわれる
て形 嫌惡	きらって	命令形 快嫌惡	きらえ
た形（過去形）嫌惡了	きらった	可能形 可以嫌惡	きらえる
たら形（條件形）嫌惡的話	きらったら	う形（意向形）嫌惡吧	きらおう

△彼を嫌ってはいるものの、口をきかないわけにはいかない。／
雖說我討厭他，但也不能完全不跟他說話。

きる【斬る】 砍；切

他五 グループ1

斬る・斬ります

辞書形 (基本形) 砍	きる	たり形 又是砍	きったり
ない形 (否定形) 沒砍	きらない	ば形 (條件形) 砍的話	きれば
なかった形 (過去否定形) 過去沒砍	きらなかった	させる形 (使役形) 使砍	きらせる
ます形 (連用形) 砍	きります	られる形 (被動形) 被砍	きられる
て形 砍	きって	命令形 快砍	きれ
た形 (過去形) 砍了	きった	可能形 可以砍	きれる
たら形 (條件形) 砍的話	きったら	う形 (意向形) 砍吧	きろう

△人を斬る。／砍人。

くう【食う】 (俗)吃・(蟲)咬

他五 グループ1

食う・食います

辞書形 (基本形) 吃	くう	たり形 又是吃	くったり
ない形 (否定形) 沒吃	くわない	ば形 (條件形) 吃的話	くえば
なかった形 (過去否定形) 過去沒吃	くわなかった	させる形 (使役形) 使吃	くわせる
ます形 (連用形) 吃	くいます	られる形 (被動形) 被吃	くわれる
て形 吃	くって	命令形 快吃	くえ
た形 (過去形) 吃了	くった	可能形 可以吃	くえる
たら形 (條件形) 吃的話	くったら	う形 (意向形) 吃吧	くおう

△これ、食ってみなよ。うまいから。／要不要吃吃看這個？很好吃喔。

くぎる【区切る】 （把文章）斷句・分段

他四　グループ1

区切る・区切ります

辞書形（基本形）分段	くぎる	たり形 又是分段	くぎったり
ない形（否定形）沒分段	くぎらない	ば形（條件形）分段的話	くぎれば
なかった形（過去否定形）過去沒分段	くぎらなかった	させる形（使役形）使分段	くぎらせる
ます形（連用形）分段	くぎります	られる形（被動形）被分段	くぎられる
て形 分段	くぎって	命令形 快分段	くぎれ
た形（過去形）分段了	くぎった	可能形 可以分段	くぎれる
たら形（條件形）分段的話	くぎったら	う形（意向形）分段吧	くぎろう

△単語を一つずつ区切って読みました。／我將單字逐一分開來唸。

くずす【崩す】 拆毀・粉碎

他五　グループ1

崩す・崩します

辞書形（基本形）拆毀	くずす	たり形 又是拆毀	くずしたり
ない形（否定形）沒拆毀	くずさない	ば形（條件形）拆毀的話	くずせば
なかった形（過去否定形）過去沒拆毀	くずさなかった	させる形（使役形）使拆毀	くずさせる
ます形（連用形）拆毀	くずします	られる形（被動形）被拆毀	くずされる
て形 拆毀	くずして	命令形 快拆毀	くずせ
た形（過去形）拆毀了	くずした	可能形 可以拆毀	くずせる
たら形（條件形）拆毀的話	くずしたら	う形（意向形）拆毀吧	くずそう

△私も以前体調を崩しただけに、あなたの辛さはよくわかります。／
正因為我之前也搞壞過身體，所以特別能了解你的痛苦。

ぐずつく【愚図つく】 陰天；磨蹭・動作遲緩拖延；撒嬌 自五 グループ1

愚図つく・愚図つきます

辞書形(基本形) 磨蹭	ぐずつく	たり形 又是磨蹭	ぐずついたり
ない形（否定形） 沒磨蹭	ぐずつかない	ば形（條件形） 磨蹭的話	ぐずつけば
なかった形（過去否定形） 過去沒磨蹭	ぐずつかなかった	させる形（使役形） 使磨蹭	ぐずつかせる
ます形（連用形） 磨蹭	ぐずつきます	られる形（被動形） 被撒嬌	ぐずつかれる
て形 磨蹭	ぐずついて	命令形 快磨蹭	ぐずつけ
た形（過去形） 磨蹭了	ぐずついた	可能形	———
たら形（條件形） 磨蹭的話	ぐずついたら	う形（意向形） 磨蹭吧	ぐずつこう

 △天気が愚図つく。／天氣總不放晴。

くずれる【崩れる】 崩潰；散去；潰敗・粉碎 自下一 グループ2

崩れる・崩れます

辞書形(基本形) 崩潰	くずれる	たり形 又是崩潰	くずれたり
ない形（否定形） 沒崩潰	くずれない	ば形（條件形） 崩潰的話	くずれれば
なかった形（過去否定形） 過去沒崩潰	くずれなかった	させる形（使役形） 使粉碎	くずれさせる
ます形（連用形） 崩潰	くずれます	られる形（被動形） 被粉碎	くずれられる
て形 崩潰	くずれて	命令形 快粉碎	くずれろ
た形（過去形） 崩潰了	くずれた	可能形 可以粉碎	くずれられる
たら形（條件形） 崩潰的話	くずれたら	う形（意向形） 粉碎吧	くずれよう

 △雨が降り続けたので、山が崩れた。／因持續下大雨而山崩了。

くだく【砕く】 打碎・弄碎

他五　グループ1

砕く・砕きます

辞書形(基本形) 打碎	くだく	たり形 又是打碎	くだいたり
ない形（否定形） 沒打碎	くだかない	ば形（條件形） 打碎的話	くだけば
なかった形（過去否定形） 過去沒打碎	くだかなかった	させる形（使役形） 使打碎	くだかせる
ます形（連用形） 打碎	くだきます	られる形（被動形） 被打碎	くだかれる
て形 打碎	くだいて	命令形 快打碎	くだけ
た形（過去形） 打碎了	くだいた	可能形 可以打碎	くだける
たら形（條件形） 打碎的話	くだいたら	う形（意向形） 打碎吧	くだこう

△家事をきちんとやるとともに、子どもたちのことにも心を砕いている。／
在確實做好家事的同時，也為孩子們的事情費心勞力。

くだける【砕ける】 破碎・粉碎

自下一　グループ2

砕ける・砕けます

辞書形(基本形) 粉碎	くだける	たり形 又是粉碎	くだけたり
ない形（否定形） 沒粉碎	くだけない	ば形（條件形） 粉碎的話	くだければ
なかった形（過去否定形） 過去沒粉碎	くだけなかった	させる形（使役形） 使粉碎	くだけさせる
ます形（連用形） 粉碎	くだけます	られる形（被動形） 被粉碎	くだけられる
て形 粉碎	くだけて	命令形 快粉碎	くだけろ
た形（過去形） 粉碎了	くだけた	可能形 可以粉碎	くだけられる
たら形（條件形） 粉碎的話	くだけたら	う形（意向形） 粉碎吧	くだけよう

△大きな岩が谷に落ちて砕けた。／巨大的岩石掉入山谷粉碎掉了。

くたびれる【草臥れる】 疲勞・疲乏；厭倦 　自下 グループ2

くたびれる・くたびれます

辞書形（基本形） 疲勞	くたびれる	たり形 又是疲勞	くたびれたり
ない形（否定形） 沒疲勞	くたびれない	ば形（條件形） 疲勞的話	くたびれれば
なかった形（過去否定形） 過去沒疲勞	くたびれなかった	させる形（使役形） 使厭倦	くたびれさせる
ます形（連用形） 疲勞	くたびれます	られる形（被動形） 被厭倦	くたびれられる
て形 疲勞	くたびれて	命令形 快厭倦	くたびれろ
た形（過去形） 疲勞了	くたびれた	可能形 可以厭倦	くたびれられる
たら形（條件形） 疲勞的話	くたびれたら	う形（意向形） 厭倦吧	くたびれよう

△今日はお客さんが来て、掃除やら料理やらですっかりくたびれた。／
今天有人要來作客，又是打掃又是做菜的，累得要命。

くっつく【くっ付く】 緊貼在一起・附著 　自五 グループ1

くっ付く・くっ付きます

辞書形（基本形） 附著	くっつく	たり形 又是附著	くっついたり
ない形（否定形） 沒附著	くっつかない	ば形（條件形） 附著的話	くっつけば
なかった形（過去否定形） 過去沒附著	くっつかなかった	させる形（使役形） 使附著	くっつかせる
ます形（連用形） 附著	くっつきます	られる形（被動形） 被附著	くっつかれる
て形 附著	くっついて	命令形 快附著	くっつけ
た形（過去形） 附著了	くっついた	可能形	———
たら形（條件形） 附著的話	くっついたら	う形（意向形） 附著吧	くっつこう

△ジャムの瓶の蓋がくっ付いてしまって、開かない。／
果醬的瓶蓋太緊了，打不開。

くっつける【くっ付ける】

把…粘上，把…貼上，使靠近；拉攏，撮合

他下一　グループ2

くっ付ける・くっ付けます

辞書形(基本形) 把…粘上	くっつける	たり形 又是拉攏	くっつけたり
ない形（否定形） 沒把…粘上	くっつけない	ば形（條件形） 拉攏的話	くっつければ
なかった形（過去否定形） 過去沒把…粘上	くっつけなかった	させる形（使役形） 使拉攏	くっつけさせる
ます形（連用形） 把…粘上	くっつけます	られる形（被動形） 被拉攏	くっつけられる
て形 把…粘上	くっつけて	命令形 快拉攏	くっつけろ
た形（過去形） 把…粘上了	くっつけた	可能形 可以拉攏	くっつけられる
たら形（條件形） 拉攏的話	くっつけたら	う形（意向形） 拉攏吧	くっつけよう

△部品を接着剤でしっかりくっ付けた。／我用黏著劑將零件牢牢地黏上。

くぼむ【窪む・凹む】

凹下・塌陷

自五　グループ1

凹む・凹みます

辞書形(基本形) 塌陷	くぼむ	たり形 又是塌陷	くぼんだり
ない形（否定形） 沒塌陷	くぼまない	ば形（條件形） 塌陷的話	くぼめば
なかった形（過去否定形） 過去沒塌陷	くぼまなかった	させる形（使役形） 使塌陷	くぼませる
ます形（連用形） 塌陷	くぼみます	られる形（被動形） 被塌陷	くぼまれる
て形 塌陷	くぼんで	命令形 快塌陷	くぼめ
た形（過去形） 塌陷了	くぼんだ	可能形	———
たら形（條件形） 塌陷的話	くぼんだら	う形（意向形） 塌陷吧	くぼもう

△山に登ったら、日陰のくぼんだところにまだ雪が残っていた。／爬到山上以後，看到許多山坳處還有殘雪未融。

くみたてる【組み立てる】 組織，組裝 他下一 グループ2

組み立てる・組み立てます

辭書形(基本形) 組裝	くみたてる	たり形 又是組裝	くみたてたり
ない形（否定形） 沒組裝	くみたてない	ば形（條件形） 組裝的話	くみたてれば
なかった形（過去否定形） 過去沒組裝	くみたてなかった	させる形（使役形） 使組裝	くみたてさせる
ます形（連用形） 組裝	くみたてます	られる形（被動形） 被組裝	くみたてられる
て形 組裝	くみたてて	命令形 快組裝	くみたてろ
た形（過去形） 組裝了	くみたてた	可能形 可以組裝	くみたてられる
たら形（條件形） 組裝的話	くみたてたら	う形（意向形） 組裝吧	くみたてよう

△先輩の指導をぬきにして、機器を組み立てることはできない。／
要是沒有前輩的指導，我就沒辦法組裝好機器。

くむ【汲む】 打水・取水 ；體察，推測；吸收 他五 グループ1

汲む・汲みます

辭書形(基本形) 吸收	くむ	たり形 又是吸收	くんだり
ない形（否定形） 沒吸收	くまない	ば形（條件形） 吸收的話	くめば
なかった形（過去否定形） 過去沒吸收	くまなかった	させる形（使役形） 使吸收	くませる
ます形（連用形） 吸收	くみます	られる形（被動形） 被吸收	くまれる
て形 吸收	くんで	命令形 快吸收	くめ
た形（過去形） 吸收了	くんだ	可能形 可以吸收	くめる
たら形（條件形） 吸收的話	くんだら	う形（意向形） 吸收吧	くもう

△ここは水道がないので、毎日川の水を汲んでくるということだ。／
這裡沒有自來水，所以每天都從河川打水回來。

くむ【組む】 聯合・組織起來；聯手・結盟；安裝

自五　グループ1

組む・組みます

辞書形(基本形) 安裝	くむ	たり形 又是安裝	くんだり
ない形（否定形） 沒安裝	くまない	ば形（條件形） 安裝的話	くめば
なかった形（過去否定形） 過去沒安裝	くまなかった	させる形（使役形） 使安裝	くませる
ます形（連用形） 安裝	くみます	られる形（被動形） 被安裝	くまれる
て形 安裝	くんで	命令形 快安裝	くめ
た形（過去形） 安裝了	くんだ	可能形 可以安裝	くめる
たら形（條件形） 安裝的話	くんだら	う形（意向形） 安裝吧	くもう

△今度のプロジェクトは、他の企業と組んで　います。／
這次的企畫，是和其他企業合作進行的。

くもる【曇る】 天氣陰・朦朧；鬱悶・黯淡

自五　グループ1

曇る・曇ります

辞書形(基本形) 鬱悶	くもる	たり形 又是鬱悶	くもったり
ない形（否定形） 沒鬱悶	くもらない	ば形（條件形） 鬱悶的話	くもれば
なかった形（過去否定形） 過去沒鬱悶	くもらなかった	させる形（使役形） 使鬱悶	くもらせる
ます形（連用形） 鬱悶	くもります	られる形（被動形） 被鬱悶	くもられる
て形 鬱悶	くもって	命令形 快鬱悶	くもれ
た形（過去形） 鬱悶了	くもった	可能形	———
たら形（條件形） 鬱悶的話	くもったら	う形（意向形） 鬱悶吧	くもろう

△空がだんだん曇ってきた。／天色漸漸暗了下來。

くやむ【悔やむ】 懊悔的，後悔的；哀悼

他五　グループ1

悔やむ・悔やみます

辞書形(基本形) 哀悼	くやむ	たり形 又是哀悼	くやんだり
ない形（否定形） 沒哀悼	くやまない	ば形（条件形） 哀悼的話	くやめば
なかった形（過去否定形） 過去沒哀悼	くやまなかった	させる形（使役形） 使哀悼	くやませる
ます形（連用形） 哀悼	くやみます	られる形（被動形） 被哀悼	くやまれる
て形 哀悼	くやんで	命令形 快哀悼	くやめ
た形（過去形） 哀悼了	くやんだ	可能形 可以哀悼	くやめる
たら形（条件形） 哀悼的話	くやんだら	う形（意向形） 哀悼吧	くやもう

△失敗を悔やむどころか、ますますやる気が出てきた。／
失敗了不僅不懊惱，反而更有幹勁了。

くるう【狂う】 發狂，發瘋，失常，不準確，有毛病；落空，錯誤；過度著迷，沉迷

自五　グループ1

狂う・狂います

辞書形(基本形) 發瘋	くるう	たり形 又是發瘋	くるったり
ない形（否定形） 沒發瘋	くるわない	ば形（条件形） 發瘋的話	くるえば
なかった形（過去否定形） 過去沒發瘋	くるわなかった	させる形（使役形） 使發瘋	くるわせる
ます形（連用形） 發瘋	くるいます	られる形（被動形） 被沉迷	くるわれる
て形 發瘋	くるって	命令形 快發瘋	くるえ
た形（過去形） 發瘋了	くるった	可能形 可以發瘋	くるえる
たら形（条件形） 發瘋的話	くるったら	う形（意向形） 發瘋吧	くるおう

△失恋して気が狂った。／因失戀而發狂。

くるしむ【苦しむ】 感到痛苦・感到難受；憂慮・心痛 自五 グループ1

苦しむ・苦しみます

辞書形(基本形) 憂慮	くるしむ	たり形 又是憂慮	くるしんだり
ない形 (否定形) 沒憂慮	くるしまない	ば形 (條件形) 憂慮的話	くるしめば
なかった形 (過去否定形) 過去沒憂慮	くるしまなかった	させる形 (使役形) 使憂慮	くるしませる
ます形 (連用形) 憂慮	くるしみます	られる形 (被動形) 被憂慮	くるしまれる
て形 憂慮	くるしんで	命令形 快憂慮	くるしめ
た形 (過去形) 憂慮了	くるしんだ	可能形 可以憂慮	くるしめる
たら形 (條件形) 憂慮的話	くるしんだら	う形 (意向形) 憂慮吧	くるしもう

 △彼は若い頃、病気で長い間苦しんだ。／他年輕時因生病而長年受苦。

くるしめる【苦しめる】 使痛苦・欺負 他下一 グループ2

苦しめる・苦しめます

辞書形(基本形) 欺負	くるしめる	たり形 又是欺負	くるしめたり
ない形 (否定形) 沒欺負	くるしめない	ば形 (條件形) 欺負的話	くるしめれば
なかった形 (過去否定形) 過去沒欺負	くるしめなかった	させる形 (使役形) 使欺負	くるしめさせる
ます形 (連用形) 欺負	くるしめます	られる形 (被動形) 被欺負	くるしめられる
て形 欺負	くるしめて	命令形 快欺負	くるしめろ
た形 (過去形) 欺負了	くるしめた	可能形 可以欺負	くるしめられる
たら形 (條件形) 欺負的話	くるしめたら	う形 (意向形) 欺負吧	くるしめよう

 △そんなに私のことを苦しめないでください。／請不要這樣折騰我。

くるむ【包む】 包・裹

包む・包みます

辞書形(基本形) 包	つつむ	たり形 又是包	つつんだり
ない形（否定形） 沒包	つつまない	ば形（條件形） 包的話	つつめば
なかった形（過去否定形） 過去沒包	つつまなかった	させる形（使役形） 使包	つつませる
ます形（連用形） 包	つつみます	られる形（被動形） 被包	つつまれる
て形 包	つつんで	命令形 快包	つつめ
た形（過去形） 包了	つつんだ	可能形 可以包	つつめる
たら形（條件形） 包的話	つつんだら	う形（意向形） 包吧	つつもう

△赤ちゃんを清潔なタオルでくるんだ。／我用乾淨的毛巾包住小嬰兒。

くわえる【加える】 加・加上

加える・加えます

辞書形(基本形) 加上	くわえる	たり形 又是加上	くわえたり
ない形（否定形） 沒加上	くわえない	ば形（條件形） 加上的話	くわえれば
なかった形（過去否定形） 過去沒加上	くわえなかった	させる形（使役形） 使加上	くわえさせる
ます形（連用形） 加上	くわえます	られる形（被動形） 被加上	くわえられる
て形 加上	くわえて	命令形 快加上	くわえろ
た形（過去形） 加上了	くわえた	可能形 可以加上	くわえられる
たら形（條件形） 加上的話	くわえたら	う形（意向形） 加上吧	くわえよう

△だしに醤油と砂糖を加えます。／在湯汁裡加上醬油跟砂糖。

くわえる【銜える】 叼・銜

他下一 グループ2

加える・加えます

辞書形(基本形) 叼	くわえる	たり形 又是叼	くわえたり
ない形(否定形) 沒叼	くわえない	ば形(條件形) 叼的話	くわえれば
なかった形(過去否定形) 過去沒叼	くわえなかった	させる形(使役形) 使叼	くわえさせる
ます形(連用形) 叼	くわえます	られる形(被動形) 被叼	くわえられる
て形 叼	くわえて	命令形 快叼	くわえろ
た形(過去形) 叼了	くわえた	可能形 可以叼	くわえられる
たら形(條件形) 叼的話	くわえたら	う形(意向形) 叼吧	くわえよう

△楊枝をくわえる。／叼根牙籤。

くわわる【加わる】 加上・添上

自五 グループ1

加わる・加わります

辞書形(基本形) 加上	くわわる	たり形 又是加上	くわわったり
ない形(否定形) 沒加上	くわわらない	ば形(條件形) 加上的話	くわわれば
なかった形(過去否定形) 過去沒加上	くわわらなかった	させる形(使役形) 使加上	くわわらせる
ます形(連用形) 加上	くわわります	られる形(被動形) 被加上	くわわられる
て形 加上	くわわって	命令形 快加上	くわわれ
た形(過去形) 加上了	くわわった	可能形 可以加上	くわわれる
たら形(條件形) 加上的話	くわわったら	う形(意向形) 加上吧	くわわろう

△メンバーに加わったからは、一生懸命努力します。／
既然加入了團隊，就會好好努力。

けずる【削る】 削・刨・刮；删减・削去・削減

他五 グループ1

削る・削ります

辞書形(基本形) 削	けずる	たり形 又是削	けずったり
ない形（否定形） 没削	けずらない	ば形（条件形） 削的話	けずれば
なかった形（過去否定形） 過去没削	けずらなかった	させる形（使役形） 使削	けずらせる
ます形（連用形） 削	けずります	られる形（被動形） 被削	けずられる
て形 削	けずって	命令形 快削	けずれ
た形（過去形） 削了	けずった	可能形 可以削	けずれる
たら形（条件形） 削的話	けずったら	う形（意向形） 削吧	けずろう

 △木の皮を削り取る。／刨去樹皮。

こう【請う】 請求・希望

他五 グループ1

請う・請います

辞書形(基本形) 請求	こう	たり形 又是請求	こうたり
ない形（否定形） 没請求	こわない	ば形（条件形） 請求的話	こえば
なかった形（過去否定形） 過去没請求	こわなかった	させる形（使役形） 使請求	こわせる
ます形（連用形） 請求	こいます	られる形（被動形） 被請求	こわれる
て形 請求	こうて	命令形 快請求	こえ
た形（過去形） 請求了	こうた	可能形 可以請求	こえる
たら形（条件形） 請求的話	こうたら	う形（意向形） 請求吧	こおう

 △許しを請う。／請求原諒。

こえる【肥える】

肥・胖；土地肥沃；豐富；（識別力）提高，（鑑賞力）強

自下一 グループ2

肥える・肥えます

辭書形(基本形) 提高	こえる	たり形 又是提高	こえたり
ない形（否定形） 沒提高	こえない	ば形（條件形） 提高的話	こえれば
なかった形（過去否定形） 過去沒提高	こえなかった	させる形（使役形） 使提高	こえさせる
ます形（連用形） 提高	こえます	られる形（被動形） 被提高	こえられる
て形 提高	こえて	命令形 快提高	こえよ
た形（過去形） 提高了	こえた	可能形 可以提高	こえられる
たら形（條件形） 提高的話	こえたら	う形（意向形） 提高吧	こえよう

△このあたりの土地はとても肥えている。／這附近的土地非常的肥沃。

こがす【焦がす】

弄糊・烤焦・燒焦；（心情）焦急・焦慮；用香薰

他五 グループ1

焦がす・焦がします

辭書形(基本形) 烤焦	こがす	たり形 又是烤焦	こがしたり
ない形（否定形） 沒烤焦	こがさない	ば形（條件形） 烤焦的話	こがせば
なかった形（過去否定形） 過去沒烤焦	こがさなかった	させる形（使役形） 使烤焦	こがさせる
ます形（連用形） 烤焦	こがします	られる形（被動形） 被烤焦	こがされる
て形 烤焦	こがして	命令形 快烤焦	こがせ
た形（過去形） 烤焦了	こがした	可能形 可以烤焦	こがせる
たら形（條件形） 烤焦的話	こがしたら	う形（意向形） 烤焦吧	こがそう

△料理を焦がしたものだから、部屋の中がにおいます。／
因為菜燒焦了，所以房間裡會有焦味。

こぐ【漕ぐ】　划船・搖櫓・蕩槳；蹬（自行車）・打（鞦韆）　他五　グループ1

漕ぐ・漕ぎます

辞書形(基本形) 蹬	こぐ	たり形 又是蹬	こいだり
ない形（否定形） 沒蹬	こがない	ば形（條件形） 蹬的話	こげば
なかった形（過去否定形） 過去沒蹬	こがなかった	させる形（使役形） 使蹬	こがせる
ます形（連用形） 蹬	こぎます	られる形（被動形） 被蹬	こがれる
て形 蹬	こいで	命令形 快蹬	こげ
た形（過去形） 蹬了	こいだ	可能形 可以蹬	こげる
たら形（條件形） 蹬的話	こいだら	う形（意向形） 蹬吧	こごう

 △岸にそって船を漕いだ。／沿著岸邊划船。

こげる【焦げる】　烤焦・燒焦・焦・糊；曬褪色　自下一　グループ2

焦げる・焦げます

辞書形(基本形) 烤焦	こげる	たり形 又是烤焦	こげたり
ない形（否定形） 沒烤焦	こげない	ば形（條件形） 烤焦的話	こげれば
なかった形（過去否定形） 過去沒烤焦	こげなかった	させる形（使役形） 使烤焦	こげさせる
ます形（連用形） 烤焦	こげます	られる形（被動形） 被烤焦	こげられる
て形 烤焦	こげて	命令形 快烤焦	こげろ
た形（過去形） 烤焦了	こげた	可能形	———
たら形（條件形） 烤焦的話	こげたら	う形（意向形） 烤焦吧	こげよう

△変な匂いがしますが、何か焦げていませんか。／
這裡有怪味，是不是什麼東西燒焦了？

こごえる【凍える】 凍僵，受凍，凍住

自下一　グループ2

凍える・凍えます

辞書形（基本形）凍僵	こごえる	たり形 又是凍僵	こごえたり
ない形（否定形）沒凍僵	こごえない	ば形（條件形）凍僵的話	こごえれば
なかった形（過去否定形）過去沒凍僵	こごえなかった	させる形（使役形）使凍僵	こごえさせる
ます形（連用形）凍僵	こごえます	られる形（被動形）被凍僵	こごえられる
て形 凍僵	こごえて	命令形 快凍僵	こごえろ
た形（過去形）凍僵了	こごえた	可能形	———
たら形（條件形）凍僵的話	こごえたら	う形（意向形）凍僵吧	こごえよう

△北海道の冬は寒くて、凍えるほどだ／北海道的冬天冷得幾乎要凍僵了。

こころえる【心得る】 懂得，領會，理解；有體驗；答應，應允記在心上的

他下一　グループ2

心得る・心得ます

辞書形（基本形）領會	こころえる	たり形 又是領會	こころえたり
ない形（否定形）沒領會	こころえない	ば形（條件形）領會的話	こころえれば
なかった形（過去否定形）過去沒領會	こころえなかった	させる形（使役形）使領會	こころえさせる
ます形（連用形）領會	こころえます	られる形（被動形）被領會	こころえられる
て形 領會	こころえて	命令形 快領會	こころえろ
た形（過去形）領會了	こころえた	可能形 可以領會	こころえられる
たら形（條件形）領會的話	こころえたら	う形（意向形）領會吧	こころえよう

△仕事がうまくいったのは、彼女が全て心得ていたからにほかならない。／
工作之所以會順利，全都是因為她懂得要領的關係。

こしかける【腰掛ける】 坐下　

腰掛ける・腰掛けます

辞書形(基本形) 坐下	こしかける	たり形 又是坐下	こしかけたり
ない形（否定形） 沒坐下	こしかけない	ば形（條件形） 坐下的話	こしかければ
なかった形（過去否定形） 過去沒坐下	こしかけなかった	させる形（使役形） 使坐下	こしかけさせる
ます形（連用形） 坐下	こしかけます	られる形（被動形） 被坐下	こしかけられる
て形 坐下	こしかけて	命令形 快坐下	こしかけろ
た形（過去形） 坐下了	こしかけた	可能形 可以坐下	こしかけられる
たら形（條件形） 坐下的話	こしかけたら	う形（意向形） 坐下吧	こしかけよう

 △ソファーに腰掛けて話をしましょう。／讓我們坐沙發上聊天吧！

こしらえる【拵える】 做・製造；捏造，虛構；化妝，打扮；籌措，填補　

こしらえる・こしらえます

辞書形(基本形) 製造	こしらえる	たり形 又是製造	こしらえたり
ない形（否定形） 沒製造	こしらえない	ば形（條件形） 製造的話	こしらえれば
なかった形（過去否定形） 過去沒製造	こしらえなかった	させる形（使役形） 使製造	こしらえさせる
ます形（連用形） 製造	こしらえます	られる形（被動形） 被製造	こしらえられる
て形 製造	こしらえて	命令形 快製造	こしらえろ
た形（過去形） 製造了	こしらえた	可能形 可以製造	こしらえられる
たら形（條件形） 製造的話	こしらえたら	う形（意向形） 製造吧	こしらえよう

 △遠足なので、みんなでおにぎりをこしらえた。／
因為遠足，所以大家一起做了飯糰。

こす【越す・超す】 越過，跨越，渡過；超越，勝於；過，度過；遷居，轉移

自他五 グループ1

越す・越します

辞書形(基本形) 越過	こす	たり形 又是越過	こしたり
ない形（否定形） 沒越過	こさない	ば形（條件形） 越過的話	こせば
なかった形（過去否定形） 過去沒越過	こさなかった	させる形（使役形） 使越過	こさせる
ます形（連用形） 越過	こします	られる形（被動形） 被越過	こされる
て形 越過	こして	命令形 快越過	こせ
た形（過去形） 越過了	こした	可能形 可以越過	こせる
たら形（條件形） 越過的話	こしたら	う形（意向形） 越過吧	こそう

△熊たちは、冬眠して寒い冬を越します。／熊靠著冬眠來過寒冬。

こする【擦る】 擦、揉、搓；摩擦

他五 グループ1

擦る・擦ります

辞書形(基本形) 擦	こする	たり形 又是擦	こすったり
ない形（否定形） 沒擦	こすらない	ば形（條件形） 擦的話	こすれば
なかった形（過去否定形） 過去沒擦	こすらなかった	させる形（使役形） 使擦	こすらせる
ます形（連用形） 擦	こすります	られる形（被動形） 被擦	こすられる
て形 擦	こすって	命令形 快擦	こすれ
た形（過去形） 擦了	こすった	可能形 可以擦	こすれる
たら形（條件形） 擦的話	こすったら	う形（意向形） 擦吧	こすろう

△汚れは、布で擦れば落ちます。／這污漬用布擦就會掉了。

ことづける【言付ける】 託帶口信・託付 他下一 グループ2

言付ける・言付けます

辞書形(基本形) 託付	ことづける	たり形 又是託付	ことづけたり
ない形（否定形） 沒託付	ことづけない	ば形（條件形） 託付的話	ことづければ
なかった形（過去否定形） 過去沒託付	ことづけなかった	させる形（使役形） 使託付	ことづけさせる
ます形（連用形） 託付	ことづけます	られる形（被動形） 被託付	ことづけられる
て形 託付	ことづけて	命令形 快託付	ことづけろ
た形（過去形） 託付了	ことづけた	可能形 可以託付	ことづけられる
たら形（條件形） 託付的話	ことづけたら	う形（意向形） 託付吧	ことづけよう

 △社長はいなかったので、秘書に言付けておいた。／
社長不在，所以請秘書代替傳話。

ことなる【異なる】 不同・不一樣；特別・不尋常；改變的 自五 グループ1

異なる・異なります

辞書形(基本形) 特別	ことなる	たり形 又是特別	ことなったり
ない形（否定形） 沒特別	ことならない	ば形（條件形） 特別的話	ことなれば
なかった形（過去否定形） 過去沒特別	ことならなかった	させる形（使役形） 使特別	ことならせる
ます形（連用形） 特別	ことなります	られる形（被動形） 被改變的	ことなられる
て形 特別	ことなって	命令形 快特別	ことなれ
た形（過去形） 特別了	ことなった	可能形	———
たら形（條件形） 特別的話	ことなったら	う形（意向形） 特別吧	ことなろう

 △やり方は異なるにせよ、二人の方針は大体同じだ。／
即使做法不同，不過兩人的方針是大致相同的。

ことわる【断る】 拖詞；謝絕 、拒絕；預先通知、事前請示；警告 他五 グループ1

断る・断ります

辞書形(基本形) 拒絕	ことわる	たり形 又是拒絕	ことわったり
ない形 (否定形) 沒拒絕	ことわらない	ば形 (條件形) 拒絕的話	ことわれば
なかった形 (過去否定形) 過去沒拒絕	ことわらなかった	させる形 (使役形) 使拒絕	ことわらせる
ます形 (連用形) 拒絕	ことわります	られる形 (被動形) 被拒絕	ことわられる
て形 拒絕	ことわって	命令形 快拒絕	ことわれ
た形 (過去形) 拒絕了	ことわった	可能形 可以拒絕	ことわれる
たら形 (條件形) 拒絕的話	ことわったら	う形 (意向形) 拒絕吧	ことわろう

△借金を断られる。／借錢被拒絕。

このむ【好む】 愛好・喜歡・願意；挑選、希望；流行、時尚 他五 グループ1

好む・好みます

辞書形(基本形) 喜歡	このむ	たり形 又是喜歡	このんだり
ない形 (否定形) 沒喜歡	このまない	ば形 (條件形) 喜歡的話	このめば
なかった形 (過去否定形) 過去沒喜歡	このまなかった	させる形 (使役形) 使喜歡	このませる
ます形 (連用形) 喜歡	このみます	られる形 (被動形) 被喜歡	このまれる
て形 喜歡	このんで	命令形 快喜歡	このめ
た形 (過去形) 喜歡了	このんだ	可能形	———
たら形 (條件形) 喜歡的話	このんだら	う形 (意向形) 喜歡吧	このもう

△ごぼうを好んで食べる民族は少ないそうだ。／
聽說喜歡食用牛蒡的民族並不多。

こらえる【堪える】 忍耐・忍受；忍住・抑制住；容忍・寛恕 他下一 グループ2

堪える・堪えます

辞書形 (基本形) 忍耐	こらえる	たり形 又是忍耐	こらえたり
ない形 (否定形) 沒忍耐	こらえない	ば形 (條件形) 忍耐的話	こらえれば
なかった形 (過去否定形) 過去沒忍耐	こらえなかった	させる形 (使役形) 使忍耐	こらえさせる
ます形 (連用形) 忍耐	こらえます	られる形 (被動形) 被寛恕	こらえられる
て形 忍耐	こらえて	命令形 快忍耐	こらえろ
た形 (過去形) 忍耐了	こらえた	可能形 可以忍耐	こらえられる
たら形 (條件形) 忍耐的話	こらえたら	う形 (意向形) 忍耐吧	こらえよう

 △歯の痛みを一晩必死にこらえた。／一整晩拚命忍受了牙痛。

こる【凝る】 凝固・凝集；（因血行不周、肌肉僵硬等）酸痛；狂熱，入迷；講究，精緻 自五 グループ1

凝る・凝ります

辞書形 (基本形) 凝固	こる	たり形 又是凝固	こったり
ない形 (否定形) 沒凝固	こらない	ば形 (條件形) 凝固的話	これば
なかった形 (過去否定形) 過去沒凝固	こらなかった	させる形 (使役形) 使凝固	こらせる
ます形 (連用形) 凝固	こります	られる形 (被動形) 被凝固	こられる
て形 凝固	こって	命令形 快凝固	これ
た形 (過去形) 凝固了	こった	可能形 可以凝固	これる
たら形 (條件形) 凝固的話	こったら	う形 (意向形) 凝固吧	ころう

 △つりに凝っている。／熱中於釣魚。

ころがす【転がす】 滾動・轉動；開動（車），推進；轉賣；弄倒・搬倒 他五 グループ1

転がす・転がします

辞書形(基本形) 滾動	ころがす	たり形 又是滾動	ころがしたり
ない形 (否定形) 沒滾動	ころがさない	ば形 (條件形) 滾動的話	ころがせば
なかった形 (過去否定形) 過去沒滾動	ころがさなかった	させる形 (使役形) 使滾動	ころがさせる
ます形 (連用形) 滾動	ころがします	られる形 (被動形) 被滾動	ころがされる
て形 滾動	ころがして	命令形 快滾動	ころがせ
た形 (過去形) 滾動了	ころがした	可能形 可以滾動	ころがせる
たら形 (條件形) 滾動的話	ころがしたら	う形 (意向形) 滾動吧	ころがそう

 △これは、ボールを転がすゲームです。／這是滾大球競賽。

ころがる【転がる】 滾動・轉動；倒下・躺下；擺著・放著 自五 グループ1

転がる・転がります

辞書形(基本形) 滾動	ころがる	たり形 又是滾動	ころがったり
ない形 (否定形) 沒滾動	ころがらない	ば形 (條件形) 滾動的話	ころがれば
なかった形 (過去否定形) 過去沒滾動	ころがらなかった	させる形 (使役形) 使滾動	ころがらせる
ます形 (連用形) 滾動	ころがります	られる形 (被動形) 被滾動	ころがられる
て形 滾動	ころがって	命令形 快滾動	ころがれ
た形 (過去形) 滾動了	ころがった	可能形 可以滾動	ころがれる
たら形 (條件形) 滾動的話	ころがったら	う形 (意向形) 滾動吧	ころがろう

 △山の上から、石が転がってきた。／有石頭從山上滾了下來。

ころぶ【転ぶ】 跌倒・倒下；滾轉；趨勢發展，事態變化　

転ぶ・転びます

辞書形（基本形） 跌倒	ころぶ	たり形 又是跌倒	ころんだり
ない形（否定形） 沒跌倒	ころばない	ば形（條件形） 跌倒的話	ころべば
なかった形（過去否定形） 過去沒跌倒	ころばなかった	させる形（使役形） 使跌倒	ころばせる
ます形（連用形） 跌倒	ころびます	られる形（被動形） 被滾轉	ころばれる
て形 跌倒	ころんで	命令形 快跌倒	ころべ
た形（過去形） 跌倒了	ころんだ	可能形 可以跌倒	ころべる
たら形（條件形） 跌倒的話	ころんだら	う形（意向形） 跌倒吧	ころぼう

△道で転んで、ひざ小僧を怪我した。／在路上跌了一跤，膝蓋受了傷。

こわがる【怖がる】 害怕・恐懼　

怖がる・怖がります

辞書形（基本形） 害怕	こわがる	たり形 又是害怕	こわがったり
ない形（否定形） 沒害怕	こわがらない	ば形（條件形） 害怕的話	こわがれば
なかった形（過去否定形） 過去沒害怕	こわがらなかった	させる形（使役形） 使害怕	こわがらせる
ます形（連用形） 害怕	こわがります	られる形（被動形） 被恐懼	こわがられる
て形 害怕	こわがって	命令形 快害怕	こわがれ
た形（過去形） 害怕了	こわがった	可能形	———
たら形（條件形） 害怕的話	こわがったら	う形（意向形） 害怕吧	こわがろう

△お化けを怖がる。／懼怕妖怪。

さかのぼる【遡る】 溯・逆流而上；追溯・回溯 　自五　グループ1

遡る・遡ります

辞書形(基本形) 追溯	さかのぼる	たり形 又是追溯	さかのぼったり
ない形 （否定形） 沒追溯	さかのぼらない	ば形 （條件形） 追溯的話	さかのぼれば
なかった形 （過去否定形） 過去沒追溯	さかのぼら なかった	させる形 （使役形） 使追溯	さかのぼらせる
ます形 （連用形） 追溯	さかのぼります	られる形 （被動形） 被追溯	さかのぼられる
て形 追溯	さかのぼって	命令形 快追溯	さかのぼれ
た形 (過去形) 追溯了	さかのぼった	可能形 可以追溯	さかのぼれる
たら形 （條件形） 追溯的話	さかのぼったら	う形 （意向形） 追溯吧	さかのぼろう

△歴史を遡る。／回溯歴史。

さからう【逆らう】 逆・反方向；違背・違抗・抗拒・違拗 　自五　グループ1

逆らう・逆らいます

辞書形(基本形) 違背	さからう	たり形 又是違背	さからったり
ない形 （否定形） 沒違背	さからわない	ば形 （條件形） 違背的話	さからえば
なかった形 （過去否定形） 過去沒違背	さからわなかった	させる形 （使役形） 使違背	さからわせる
ます形 （連用形） 違背	さからいます	られる形 （被動形） 被違背	さからわれる
て形 違背	さからって	命令形 快違背	さからえ
た形 (過去形) 違背了	さからった	可能形 可以違背	さからえる
たら形 （條件形） 違背的話	さからったら	う形 （意向形） 違背吧	さからおう

△風に逆らって進む。／逆風前進。

さく【裂く】 撕開・切開；扯散；分出・擠出・匀出；破裂・分裂 他五 グループ1

裂く・裂きます

辞書形(基本形) 撕開	さく	たり形 又是撕開	さいたり
ない形（否定形） 沒撕開	さかない	ば形（條件形） 撕開的話	さけば
なかった形（過去否定形） 過去沒撕開	さかなかった	させる形（使役形） 使撕開	さかせる
ます形（連用形） 撕開	さきます	られる形（被動形） 被撕開	さかれる
て形 撕開	さいて	命令形 快撕開	さけ
た形（過去形） 撕開了	さいた	可能形 可以撕開	さける
たら形（條件形） 撕開的話	さいたら	う形（意向形） 撕開吧	さこう

 △小さな問題が、二人の間を裂いてしまった。／
為了一個問題，使得兩人之間產生了裂痕。

さぐる【探る】 (用手腳等)探・摸；探聽・試探・偵查；探索・探求・探訪 他五 グループ1

探る・探ります

辞書形(基本形) 摸	さぐる	たり形 又是摸	さぐったり
ない形（否定形） 沒摸	さぐらない	ば形（條件形） 摸的話	さぐれば
なかった形（過去否定形） 過去沒摸	さぐらなかった	させる形（使役形） 使摸	さぐらせる
ます形（連用形） 摸	さぐります	られる形（被動形） 被摸	さぐられる
て形 摸	さぐって	命令形 快摸	さぐれ
た形（過去形） 摸了	さぐった	可能形 可以摸	さぐれる
たら形（條件形） 摸的話	さぐったら	う形（意向形） 摸吧	さぐろう

 △事件の原因を探る。／探究事件的原因。

さ さ え る【支える】 支撐；維持，支持；阻止，防止

他下一　グループ2

<ruby>支<rt>さ</rt></ruby>え る・<ruby>支<rt>さ</rt></ruby>え ます

辞書形（基本形） 支持	ささえる	たり形 又是支持	ささえたり
ない形（否定形） 沒支持	ささえない	ば形（條件形） 支持的話	ささえれば
なかった形（過去否定形） 過去沒支持	ささえなかった	させる形（使役形） 使支持	ささえさせる
ます形（連用形） 支持	ささえます	られる形（被動形） 被支持	ささえられる
て形 支持	ささえて	命令形 快支持	ささえろ
た形（過去形） 支持了	ささえた	可能形 可以支持	ささえられる
たら形（條件形） 支持的話	ささえたら	う形（意向形） 支持吧	ささえよう

△<ruby>私<rt>わたし</rt></ruby>は、<ruby>資金<rt>しきん</rt></ruby>において<ruby>彼<rt>かれ</rt></ruby>を<ruby>支<rt>ささ</rt></ruby>えようと<ruby>思<rt>おも</rt></ruby>う。／在資金方面，我想支援他。

さ さ や く【囁く】 低聲自語・小聲說話・耳語

自五　グループ1

<ruby>囁<rt>ささや</rt></ruby>く・<ruby>囁<rt>ささや</rt></ruby>き ます

辞書形（基本形） 耳語	ささやく	たり形 又是耳語	ささやいたり
ない形（否定形） 沒耳語	ささやかない	ば形（條件形） 耳語的話	ささやけば
なかった形（過去否定形） 過去沒耳語	ささやかなかった	させる形（使役形） 使耳語	ささやかせる
ます形（連用形） 耳語	ささやきます	られる形（被動形） 被耳語	ささやかれる
て形 耳語	ささやいて	命令形 快耳語	ささやけ
た形（過去形） 耳語了	ささやいた	可能形 可以耳語	ささやける
たら形（條件形） 耳語的話	ささやいたら	う形（意向形） 耳語吧	ささやこう

△カッコイイ<ruby>人<rt>ひと</rt></ruby>に<ruby>壁<rt>かべ</rt></ruby>ドンされて、<ruby>耳元<rt>みみもと</rt></ruby>であんなことやこんなことをささやかれたい。／
我希望能讓一位型男壁咚，並且在耳邊對我輕聲細訴濃情蜜意。

さしひく【差し引く】

扣除・減去；抵補・相抵（的餘額）；（潮水的）漲落，（體溫的）升降

他五 グループ1

差し引く・差し引きます

辞書形(基本形) 扣除	さしひく	たり形 又是扣除	さしひいたり
ない形 (否定形) 沒扣除	さしひかない	ば形 (條件形) 扣除的話	さしひけば
なかった形 (過去否定形) 過去沒扣除	さしひかなかった	させる形 (使役形) 使扣除	さしひかせる
ます形 (連用形) 扣除	さしひきます	られる形 (被動形) 被扣除	さしひかれる
て形 扣除	さしひいて	命令形 快扣除	さしひけ
た形 (過去形) 扣除了	さしひいた	可能形 可以扣除	さしひける
たら形 (條件形) 扣除的話	さしひいたら	う形 (意向形) 扣除吧	さしひこう

△給与から税金が差し引かれるとか。／聽說會從薪水裡扣除稅金。

さす【差す】

指・指示；使・叫・令・命令做…

助動・五型 グループ1

差す・差します

辞書形(基本形) 指示	さす	たり形 又是指示	さしたり
ない形 (否定形) 沒指示	ささない	ば形 (條件形) 指示的話	させば
なかった形 (過去否定形) 過去沒指示	ささなかった	させる形 (使役形) 使指示	ささせる
ます形 (連用形) 指示	さします	られる形 (被動形) 被指示	さされる
て形 指示	さして	命令形 快指示	させ
た形 (過去形) 指示了	さした	可能形 可以指示	させる
たら形 (條件形) 指示的話	さしたら	う形 (意向形) 指示吧	さそう

△戸がキイキイ鳴るので、油を差した。／
由於開關門時嘎嘎作響，因此倒了潤滑油。

さびる【錆びる】 生鏽・長鏽；（聲音）蒼老

自上一 グループ2

錆びる・錆びます

辞書形(基本形) 生鏽	さびる	たり形 又是生鏽	さびたり
ない形（否定形） 沒生鏽	さびない	ば形（條件形） 生鏽的話	さびれば
なかった形（過去否定形） 過去沒生鏽	さびなかった	させる形（使役形） 使生鏽	さびさせる
ます形（連用形） 生鏽	さびます	られる形（被動形） 被長鏽	さびられる
て形 生鏽	さびて	命令形 快生鏽	さびろ
た形（過去形） 生鏽了	さびた	可能形	———
たら形（條件形） 生鏽的話	さびたら	う形（意向形） 生鏽吧	さびよう

△鉄棒が赤く錆びてしまった。／鐵棒生鏽變紅了。

さまたげる【妨げる】 阻礙・防礙・阻攔・阻撓

他下一 グループ2

妨げる・妨げます

辞書形(基本形) 阻礙	さまたげる	たり形 又是阻礙	さまたげたり
ない形（否定形） 沒阻礙	さまたげない	ば形（條件形） 阻礙的話	さまたげれば
なかった形（過去否定形） 過去沒阻礙	さまたげなかった	させる形（使役形） 使阻礙	さまたげさせる
ます形（連用形） 阻礙	さまたげます	られる形（被動形） 被阻礙	さまたげられる
て形 阻礙	さまたげて	命令形 快阻礙	さまたげろ
た形（過去形） 阻礙了	さまたげた	可能形 可以阻礙	さまたげられる
たら形（條件形） 阻礙的話	さまたげたら	う形（意向形） 阻礙吧	さまたげよう

△あなたが留学するのを妨げる理由はない。／我沒有理由阻止你去留學。

さる【去る】 離開；經過・結束；（空間、時間）距離；消除・去掉 自他五・連體 グループ1

去る・去ります

辭書形(基本形) 經過	さる	たり形 又是經過	さったり
ない形 （否定形） 沒經過	さらない	ば形 （條件形） 經過的話	されば
なかった形 （過去否定形） 過去沒經過	さらなかった	させる形 （使役形） 使經過	さらせる
ます形 （連用形） 經過	さります	られる形 （被動形） 被結束	さられる
て形 經過	さって	命令形 快經過	され
た形 （過去形） 經過了	さった	可能形 可以經過	される
たら形 （條件形） 經過的話	さったら	う形 （意向形） 經過吧	さろう

 △彼らは、黙って去っていきました。／他們默默地離去了。

しあがる【仕上がる】 做完・完成；做成的情形 自五 グループ1

仕上がる・仕上がります

辭書形(基本形) 完成	しあがる	たり形 又是完成	しあがったり
ない形 （否定形） 沒完成	しあがらない	ば形 （條件形） 完成的話	しあがれば
なかった形 （過去否定形） 過去沒完成	しあがらなかった	させる形 （使役形） 使完成	しあがらせる
ます形 （連用形） 完成	しあがります	られる形 （被動形） 被完成	しあがられる
て形 完成	しあがって	命令形 快完成	しあがれ
た形 （過去形） 完成了	しあがった	可能形	————
たら形 （條件形） 完成的話	しあがったら	う形 （意向形） 完成吧	しあがろう

 △作品が仕上がったら、展示場に運びます。／
作品一完成，就馬上送到展覽場。

しく【敷く】

撲上一層，（作接尾詞用）舖滿，遍佈，落滿舖墊，舖設；布置；發佈 自他五 グループ1

敷く・敷きます

辞書形(基本形) 舖滿	しく	たり形 又是舖滿	しいたり
ない形（否定形） 沒舖滿	しかない	ば形（條件形） 舖滿的話	しけば
なかった形（過去否定形） 過去沒舖滿	しかなかった	させる形（使役形） 使舖滿	しかせる
ます形（連用形） 舖滿	しきます	られる形（被動形） 被舖滿	しかれる
て形 舖滿	しいて	命令形 快舖滿	しけ
た形（過去形） 舖滿了	しいた	可能形 可以舖滿	しける
たら形（條件形） 舖滿的話	しいたら	う形（意向形） 舖滿吧	しこう

 △どうぞ座布団を敷いてください。／煩請鋪一下坐墊。

しくじる

失敗・失策；（俗）被解雇；跌交 他五 グループ1

しくじる・しくじります

辞書形(基本形) 失策	しくじる	たり形 又是失策	しくじったり
ない形（否定形） 沒失策	しくじらない	ば形（條件形） 失策的話	しくじれば
なかった形（過去否定形） 過去沒失策	しくじらなかった	させる形（使役形） 使失策	しくじらせる
ます形（連用形） 失策	しくじります	られる形（被動形） 被解雇	しくじられる
て形 失策	しくじって	命令形 快失策	しくじれ
た形（過去形） 失策了	しくじった	可能形 可以失策	しくじれる
たら形（條件形） 失策的話	しくじったら	う形（意向形） 失策吧	しくじろう

 △就職の面接で、しくじったと思ったけど、採用になった。／
原本以為沒有通過求職面試，結果被錄取了。

しげる【茂る】 (草木)繁茂・茂密・茂盛

茂る・茂ります

辞書形（基本形） 繁茂	しげる	たり形 又是繁茂	しげったり
ない形（否定形） 沒繁茂	しげらない	ば形（條件形） 繁茂的話	しげれば
なかった形（過去否定形） 過去沒繁茂	しげらなかった	させる形（使役形） 使繁茂	しげらせる
ます形（連用形） 繁茂	しげります	られる形（被動形） 被繁茂	しげられる
て形 繁茂	しげって	命令形 快繁茂	しげれ
た形（過去形） 繁茂了	しげった	可能形 可以繁茂	しげれる
たら形（條件形） 繁茂的話	しげったら	う形（意向形） 繁茂吧	しげろう

 △桜の葉が茂る。／櫻花樹的葉子開得很茂盛。

しずまる【静まる】 變平靜；平靜・平息；減弱；平靜的（存在）

静まる・静まります

辞書形（基本形） 平靜	しずまる	たり形 又是平靜	しずまったり
ない形（否定形） 沒平靜	しずまらない	ば形（條件形） 平靜的話	しずまれば
なかった形（過去否定形） 過去沒平靜	しずまらなかった	させる形（使役形） 使平靜	しずまらせる
ます形（連用形） 平靜	しずまります	られる形（被動形） 被減弱	しずまられる
て形 平靜	しずまって	命令形 快平靜	しずまれ
た形（過去形） 平靜了	しずまった	可能形 可以平靜	しずまれる
たら形（條件形） 平靜的話	しずまったら	う形（意向形） 平靜吧	しずまろう

 △先生が大きな声を出したものだから、みんなびっくりして静まった。／
因為老師突然大聲講話，所以大家都嚇得鴉雀無聲。

しずむ【沈む】 沉沒・沈入；西沈・下山；消沈，落魄，氣餒；沈淪　自五　グループ1

沈む・沈みます

辭書形(基本形) 沉沒	しずむ	たり形 又是沉沒	しずんだり
ない形（否定形） 沒沉沒	しずまない	ば形（條件形） 沉沒的話	しずめば
なかった形（過去否定形） 過去沒沉沒	しずまなかった	させる形（使役形） 使沉沒	しずませる
ます形（連用形） 沉沒	しずみます	られる形（被動形） 被沉沒	しずまれる
て形 沉沒	しずんで	命令形 快沉沒	しずめ
た形（過去形） 沉沒了	しずんだ	可能形 可以沉沒	しずめる
たら形（條件形） 沉沒的話	しずんだら	う形（意向形） 沉沒吧	しずもう

△夕日が沈むのを、ずっと見ていた。／我一直看著夕陽西沈。

したがう【従う】 跟隨；服從・遵從；按照；順著，沿著，隨著，伴隨　自五　グループ1

従う・従います

辭書形(基本形) 服從	したがう	たり形 又是服從	したがったり
ない形（否定形） 沒服從	したがわない	ば形（條件形） 服從的話	したがえば
なかった形（過去否定形） 過去沒服從	したがわなかった	させる形（使役形） 使服從	したがわせる
ます形（連用形） 服從	したがいます	られる形（被動形） 被服從	したがわれる
て形 服從	したがって	命令形 快服從	したがえ
た形（過去形） 服從了	したがった	可能形 可以服從	したがえる
たら形（條件形） 服從的話	したがったら	う形（意向形） 服從吧	したがおう

△先生が言えば、みんな従うにきまっています。／
只要老師一說話，大家就肯定會服從的。

しはらう【支払う】 支付・付款

支払う・支払います

辞書形(基本形) 支付	しはらう	たり形 又是支付	しはらったり
ない形（否定形） 沒支付	しはらわない	ば形（條件形） 支付的話	しはらえば
なかった形（過去否定形） 過去沒支付	しはらわなかった	させる形（使役形） 使支付	しはらわせる
ます形（連用形） 支付	しはらいます	られる形（被動形） 被支付	しはらわれる
て形 支付	しはらって	命令形 快支付	しはらえ
た形（過去形） 支付了	しはらった	可能形 可以支付	しはらえる
たら形（條件形） 支付的話	しはらったら	う形（意向形） 支付吧	しはらおう

△請求書が来たので、支払うほかない。／
繳款通知單寄來了，所以只好乖乖付款。

しばる【縛る】 綁・捆・縛；拘束・限制；逮捕

縛る・縛ります

辞書形(基本形) 綁	しばる	たり形 又是綁	しばったり
ない形（否定形） 沒綁	しばらない	ば形（條件形） 綁的話	しばれば
なかった形（過去否定形） 過去沒綁	しばらなかった	させる形（使役形） 使綁	しばらせる
ます形（連用形） 綁	しばります	られる形（被動形） 被綁	しばられる
て形 綁	しばって	命令形 快綁	しばれ
た形（過去形） 綁了	しばった	可能形 可以綁	しばれる
たら形（條件形） 綁的話	しばったら	う形（意向形） 綁吧	しばろう

△ひもをきつく縛ってあったものだから、靴がすぐ脱げない。／
因為鞋帶綁太緊了，所以沒辦法馬上脫掉鞋子。

しびれる【痺れる】 麻木；（俗）因強烈刺激而興奮　自下一　グループ2

痺れる・痺れます

辞書形（基本形）麻木	しびれる	たり形 又是麻木	しびれたり
ない形（否定形）沒麻木	しびれない	ば形（條件形）麻木的話	しびれれば
なかった形（過去否定形）過去沒麻木	しびれなかった	させる形（使役形）使麻木	しびれさせる
ます形（連用形）麻木	しびれます	られる形（被動形）被麻木	しびれられる
て形 麻木	しびれて	命令形 快麻木	しびれろ
た形（過去形）麻木了	しびれた	可能形	————
たら形（條件形）麻木的話	しびれたら	う形（意向形）麻木吧	しびれよう

△足が痺れたものだから、立てませんでした。／
因為腳麻所以沒辦法站起來。

しぼむ【萎む・凋む】 枯萎，凋謝；扁掉　自五　グループ1

萎む・萎みます

辞書形（基本形）枯萎	しぼむ	たり形 又是枯萎	しぼんだり
ない形（否定形）沒枯萎	しぼまない	ば形（條件形）枯萎的話	しぼめば
なかった形（過去否定形）過去沒枯萎	しぼまなかった	させる形（使役形）使枯萎	しぼませる
ます形（連用形）枯萎	しぼみます	られる形（被動形）被扁掉	しぼまれる
て形 枯萎	しぼんで	命令形 快枯萎	しぼめ
た形（過去形）枯萎了	しぼんだ	可能形	————
たら形（條件形）枯萎的話	しぼんだら	う形（意向形）枯萎吧	しぼもう

△花は、しぼんでしまったのやら、開き始めたのやら、いろいろです。／
花會凋謝啦、綻放啦，有多種面貌。

しぼる【絞る】

扭・搾；引人（流淚）；拼命發出（高聲），絞盡（腦汁）；剝削，勒索；拉開（幕）

他工　グループ1

絞る・絞ります

辞書形(基本形) 扭	しぼる	たり形 又是扭	しぼったり
ない形（否定形） 沒扭	しぼらない	ば形（條件形） 扭的話	しぼれば
なかった形（過去否定形） 過去沒扭	しぼらなかった	させる形（使役形） 使扭	しぼらせる
ます形（連用形） 扭	しぼります	られる形（被動形） 被扭	しぼられる
て形 扭	しぼって	命令形 快扭	しぼれ
た形（過去形） 扭了	しぼった	可能形 可以扭	しぼれる
たら形（條件形） 扭的話	しぼったら	う形（意向形） 扭吧	しぼろう

 △雑巾をしっかり絞りましょう。／抹布要用力扭乾。

しまう【仕舞う】

結束・完了・收拾；收拾起來；關閉；表示不能恢復原狀

自他五・補動　グループ1

仕舞う・仕舞います

辞書形(基本形) 收拾	しまう	たり形 又是收拾	しまったり
ない形（否定形） 沒收拾	しまわない	ば形（條件形） 收拾的話	しまえば
なかった形（過去否定形） 過去沒收拾	しまわなかった	させる形（使役形） 使收拾	しまわせる
ます形（連用形） 收拾	しまいます	られる形（被動形） 被收拾	しまわれる
て形 收拾	しまって	命令形 快收拾	しまえ
た形（過去形） 收拾了	しまった	可能形 可以收拾	しまえる
たら形（條件形） 收拾的話	しまったら	う形（意向形） 收拾吧	しまおう

 △通帳は金庫にしまっている。／存摺收在金庫裡。

しめきる【締切る】 （期限）屆滿・截止・結束 他五 グループ1

締切る・締切ります

辞書形(基本形) 截止	しめきる	たり形 又是截止	しめきったり
ない形（否定形） 沒截止	しめきらない	ば形（條件形） 截止的話	しめきれば
なかった形（過去否定形） 過去沒截止	しめきらなかった	させる形（使役形） 使截止	しめきらせる
ます形（連用形） 截止	しめきります	られる形（被動形） 被截止	しめきられる
て形 截止	しめきって	命令形 快截止	しめきれ
た形（過去形） 截止了	しめきった	可能形 可以截止	しめきれる
たら形（條件形） 截止的話	しめきったら	う形（意向形） 截止吧	しめきろう

 △申し込みは5時で締め切られるとか。／聽說報名是到五點。

しめす【示す】 出示，拿出來給對方看；表示，表明；指示，指點，開導；呈現，顯示 他五 グループ1

示す・示します

辞書形(基本形) 指點	しめす	たり形 又是指點	しめしたり
ない形（否定形） 沒指點	しめさない	ば形（條件形） 指點的話	しめせば
なかった形（過去否定形） 過去沒指點	しめさなかった	させる形（使役形） 使指點	しめさせる
ます形（連用形） 指點	しめします	られる形（被動形） 被指點	しめされる
て形 指點	しめして	命令形 快指點	しめせ
た形（過去形） 指點了	しめした	可能形 可以指點	しめせる
たら形（條件形） 指點的話	しめしたら	う形（意向形） 指點吧	しめそう

 △実例によって、やりかたを示す。／以實際的例子來示範做法。

しめる【占める】 占有・佔據・佔領；（只用於特殊形）表得到（重要的位置）

占める・占めます

辞書形(基本形) 占有	しめる	たり形 又是占有	しめたり
ない形（否定形） 沒占有	しめない	ば形（條件形） 占有的話	しめれば
なかった形（過去否定形） 過去沒占有	しめなかった	させる形（使役形） 使占有	しめさせる
ます形（連用形） 占有	しめます	られる形（被動形） 被占有	しめられる
て形 占有	しめて	命令形 快占有	しめろ
た形（過去形） 占有了	しめた	可能形	———
たら形（條件形） 占有的話	しめたら	う形（意向形） 占有吧	しめよう

 △公園は町の中心部を占めている。／公園據於小鎮的中心。

しめる【湿る】 濕・受潮・濡濕；（火）熄滅・（勢頭）漸消

湿る・湿ります

辞書形(基本形) 熄滅	しめる	たり形 又是熄滅	しめったり
ない形（否定形） 沒熄滅	しめらない	ば形（條件形） 熄滅的話	しめれば
なかった形（過去否定形） 過去沒熄滅	しめらなかった	させる形（使役形） 使熄滅	しめらせる
ます形（連用形） 熄滅	しめります	られる形（被動形） 被熄滅	しめられる
て形 熄滅	しめって	命令形 快熄滅	しめれ
た形（過去形） 熄滅了	しめった	可能形	———
たら形（條件形） 熄滅的話	しめったら	う形（意向形） 熄滅吧	しめろう

△今日は午後に干したから、木綿はともかく、ポリエステルもまだ湿ってる。／
今天是下午才晾衣服的，所以純棉的就不用說了，連人造纖維的都還是濕的。

しゃがむ 蹲・蹲下

しゃがむ・しゃがみます

辞書形(基本形) 蹲下	しゃがむ	たり形 又是蹲下	しゃがんだり
ない形（否定形） 沒蹲下	しゃがまない	ば形（條件形） 蹲下的話	しゃがめば
なかった形（過去否定形） 過去沒蹲下	しゃがまなかった	させる形（使役形） 使蹲下	しゃがませる
ます形（連用形） 蹲下	しゃがみます	られる形（被動形） 被蹲下	しゃがまれる
て形 蹲下	しゃがんで	命令形 快蹲下	しゃがめ
た形（過去形） 蹲下了	しゃがんだ	可能形 可以蹲下	しゃがめる
たら形（條件形） 蹲下的話	しゃがんだら	う形（意向形） 蹲下吧	しゃがもう

△疲れたので、道端にしゃがんで休んだ。／
因為累了，所以在路邊蹲下來休息。

しゃぶる （放入口中）含・吸吮

しゃぶる・しゃぶります

辞書形(基本形) 吸吮	しゃぶる	たり形 又是吸吮	しゃぶったり
ない形（否定形） 沒吸吮	しゃぶらない	ば形（條件形） 吸吮的話	しゃぶれば
なかった形（過去否定形） 過去沒吸吮	しゃぶらなかった	させる形（使役形） 使吸吮	しゃぶらせる
ます形（連用形） 吸吮	しゃぶります	られる形（被動形） 被吸吮	しゃぶられる
て形 吸吮	しゃぶって	命令形 快吸吮	しゃぶれ
た形（過去形） 吸吮了	しゃぶった	可能形 可以吸吮	しゃぶれる
たら形（條件形） 吸吮的話	しゃぶったら	う形（意向形） 吸吮吧	しゃぶろう

△赤ちゃんは、指もしゃぶれば、玩具もしゃぶる。／
小嬰兒既會吸手指頭，也會用嘴含玩具。

すきとおる【透き通る】

通明・透亮・透涼・透渦大；清澈；
清脆（的聲音）

透き通る・透き通ります

辞書形（基本形） 透亮	すきとおる	たり形 又是透亮	すきとおったり
ない形（否定形） 沒透亮	すきとおらない	ば形（條件形） 透亮的話	すきとおれば
なかった形（過去否定形） 過去沒透亮	すきとおら なかった	させる形（使役形） 使透亮	すきとおらせる
ます形（連用形） 透亮	すきとおります	られる形（被動形） 被透過去	すきとおられる
て形 透亮	すきとおって	命令形 快透亮	すきとおれ
た形（過去形） 透亮了	すきとおった	可能形	————
たら形（條件形） 透亮的話	すきとおったら	う形（意向形） 透亮吧	すきとおろう

 △この魚は透き通っていますね。／這條魚的色澤真透亮。

すくう【救う】

拯救・搭救・救援・解救；救濟；賑災；挽救

救う・救います

辞書形（基本形） 拯救	すくう	たり形 又是拯救	すくったり
ない形（否定形） 沒拯救	すくわない	ば形（條件形） 拯救的話	すくえば
なかった形（過去否定形） 過去沒拯救	すくわなかった	させる形（使役形） 使拯救	すくわせる
ます形（連用形） 拯救	すくいます	られる形（被動形） 被拯救	すくわれる
て形 拯救	すくって	命令形 快拯救	すくえ
た形（過去形） 拯救了	すくった	可能形 可以拯救	すくえる
たら形（條件形） 拯救的話	すくったら	う形（意向形） 拯救吧	すくおう

 △政府の援助なくして、災害に遭った人々を救うことはできない。／
要是沒有政府的援助，就沒有辦法幫助那些受災的人們。

すぐれる【優れる】

（才能、價值等）出色・優越・傑出・精湛・凌駕・勝過；（身體、精神、天氣）好・爽朗・舒暢

自下一　グループ2

優^{すぐ}れる・優^{すぐ}れます

辞書形(基本形) 凌駕	すぐれる	たり形 又是凌駕	すぐれたり
ない形（否定形） 沒凌駕	すぐれない	ば形（條件形） 凌駕的話	すぐれれば
なかった形（過去否定形） 過去沒凌駕	すぐれなかった	させる形（使役形） 使凌駕	すぐれさせる
ます形（連用形） 凌駕	すぐれます	られる形（被動形） 被凌駕	すぐれられる
て形 凌駕	すぐれて	命令形 快凌駕	すぐれろ
た形（過去形） 凌駕了	すぐれた	可能形	———
たら形（條件形） 凌駕的話	すぐれたら	う形（意向形） 凌駕吧	すぐれよう

△彼女^{かのじょ}は美人^{びじん}であるとともに、スタイルも優^{すぐ}れている。／
她人既美，身材又好。

すずむ【涼む】　乘涼・納涼

自五　グループ1

涼^{すず}む・涼^{すず}みます

辞書形(基本形) 納涼	すずむ	たり形 又是納涼	すずんだり
ない形（否定形） 沒納涼	すずまない	ば形（條件形） 納涼的話	すずめば
なかった形（過去否定形） 過去沒納涼	すずまなかった	させる形（使役形） 使納涼	すずませる
ます形（連用形） 納涼	すずみます	られる形（被動形） 被納涼	すずまれる
て形 納涼	すずんで	命令形 快納涼	すずめ
た形（過去形） 納涼了	すずんだ	可能形 可以納涼	すずめる
たら形（條件形） 納涼的話	すずんだら	う形（意向形） 納涼吧	すずもう

△ちょっと外^{そと}に出^でて涼^{すず}んできます。／我到外面去乘涼一下。

すむ【澄む】 清澈；澄清；晶瑩，光亮；（聲音）清脆悅耳；清靜，寧靜 〔白五〕 グループ1

澄む・澄みます

辞書形(基本形) 澄清	すむ	たり形 又是澄清	すんだり
ない形（否定形） 沒澄清	すまない	ば形（條件形） 澄清的話	すめば
なかった形（過去否定形） 過去沒澄清	すまなかった	させる形（使役形） 使澄清	すませる
ます形（連用形） 澄清	すみます	られる形（被動形） 被澄清	すまれる
て形 澄清	すんで	命令形 快澄清	すめ
た形（過去形） 澄清了	すんだ	可能形	———
たら形（條件形） 澄清的話	すんだら	う形（意向形） 澄清吧	すもう

△川の水は澄んでいて、底までよく見える。／
由於河水非常清澈，河底清晰可見。

ずらす 挪開・錯開・差開 〔他五〕 グループ1

ずらす・ずらします

辞書形(基本形) 挪開	ずらす	たり形 又是挪開	ずらしたり
ない形（否定形） 沒挪開	ずらさない	ば形（條件形） 挪開的話	ずらせば
なかった形（過去否定形） 過去沒挪開	ずらさなかった	させる形（使役形） 使挪開	ずらさせる
ます形（連用形） 挪開	ずらします	られる形（被動形） 被挪開	ずらされる
て形 挪開	ずらして	命令形 快挪開	ずらせ
た形（過去形） 挪開了	ずらした	可能形 可以挪開	ずらせる
たら形（條件形） 挪開的話	ずらしたら	う形（意向形） 挪開吧	ずらそう

△ここちょっと狭いから、このソファーをこっちにずらさない？／
這裡有點窄，要不要把這座沙發稍微往這邊移一下？

する【刷る】 印刷

他五 グループ1

刷る・刷ります

辞書形(基本形) 印刷	する	たり形 又是印刷	すったり
ない形（否定形） 沒印刷	すらない	ば形（條件形） 印刷的話	すれば
なかった形（過去否定形） 過去沒印刷	すらなかった	させる形（使役形） 使印刷	すらせる
ます形（連用形） 印刷	すります	られる形（被動形） 被印刷	すられる
て形 印刷	すって	命令形 快印刷	すれ
た形（過去形） 印刷了	すった	可能形 可以印刷	すれる
たら形（條件形） 印刷的話	すったら	う形（意向形） 印刷吧	するう

△招待のはがきを100枚刷りました。／我印了100張邀請用的明信片。

ずれる （從原來或正確的位置）錯位・移動；離題・背離（主題、正路等） 自下一 グループ2

ずれる・ずれます

辞書形(基本形) 移動	ずれる	たり形 又是移動	ずれたり
ない形（否定形） 沒移動	ずれない	ば形（條件形） 移動的話	ずれれば
なかった形（過去否定形） 過去沒移動	ずれなかった	させる形（使役形） 使移動	ずれさせる
ます形（連用形） 移動	ずれます	られる形（被動形） 被移動	ずれられる
て形 移動	ずれて	命令形 快移動	ずれろ
た形（過去形） 移動了	ずれた	可能形	———
たら形（條件形） 移動的話	ずれたら	う形（意向形） 移動吧	ずれよう

△印刷が少しずれてしまった。／印刷版面有點對位不正。

せおう【背負う】 背；擔負・承擔・肩負

背負う・背負います

辞書形(基本形) 背	せおう	たり形 又是背	せおったり
ない形（否定形） 沒背	せおわない	ば形（條件形） 背的話	せおえば
なかった形（過去否定形） 過去沒背	せおわなかった	させる形（使役形） 使背	せおわせる
ます形（連用形） 背	せおいます	られる形（被動形） 被背	せおわれる
て形 背	せおって	命令形 快背	せおえ
た形（過去形） 背了	せおった	可能形 可以背	せおえる
たら形（條件形） 背的話	せおったら	う形（意向形） 背吧	せおおう

△この重い荷物を、背負えるものなら背負ってみろよ。／
你要能背這個沈重的行李，你就背看看啊！

せまる【迫る】 強迫・逼迫；臨近・迫近；變狹窄・縮短；陷於困境・窘困

迫る・迫ります

辞書形(基本形) 強迫	せまる	たり形 又是強迫	せまったり
ない形（否定形） 沒強迫	せまらない	ば形（條件形） 強迫的話	せまれば
なかった形（過去否定形） 過去沒強迫	せまらなかった	させる形（使役形） 使強迫	せまらせる
ます形（連用形） 強迫	せまります	られる形（被動形） 被強迫	せまられる
て形 強迫	せまって	命令形 快強迫	せまれ
た形（過去形） 強迫了	せまった	可能形 可以強迫	せまれる
たら形（條件形） 強迫的話	せまったら	う形（意向形） 強迫吧	せまろう

△彼女に結婚しろと迫られた。／她強迫我要結婚。

せめる【攻める】 攻・攻打 他下一 グループ2

攻_せめる・攻_せめます

辞書形(基本形) 攻打	せめる	たり形 又是攻打	せめたり
ない形 (否定形) 沒攻打	せめない	ば形 (條件形) 攻打的話	せめれば
なかった形 (過去否定形) 過去沒攻打	せめなかった	させる形 (使役形) 使攻打	せめさせる
ます形 (連用形) 攻打	せめます	られる形 (被動形) 被攻打	せめられる
て形 攻打	せめて	命令形 快攻打	せめろ
た形 (過去形) 攻打了	せめた	可能形 可以攻打	せめられる
たら形 (條件形) 攻打的話	せめたら	う形 (意向形) 攻打吧	せめよう

△城_{しろ}を攻_せめる。／攻打城堡。

せめる【責める】 責備・責問；苛責・折磨・摧殘；嚴加催討；馴服馬匹 他下一 グループ2

責_せめる・責_せめます

辞書形(基本形) 責備	せめる	たり形 又是責備	せめたり
ない形 (否定形) 沒責備	せめない	ば形 (條件形) 責備的話	せめれば
なかった形 (過去否定形) 過去沒責備	せめなかった	させる形 (使役形) 使責備	せめさせる
ます形 (連用形) 責備	せめます	られる形 (被動形) 被責備	せめられる
て形 責備	せめて	命令形 快責備	せめろ
た形 (過去形) 責備了	せめた	可能形 可以責備	せめられる
たら形 (條件形) 責備的話	せめたら	う形 (意向形) 責備吧	せめよう

△そんなに自分_{じぶん}を責_せめるべきではない。／你不應該那麼的自責。

そそぐ【注ぐ】

（水不斷地）注入・流入；（雨、雪等）落下；（把液體等）注入、倒入；澆・灑

白他五 グループ1

注ぐ・注ぎます

辞書形 (基本形) 注入	そそぐ	たり形 又是注入	そそいだり
ない形 (否定形) 沒注入	そそがない	ば形 (條件形) 注入的話	そそげば
なかった形 (過去否定形) 過去沒注入	そそがなかった	させる形 (使役形) 使注入	そそがせる
ます形 (連用形) 注入	そそぎます	られる形 (被動形) 被注入	そそがれる
て形 注入	そそいで	命令形 快注入	そそげ
た形 (過去形) 注入了	そそいだ	可能形 可以注入	そそげる
たら形 (條件形) 注入的話	そそいだら	う形 (意向形) 注入吧	そそごう

 △カップにコーヒーを注ぎました。／我將咖啡倒進了杯中。

そなえる【備える】

準備・防備；配置・裝置；天生具備

他下一 グループ2

備える・備えます

辞書形 (基本形) 裝置	そなえる	たり形 又是裝置	そなえたり
ない形 (否定形) 沒裝置	そなえない	ば形 (條件形) 裝置的話	そなえれば
なかった形 (過去否定形) 過去沒裝置	そなえなかった	させる形 (使役形) 使裝置	そなえさせる
ます形 (連用形) 裝置	そなえます	られる形 (被動形) 被裝置	そなえられる
て形 裝置	そなえて	命令形 快裝置	そなえろ
た形 (過去形) 裝置了	そなえた	可能形 可以裝置	そなえられる
たら形 (條件形) 裝置的話	そなえたら	う形 (意向形) 裝置吧	そなえよう

 △災害に対して、備えなければならない。／要預防災害。

そる【剃る】 剃（頭）・刮（臉）

他五　グループ1

剃る・剃ります

辞書形(基本形) 剃	そる	たり形 又是剃	そったり
ない形 (否定形) 沒剃	そらない	ば形 (條件形) 剃的話	それば
なかった形 (過去否定形) 過去沒剃	そらなかった	させる形 (使役形) 使剃	そらせる
ます形 (連用形) 剃	そります	られる形 (被動形) 被剃	そられる
て形 剃	そって	命令形 快剃	それ
た形 (過去形) 剃了	そった	可能形 可以剃	それる
たら形 (條件形) 剃的話	そったら	う形 (意向形) 剃吧	そろう

△ひげを剃ってからでかけます。／我刮了鬍子之後便出門。

それる【逸れる】 偏離正軌，歪向一旁；不合調，走調；走向一邊，轉過去

自下一　グループ2

逸れる・逸れます

辞書形(基本形) 走調	それる	たり形 又是走調	それたり
ない形 (否定形) 沒走調	それない	ば形 (條件形) 走調的話	それれば
なかった形 (過去否定形) 過去沒走調	それなかった	させる形 (使役形) 使走調	それさせる
ます形 (連用形) 走調	それます	られる形 (被動形) 被走調	それられる
て形 走調	それて	命令形 快走調	それろ
た形 (過去形) 走調了	それた	可能形	———
たら形 (條件形) 走調的話	それたら	う形 (意向形) 走調吧	それよう

△ピストルの弾が、目標から逸れました。／手槍的子彈，偏離了目標。

たがやす【耕す】 耕作・耕耘・耕田

耕す・耕します

辞書形(基本形) 耕田	たがやす	たり形 又是耕田	たがやしたり
ない形（否定形） 沒耕田	たがやさない	ば形（條件形） 耕田的話	たがやせば
なかった形（過去否定形） 過去沒耕田	たがやさなかった	させる形（使役形） 使耕田	たがやさせる
ます形（連用形） 耕田	たがやします	られる形（被動形） 被耕耘	たがやされる
て形 耕田	たがやして	命令形 快耕田	たがやせ
た形（過去形） 耕田了	たがやした	可能形 可以耕耘	たがやせる
たら形（條件形） 耕田的話	たがやしたら	う形（意向形） 耕耘吧	たがやそう

△我が家は畑を耕して生活しています。／我家靠耕田過生活。

たくわえる【蓄える・貯える】 儲蓄，積蓄；保存，儲備；留，留存

蓄える・蓄えます

辞書形(基本形) 保存	たくわえる	たり形 又是保存	たくわえたり
ない形（否定形） 沒保存	たくわえない	ば形（條件形） 保存的話	たくわえれば
なかった形（過去否定形） 過去沒保存	たくわえなかった	させる形（使役形） 使保存	たくわえさせる
ます形（連用形） 保存	たくわえます	られる形（被動形） 被保存	たくわえられる
て形 保存	たくわえて	命令形 快保存	たくわえろ
た形（過去形） 保存了	たくわえた	可能形 可以保存	たくわえられる
たら形（條件形） 保存的話	たくわえたら	う形（意向形） 保存吧	たくわえよう

△給料が安くて、お金を貯えるどころではない。／
薪水太少了，哪能存錢啊！

たたかう【戦う・闘う】

（進行）作戰・戰爭；鬥爭；競賽　　自五　グループ1

戦う・戦います

辞書形(基本形) 鬥爭	たたかう	たり形 又是鬥爭	たたかったり
ない形（否定形） 沒鬥爭	たたかわない	ば形（條件形） 鬥爭的話	たたかえば
なかった形（過去否定形） 過去沒鬥爭	たたかわなかった	させる形（使役形） 使鬥爭	たたかわせる
ます形（連用形） 鬥爭	たたかいます	られる形（被動形） 被鬥爭	たたかわれる
て形 鬥爭	たたかって	命令形 快鬥爭	たたかえ
た形（過去形） 鬥爭了	たたかった	可能形 可以鬥爭	たたかえる
たら形（條件形） 鬥爭的話	たたかったら	う形（意向形） 鬥爭吧	たたかおう

△勝敗はともかく、私は最後まで戦います。／
姑且不論勝敗，我會奮戰到底。

たちあがる【立ち上がる】

站起・起來；升起、冒起；重振、恢復；著手、開始行動　　自五　グループ1

立ち上がる・立ち上がります

辞書形(基本形) 升起	たちあがる	たり形 又是升起	たちあがったり
ない形（否定形） 沒升起	たちあがらない	ば形（條件形） 升起的話	たちあがれば
なかった形（過去否定形） 過去沒升起	たちあがら なかった	させる形（使役形） 使升起	たちあがらせる
ます形（連用形） 升起	たちあがります	られる形（被動形） 被升起	たちあがられる
て形 升起	たちあがって	命令形 快升起	たちあがれ
た形（過去形） 升起了	たちあがった	可能形 可以升起	たちあがれる
たら形（條件形） 升起的話	たちあがったら	う形（意向形） 升起吧	たちあがろう

△急に立ち上がったものだから、コーヒーをこぼしてしまった。／
因為突然站了起來，所以弄翻了咖啡。

たちどまる【立ち止まる】 站住・停步・停下 自五 グループ1

立ち止まる・立ち止まります

辞書形(基本形) 停下	たちどまる	たり形 又是停下	たちどまったり
ない形 (否定形) 沒停下	たちどまらない	ば形 (條件形) 停下的話	たちどまれば
なかった形 (過去否定形) 過去沒停下	たちどまら なかった	させる形 (使役形) 使停下	たちどまらせる
ます形 (連用形) 停下	たちどまります	られる形 (被動形) 被停下	たちどまられる
て形 停下	たちどまって	命令形 快停下	たちどまれ
た形 (過去形) 停下了	たちどまった	可能形 可以停下	たちどまれる
たら形 (條件形) 停下的話	たちどまったら	う形 (意向形) 停下吧	たちどまろう

 △立ち止まることなく、未来に向かって歩いていこう。／
不要停下來，向未來邁進吧！

たつ【絶つ】 切・斷；絕・斷絕；斷絕・消滅；斷・切斷 他五 グループ1

絶つ・絶ちます

辞書形(基本形) 切斷	たつ	たり形 又是切斷	たったり
ない形 (否定形) 沒切斷	たたない	ば形 (條件形) 切斷的話	たてば
なかった形 (過去否定形) 過去沒切斷	たたなかった	させる形 (使役形) 使切斷	たたせる
ます形 (連用形) 切斷	たちます	られる形 (被動形) 被切斷	たたれる
て形 切斷	たって	命令形 快切斷	たて
た形 (過去形) 切斷了	たった	可能形 可以切斷	たてる
たら形 (條件形) 切斷的話	たったら	う形 (意向形) 切斷吧	たとう

 △登山に行った男性が消息を絶っているということです。／
聽說那位登山的男性已音信全無了。

たとえる【例える】 比喩・比方

他下一 グループ2

例える・例えます

辞書形（基本形）比喩	たとえる	たり形 又是比喩	たとえたり
ない形（否定形）沒比喩	たとえない	ば形（條件形）比喩的話	たとえれば
なかった形（過去否定形）過去沒比喩	たとえなかった	させる形（使役形）使比喩	たとえさせる
ます形（連用形）比喩	たとえます	られる形（被動形）被比喩	たとえられる
て形 比喩	たとえて	命令形 快比喩	たとえろ
た形（過去形）比喩了	たとえた	可能形 可以比喩	たとえられる
たら形（條件形）比喩的話	たとえたら	う形（意向形）比喩吧	たとえよう

△この物語は、例えようがないほど面白い。／
這個故事，有趣到無法形容。

ダブる 重複：撞期。名詞「ダブル（double）」之動詞化。

自五 グループ1

ダブる・ダブります

辞書形（基本形）重複	ダブる	たり形 又是重複	ダブったり
ない形（否定形）沒重複	ダブらない	ば形（條件形）重複的話	ダブれば
なかった形（過去否定形）過去沒重複	ダブらなかった	させる形（使役形）使重複	ダブらせる
ます形（連用形）重複	ダブります	られる形（被動形）被重複	ダブられる
て形 重複	ダブって	命令形 快重複	ダブれ
た形（過去形）重複了	ダブった	可能形 可以重複	ダブれる
たら形（條件形）重複的話	ダブったら	う形（意向形）重複吧	ダブろう

△おもかげがダブる。／雙影。

ためす【試す】 試・試驗・試試・考驗 他五 グループ1

試す・試します

辞書形（基本形）試驗	ためす	たり形 又是試驗	ためしたり
ない形（否定形）沒試驗	ためさない	ば形（條件形）試驗的話	ためせば
なかった形（過去否定形）過去沒試驗	ためさなかった	させる形（使役形）使試驗	ためさせる
ます形（連用形）試驗	ためします	られる形（被動形）被考驗	ためされる
て形 試驗	ためして	命令形 快考驗	ためせ
た形（過去形）試驗了	ためした	可能形 可以考驗	ためせる
たら形（條件形）試驗的話	ためしたら	う形（意向形）考驗吧	ためそう

△体力の限界を試す。／考驗體能的極限。

ためらう【躊躇う】 猶豫・躊躇・遲疑・跚躕不前 自五 グループ1

ためらう・ためらいます

辞書形（基本形）遲疑	ためらう	たり形 又是遲疑	ためらったり
ない形（否定形）沒遲疑	ためらわない	ば形（條件形）遲疑的話	ためらえば
なかった形（過去否定形）過去沒遲疑	ためらわなかった	させる形（使役形）使遲疑	ためらわせる
ます形（連用形）遲疑	ためらいます	られる形（被動形）被遲疑	ためらわれる
て形 遲疑	ためらって	命令形 快遲疑	ためらえ
た形（過去形）遲疑了	ためらった	可能形	———
たら形（條件形）遲疑的話	ためらったら	う形（意向形）遲疑吧	ためらおう

△ちょっと躊躇ったばかりに、シュートを失敗してしまった。／
就因為猶豫了一下，結果球沒投進。

たよる【頼る】 依靠・依頼・仰仗；拄著；投靠・找門路 自他五 グループ1

頼る・頼ります

辞書形（基本形）依靠	たよる	たり形 又是依靠	たよったり
ない形（否定形）沒依靠	たよらない	ば形（條件形）依靠的話	たよれば
なかった形（過去否定形）過去沒依靠	たよらなかった	させる形（使役形）使依靠	たよらせる
ます形（連用形）依靠	たよります	られる形（被動形）被依靠	たよられる
て形 依靠	たよって	命令形 快依靠	たよれ
た形（過去形）依靠了	たよった	可能形 可以依靠	たよれる
たら形（條件形）依靠的話	たよったら	う形（意向形）依靠吧	たよろう

△あなたなら、誰にも頼ることなく仕事をやっていくでしょう。／
如果是你的話，工作不靠任何人也能進行吧！

たる【足る】 足夠・充足；值得・滿足 自五 グループ1

足る・足ります

辞書形（基本形）滿足	たる	たり形 又是滿足	たったり
ない形（否定形）沒滿足	たらない	ば形（條件形）滿足的話	たれば
なかった形（過去否定形）過去沒滿足	たらなかった	させる形（使役形）使滿足	たらせる
ます形（連用形）滿足	たります	られる形（被動形）被滿足	たられる
て形 滿足	たって	命令形 快滿足	たれ
た形（過去形）滿足了	たった	可能形	———
たら形（條件形）滿足的話	たったら	う形（意向形）滿足吧	たろう

△彼は、信じるに足る人だ。／他是個值得信賴的人。

たれさがる【垂れ下がる】 下垂・垂下

自五 グループ1

垂れ下がる・垂れ下がります

辞書形 (基本形) 垂下	たれさがる	たり形 又是垂下	たれさがったり
ない形 (否定形) 沒垂下	たれさがらない	ば形 (條件形) 垂下的話	たれさがれば
なかった形 (過去否定形) 過去沒垂下	たれさがら なかった	させる形 (使役形) 使垂下	たれさがらせる
ます形 (連用形) 垂下	たれさがります	られる形 (被動形) 被垂下	たれさがられる
て形 垂下	たれさがって	命令形 快垂下	たれさがれ
た形 (過去形) 垂下了	たれさがった	可能形 可以垂下	たれさがれる
たら形 (條件形) 垂下的話	たれさがったら	う形 (意向形) 垂下吧	たれさがろう

 △ひもが垂れ下がる。／帶子垂下。

ちかう【誓う】 發誓・起誓・宣誓

他五 グループ1

誓う・誓います

辞書形 (基本形) 發誓	ちかう	たり形 又是發誓	ちかったり
ない形 (否定形) 沒發誓	ちかわない	ば形 (條件形) 發誓的話	ちかえば
なかった形 (過去否定形) 過去沒發誓	ちかわなかった	させる形 (使役形) 使發誓	ちかわせる
ます形 (連用形) 發誓	ちかいます	られる形 (被動形) 被發誓	ちかわれる
て形 發誓	ちかって	命令形 快發誓	ちかえ
た形 (過去形) 發誓了	ちかった	可能形 可以發誓	ちかえる
たら形 (條件形) 發誓的話	ちかったら	う形 (意向形) 發誓吧	ちかおう

 △正月になるたびに、今年はがんばるぞと誓う。／
一到元旦，我就會許諾今年要更加努力。

ちかよる【近寄る】 走進・靠近・接近

自五　グループ1

近寄る・近寄ります

辞書形(基本形) 靠近	ちかよる	たり形 又是靠近	ちかよったり
ない形（否定形） 沒靠近	ちかよらない	ば形（條件形） 靠近的話	ちかよれば
なかった形（過去否定形） 過去沒靠近	ちかよらなかった	させる形（使役形） 使靠近	ちかよらせる
ます形（連用形） 靠近	ちかよります	られる形（被動形） 被靠近	ちかよられる
て形 靠近	ちかよって	命令形 快靠近	ちかよれ
た形（過去形） 靠近了	ちかよった	可能形 可以靠近	ちかよれる
たら形（條件形） 靠近的話	ちかよったら	う形（意向形） 靠近吧	ちかよろう

△あんなに危ない場所には、近寄れっこない。／
那麼危險的地方不可能靠近的。

ちぎる 撕碎（成小段）；摘取・揪下

他五・接尾　グループ1

契る・契ります

辞書形(基本形) 摘取	ちぎる	たり形 又是摘取	ちぎったり
ない形（否定形） 沒摘取	ちぎらない	ば形（條件形） 摘取的話	ちぎれば
なかった形（過去否定形） 過去沒摘取	ちぎらなかった	させる形（使役形） 使摘取	ちぎらせる
ます形（連用形） 摘取	ちぎります	られる形（被動形） 被摘取	ちぎられる
て形 摘取	ちぎって	命令形 快摘取	ちぎれ
た形（過去形） 摘取了	ちぎった	可能形 可以摘取	ちぎれる
たら形（條件形） 摘取的話	ちぎったら	う形（意向形） 摘取吧	ちぎろう

△紙をちぎってゴミ箱に捨てる。／將紙張撕碎丟進垃圾桶。

ちぢむ【縮む】

縮，縮小，抽縮；起皺紋，出摺；畏縮，退縮，惶恐；縮回去，縮進去　白万　グループ1

縮む・縮みます

辭書形（基本形）縮小	ちぢむ	たり形又是縮小	ちぢんだり
ない形（否定形）沒縮小	ちぢまない	ば形（條件形）縮小的話	ちぢめば
なかった形（過去否定形）過去沒縮小	ちぢまなかった	させる形（使役形）使縮小	ちぢませる
ます形（連用形）縮小	ちぢみます	られる形（被動形）被縮小	ちぢまれる
て形 縮小	ちぢんで	命令形 快縮小	ちぢめ
た形（過去形）縮小了	ちぢんだ	可能形 可以縮小	ちぢめる
たら形（條件形）縮小的話	ちぢんだら	う形（意向形）縮小吧	ちぢもう

 △これは洗っても縮まない。／這個洗了也不會縮水的。

ちぢめる【縮める】

縮小・縮短・縮減；縮回・捲縮・起皺紋　他下一　グループ2

縮める・縮めます

辭書形（基本形）縮小	ちぢめる	たり形又是縮小	ちぢめたり
ない形（否定形）沒縮小	ちぢめない	ば形（條件形）縮小的話	ちぢめれば
なかった形（過去否定形）過去沒縮小	ちぢめなかった	させる形（使役形）使縮小	ちぢめさせる
ます形（連用形）縮小	ちぢめます	られる形（被動形）被縮小	ちぢめられる
て形 縮小	ちぢめて	命令形 快縮小	ちぢめろ
た形（過去形）縮小了	ちぢめた	可能形 可以縮小	ちぢめられる
たら形（條件形）縮小的話	ちぢめたら	う形（意向形）縮小吧	ちぢめよう

 △この亀はいきなり首を縮めます。／這隻烏龜突然縮回脖子。

ちぢれる【縮れる】 捲曲；起皺・出摺

自下一 グループ2

縮れる・縮れます

辞書形(基本形) 捲曲	ちぢれる	たり形 又是捲曲	ちぢれたり
ない形 (否定形) 沒捲曲	ちぢれない	ば形 (條件形) 捲曲的話	ちぢれれば
なかった形 (過去否定形) 過去沒捲曲	ちぢれなかった	させる形 (使役形) 使捲曲	ちぢれさせる
ます形 (連用形) 捲曲	ちぢれます	られる形 (被動形) 被捲曲	ちぢれられる
て形 捲曲	ちぢれて	命令形 快捲曲	ちぢれろ
た形 (過去形) 捲曲了	ちぢれた	可能形	———
たら形 (條件形) 捲曲的話	ちぢれたら	う形 (意向形) 捲曲吧	ちぢれよう

△彼女は髪が縮れている。／她的頭髮是捲曲的。

ちらかす【散らかす】 弄得亂七八糟；到處亂放・亂扔

他五 グループ1

散らかす・散らかします

辞書形(基本形) 亂扔	ちらかす	たり形 又是亂扔	ちらかしたり
ない形 (否定形) 沒亂扔	ちらかさない	ば形 (條件形) 亂扔的話	ちらかせば
なかった形 (過去否定形) 過去沒亂扔	ちらかさなかった	させる形 (使役形) 使亂扔	ちらかさせる
ます形 (連用形) 亂扔	ちらかします	られる形 (被動形) 被亂扔	ちらかされる
て形 亂扔	ちらかして	命令形 快亂扔	ちらかせ
た形 (過去形) 亂扔了	ちらかした	可能形 可以亂扔	ちらかせる
たら形 (條件形) 亂扔的話	ちらかしたら	う形 (意向形) 亂扔吧	ちらかそう

△部屋を散らかしたきりで、片付けてくれません。／
他將房間弄得亂七八糟後，就沒幫我整理。

ちらかる【散らかる】 凌亂・亂七八糟・散亂

散らかる・散らかります

辞書形（基本形）散亂	ちらかる	たり形 又是散亂	ちらかったり
ない形（否定形）沒散亂	ちらからない	ば形（條件形）散亂的話	ちらかれば
なかった形（過去否定形）過去沒散亂	ちらからなかった	させる形（使役形）使散亂	ちらからせる
ます形（連用形）散亂	ちらかります	られる形（被動形）被弄亂	ちらかられる
て形 散亂	ちらかって	命令形 快弄亂	ちらかれ
た形（過去形）散亂了	ちらかった	可能形	———
たら形（條件形）散亂的話	ちらかったら	う形（意向形）弄亂吧	ちらかろう

△部屋が散らかっていたので、片付けざるをえなかった。／
因為房間內很凌亂，所以不得不整理。

ちらばる【散らばる】 分散；散亂

自五 グループ1

散らばる・散らばります

辞書形（基本形）分散	ちらばる	たり形 又是分散	ちらばったり
ない形（否定形）沒分散	ちらばらない	ば形（條件形）分散的話	ちらばれば
なかった形（過去否定形）過去沒分散	ちらばらなかった	させる形（使役形）使分散	ちらばらせる
ます形（連用形）分散	ちらばります	られる形（被動形）被分散	ちらばられる
て形 分散	ちらばって	命令形 快分散	ちらばれ
た形（過去形）分散了	ちらばった	可能形	———
たら形（條件形）分散的話	ちらばったら	う形（意向形）分散吧	ちらばろう

△辺り一面、花びらが散らばっていた。／
這一帶落英繽紛，猶如鋪天蓋地。

つきあたる【突き当たる】

撞上・碰上；走到道路的盡頭；（轉）遇上・碰到（問題）

自五　グループ1

突き当たる・突き当たります

辞書形（基本形） 碰上	つきあたる	たり形 又是碰上	つきあたったり
ない形（否定形） 沒碰上	つきあたらない	ば形（條件形） 碰上的話	つきあたれば
なかった形（過去否定形） 過去沒碰上	つきあたら なかった	させる形（使役形） 使碰上	つきあたらせる
ます形（連用形） 碰上	つきあたります	られる形（被動形） 被碰上	つきあたられる
て形 碰上	つきあたって	命令形 快碰上	つきあたれ
た形（過去形） 碰上了	つきあたった	可能形	———
たら形（條件形） 碰上的話	つきあたったら	う形（意向形） 碰撞吧	つきあたろう

△研究が壁に突き当たってしまい、悩んでいる。／
研究陷入瓶頸，十分煩惱。

つく【突く】

扎・刺・戳；撞・頂；支撐；冒著・不顧；沖・撲（鼻）；攻擊・打中

他五　グループ1

突く・突きます

辞書形（基本形） 刺	つく	たり形 又是刺	ついたり
ない形（否定形） 沒刺	つかない	ば形（條件形） 刺的話	つけば
なかった形（過去否定形） 過去沒刺	つかなかった	させる形（使役形） 使刺	つかせる
ます形（連用形） 刺	つきます	られる形（被動形） 被刺	つかれる
て形 刺	ついて	命令形 快刺	つけ
た形（過去形） 刺了	ついた	可能形 可以刺	つける
たら形（條件形） 刺的話	ついたら	う形（意向形） 刺吧	つこう

△試合で、相手は私の弱点を突いてきた。／
對方在比賽中攻擊了我的弱點。

つく【就く】 就位；登上；就職；跟…學習；起程；屈居；對應 自五 グループ1

就く・就きます

辞書形(基本形) 就位	つく	たり形 又是就位	ついたり
ない形 (否定形) 沒就位	つかない	ば形 (條件形) 就位的話	つけば
なかった形 (過去否定形) 過去沒就位	つかなかった	させる形 (使役形) 使就位	つかせる
ます形 (連用形) 就位	つきます	られる形 (被動形) 被屈居	つかれる
て形 就位	ついて	命令形 快就位	つけ
た形 (過去形) 就位了	ついた	可能形	——
たら形 (條件形) 就位的話	ついたら	う形 (意向形) 就位吧	つこう

 △王座に就く。／登上王位。

つぐ【次ぐ】 緊接著，接著；繼…之後；次於，並於 自五 グループ1

次ぐ・次ぎます

辞書形(基本形) 接著	つぐ	たり形 又是接著	ついだり
ない形 (否定形) 沒接著	つがない	ば形 (條件形) 接著的話	つげば
なかった形 (過去否定形) 過去沒接著	つがなかった	させる形 (使役形) 使接著	つがせる
ます形 (連用形) 接著	つぎます	られる形 (被動形) 被接著	つがれる
て形 接著	ついで	命令形 快接著	つげ
た形 (過去形) 接著了	ついだ	可能形	——
たら形 (條件形) 接著的話	ついだら	う形 (意向形) 接著吧	つごう

 △彼の実力は、世界チャンピオンに次ぐほどだ。／
他的實力，幾乎好到僅次於世界冠軍的程度。

つぐ【注ぐ】 注入・斟・倒入（茶、酒等）　他五　グループ1

注ぐ・注ぎます

辞書形(基本形) 倒入	つぐ	たり形 又是倒入	ついだり
ない形（否定形） 沒倒入	つがない	ば形（條件形） 倒入的話	つげば
なかった形（過去否定形） 過去沒倒入	つがなかった	させる形（使役形） 使倒入	つがせる
ます形（連用形） 倒入	つぎます	られる形（被動形） 被倒入	つがれる
て形 倒入	ついで	命令形 快倒入	つげ
た形（過去形） 倒入了	ついだ	可能形 可以倒入	つげる
たら形（條件形） 倒入的話	ついだら	う形（意向形） 倒入吧	つごう

　△ついでに、もう1杯お酒を注いでください。／請順便再幫我倒一杯酒。

つけくわえる【付け加える】 添加・附帯　他下一　グループ2

付け加える・付け加えます

辞書形(基本形) 附帯	つけくわえる	たり形 又是附帯	つけくわえたり
ない形（否定形） 沒附帯	つけくわえない	ば形（條件形） 附帯的話	つけくわえれば
なかった形（過去否定形） 過去沒附帯	つけくわえ なかった	させる形（使役形） 使附帯	つけくわえさせる
ます形（連用形） 附帯	つけくわえます	られる形（被動形） 被附帯	つけくわえられる
て形 附帯	つけくわえて	命令形 快附帯	つけくわえろ
た形（過去形） 附帯了	つけくわえた	可能形 可以附帯	つけくわえられる
たら形（條件形） 附帯的話	つけくわえたら	う形（意向形） 附帯吧	つけくわえよう

　△説明を付け加える。／附帯説明。

つける【着ける】 佩帶・穿上；掌握・養成 他下一 グループ2

着ける・着けます

辞書形（基本形） 佩帶	つける	たり形 又是佩帶	つけたり
ない形（否定形） 沒佩帶	つけない	ば形（條件形） 佩帶的話	つければ
なかった形（過去否定形） 過去沒佩帶	つけなかった	させる形（使役形） 使佩帶	つけさせる
ます形（連用形） 佩帶	つけます	られる形（被動形） 被佩帶	つけられる
て形 佩帶	つけて	命令形 快佩帶	つけろ
た形（過去形） 佩帶了	つけた	可能形 可以佩帶	つけられる
たら形（條件形） 佩帶的話	つけたら	う形（意向形） 佩帶吧	つけよう

 △服を身につける。／穿上衣服。

つっこむ【突っ込む】 衝入・闖入；深入；塞進・插入；沒入；深入追究 自他五 グループ1

突っ込む・突っ込みます

辞書形（基本形） 闖入	つっこむ	たり形 又是闖入	つっこんだり
ない形（否定形） 沒闖入	つっこまない	ば形（條件形） 闖入的話	つっこめば
なかった形（過去否定形） 過去沒闖入	つっこまなかった	させる形（使役形） 使闖入	つっこませる
ます形（連用形） 闖入	つっこみます	られる形（被動形） 被闖入	つっこまれる
て形 闖入	つっこんで	命令形 快闖入	つっこめ
た形（過去形） 闖入了	つっこんだ	可能形 可以闖入	つっこめる
たら形（條件形） 闖入的話	つっこんだら	う形（意向形） 闖入吧	つっこもう

△事故で、車がコンビニに突っ込んだ。／由於事故，車子撞進了超商。

つとめる【努める】 努力・為…奮鬥・奮力・盡力；勉強忍住 他下一 グループ2

努める・努めます

辭書形(基本形) 努力	つとめる	たり形 又是努力	つとめたり
ない形（否定形） 沒努力	つとめない	ば形（條件形） 努力的話	つとめれば
なかった形（過去否定形） 過去沒努力	つとめなかった	させる形（使役形） 使努力	つとめさせる
ます形（連用形） 努力	つとめます	られる形（被動形） 被奮鬥	つとめられる
て形 努力	つとめて	命令形 快努力	つとめろ
た形（過去形） 努力了	つとめた	可能形 可以努力	つとめられる
たら形（條件形） 努力的話	つとめたら	う形（意向形） 努力吧	つとめよう

△看護に努める。／盡心看護病患。

つとめる【務める】 任職・工作；擔任（職務）；扮演（角色） 他下一 グループ2

務める・務めます

辭書形(基本形) 工作	つとめる	たり形 又是工作	つとめたり
ない形（否定形） 沒工作	つとめない	ば形（條件形） 工作的話	つとめれば
なかった形（過去否定形） 過去沒工作	つとめなかった	させる形（使役形） 使工作	つとめさせる
ます形（連用形） 工作	つとめます	られる形（被動形） 被扮演	つとめられる
て形 工作	つとめて	命令形 快工作	つとめろ
た形（過去形） 工作了	つとめた	可能形 可以工作	つとめられる
たら形（條件形） 工作的話	つとめたら	う形（意向形） 工作吧	つとめよう

△主役を務める。／扮演主角。

つぶす【潰す】 毀壊・弄碎；熔毀・熔化；消磨・消耗；宰殺；堵死，填滿 他五 グループ1

潰す・潰します

辞書形(基本形) 毀壊	つぶす	たり形 又是毀壊	つぶしたり
ない形（否定形） 沒毀壊	つぶさない	ば形（條件形） 毀壊的話	つぶせば
なかった形（過去否定形） 過去沒毀壊	つぶさなかった	させる形（使役形） 使毀壊	つぶさせる
ます形（連用形） 毀壊	つぶします	られる形（被動形） 被毀壊	つぶされる
て形 毀壊	つぶして	命令形 快毀壊	つぶせ
た形（過去形） 毀壊了	つぶした	可能形 可以毀壊	つぶせる
たら形（條件形） 毀壊的話	つぶしたら	う形（意向形） 毀壊吧	つぶそう

△会社を潰さないように、一生懸命がんばっている。／
為了不讓公司倒閉而拼命努力。

つぶれる【潰れる】 壓壊，壓碎；坍塌，倒塌；倒産，破産；磨損，磨鈍；（耳）聾，（眼）瞎 自下一 グループ2

潰れる・潰れます

辞書形(基本形) 壓壊	つぶれる	たり形 又是壓壊	つぶれたり
ない形（否定形） 沒壓壊	つぶれない	ば形（條件形） 壓壊的話	つぶれれば
なかった形（過去否定形） 過去沒壓壊	つぶれなかった	させる形（使役形） 使壓壊	つぶれさせる
ます形（連用形） 壓壊	つぶれます	られる形（被動形） 被壓壊	つぶれられる
て形 壓壊	つぶれて	命令形 快壓壊	つぶれろ
た形（過去形） 壓壊了	つぶれた	可能形	————
たら形（條件形） 壓壊的話	つぶれたら	う形（意向形） 壓壊吧	つぶれよう

△あの会社が、潰れるわけがない。／那間公司，不可能會倒閉的。

つまずく【躓く】　跌倒・絆倒；（中途遇障礙而）失敗・受挫　自五　グループ1

躓く・躓きます

辞書形(基本形) 跌倒	つまずく	たり形 又是跌倒	つまずいたり
ない形（否定形） 沒跌倒	つまずかない	ば形（條件形） 跌倒的話	つまずけば
なかった形（過去否定形） 過去沒跌倒	つまずかなかった	させる形（使役形） 使跌倒	つまずかせる
ます形（連用形） 跌倒	つまずきます	られる形（被動形） 被絆倒	つまずかれる
て形 跌倒	つまずいて	命令形 快跌倒	つまずけ
た形（過去形） 跌倒了	つまずいた	可能形	———
たら形（條件形） 跌倒的話	つまずいたら	う形（意向形） 跌倒吧	つまずこう

△石に躓いて転んだ。／絆到石頭而跌了一跤。

つりあう【釣り合う】　平衡・均衡；勻稱・相稱　自五　グループ1

釣り合う・釣り合います

辞書形(基本形) 平衡	つりあう	たり形 又是平衡	つりあったり
ない形（否定形） 沒平衡	つりあわない	ば形（條件形） 平衡的話	つりあえば
なかった形（過去否定形） 過去沒平衡	つりあわなかった	させる形（使役形） 使平衡	つりあわせる
ます形（連用形） 平衡	つりあいます	られる形（被動形） 被平衡	つりあわれる
て形 平衡	つりあって	命令形 快平衡	つりあえ
た形（過去形） 平衡了	つりあった	可能形 可以平衡	つりあえる
たら形（條件形） 平衡的話	つりあったら	う形（意向形） 平衡吧	つりあおう

△あの二人は釣り合わないから、結婚しないだろう。／
那兩人不相配，應該不會結婚吧！

つる【吊る】 吊・懸掛・佩帶

吊る・吊ります

辞書形（基本形）懸掛	つる	たり形 又是懸掛	つったり
ない形（否定形）沒懸掛	つらない	ば形（條件形）懸掛的話	つれば
なかった形（過去否定形）過去沒懸掛	つらなかった	させる形（使役形）使懸掛	つらせる
ます形（連用形）懸掛	つります	られる形（被動形）被懸掛	つられる
て形 懸掛	つって	命令形 快懸掛	つれ
た形（過去形）懸掛了	つった	可能形 可以懸掛	つれる
たら形（條件形）懸掛的話	つったら	う形（意向形）懸掛吧	つろう

△クレーンで吊って、ピアノを2階に運んだ。／
用起重機吊起鋼琴搬到二樓去。

つるす【吊るす】 懸起・吊起・掛著

吊るす・吊るします

辞書形（基本形）吊起	つるす	たり形 又是吊起	つるしたり
ない形（否定形）沒吊起	つるさない	ば形（條件形）吊起的話	つるせば
なかった形（過去否定形）過去沒吊起	つるさなかった	させる形（使役形）使吊起	つるさせる
ます形（連用形）吊起	つるします	られる形（被動形）被吊起	つるされる
て形 吊起	つるして	命令形 快吊起	つるせ
た形（過去形）吊起了	つるした	可能形 可以吊起	つるせる
たら形（條件形）吊起的話	つるしたら	う形（意向形）吊起吧	つるそう

△スーツは、そこに吊るしてあります。／西裝掛在那邊。

でかける【出かける】

出門，出去，到…去；剛要走，要出去；剛要…；前往；離去

出かける・出かけます

辞書形（基本形） 出門	でかける	たり形 又是出門	でかけたり
ない形（否定形） 沒出門	でかけない	ば形（條件形） 出門的話	でかければ
なかった形（過去否定形） 過去沒出門	でかけなかった	させる形（使役形） 使出門	でかけさせる
ます形（連用形） 出門	でかけます	られる形（被動形） 被叫前往	でかけられる
て形 出門	でかけて	命令形 快出門	でかけろ
た形（過去形） 出門了	でかけた	可能形 可以出門	でかけられる
たら形（條件形） 出門的話	でかけたら	う形（意向形） 出門吧	でかけよう

△兄は、出かけたきり戻ってこない。／
自從哥哥出去之後，就再也沒回來過。

できあがる【出来上がる】

完成・做好

自五　グループ1

出来上がる・出来上がります

辞書形（基本形） 完成	できあがる	たり形 又是完成	できあがったり
ない形（否定形） 沒完成	できあがらない	ば形（條件形） 完成的話	できあがれば
なかった形（過去否定形） 過去沒完成	できあがらなかった	させる形（使役形） 使完成	できあがらせる
ます形（連用形） 完成	できあがります	られる形（被動形） 被完成	できあがられる
て形 完成	できあがって	命令形 快完成	できあがれ
た形（過去形） 完成了	できあがった	可能形	———
たら形（條件形） 完成的話	できあがったら	う形（意向形） 完成吧	できあがろう

△作品は、もう出来上がっているにきまっている。／
作品一定已經完成了。

てっする【徹する】 貫徹・貫穿・通宵・徹夜・徹底・貫徹始終　　自サ　グループ3

徹する・徹します

辞書形(基本形) 貫徹	てっする	たり形 又是貫徹	てっしたり
ない形（否定形） 沒貫徹	てっしない	ば形（條件形） 貫徹的話	てっすれば
なかった形（過去否定形） 過去沒貫徹	てっしなかった	させる形（使役形） 使貫徹	てっしさせる
ます形（連用形） 貫徹	てっします	られる形（被動形） 被貫徹	てっしされる
て形 貫徹	てっして	命令形 快貫徹	てっしろ
た形（過去形） 貫徹了	てっした	可能形 可以貫徹	てっしられる
たら形（條件形） 貫徹的話	てっしたら	う形（意向形） 貫徹吧	てっしよう

 △夜を徹して語り合う。／徹夜交談。

でむかえる【出迎える】 迎接　　他下一　グループ2

出迎える・出迎えます

辞書形(基本形) 迎接	でむかえる	たり形 又是迎接	でむかえたり
ない形（否定形） 沒迎接	でむかえない	ば形（條件形） 迎接的話	でむかえれば
なかった形（過去否定形） 過去沒迎接	でむかえなかった	させる形（使役形） 使迎接	でむかえさせる
ます形（連用形） 迎接	でむかえます	られる形（被動形） 被迎接	でむかえられる
て形 迎接	でむかえて	命令形 快迎接	でむかえろ
た形（過去形） 迎接了	でむかえた	可能形 可以迎接	でむかえられる
たら形（條件形） 迎接的話	でむかえたら	う形（意向形） 迎接吧	でむかえよう

 △客を駅で出迎える。／在火車站迎接客人。

てらす【照らす】 照耀・曬

他五 グループ1

照らす・照らします

辞書形(基本形) 照耀	てらす	たり形 又是照耀	てらしたり
ない形（否定形） 沒照耀	てらさない	ば形（條件形） 照耀的話	てらせば
なかった形（過去否定形） 過去沒照耀	てらさなかった	させる形（使役形） 使照耀	てらさせる
ます形（連用形） 照耀	てらします	られる形（被動形） 被照耀	てらされる
て形 照耀	てらして	命令形 快照耀	てらせ
た形（過去形） 照耀了	てらした	可能形 可以照耀	てらせる
たら形（條件形） 照耀的話	てらしたら	う形（意向形） 照耀吧	てらそう

△足元を照らすライトを取り付けましょう。／
安装照亮腳邊的照明用燈吧！

てる【照る】 照耀・曬・晴天

自五 グループ1

照る・照ります

辞書形(基本形) 照耀	てる	たり形 又是照耀	てったり
ない形（否定形） 沒照耀	てらない	ば形（條件形） 照耀的話	てれば
なかった形（過去否定形） 過去沒照耀	てらなかった	させる形（使役形） 使照耀	てらせる
ます形（連用形） 照耀	てります	られる形（被動形） 被照耀	てられる
て形 照耀	てって	命令形 快照耀	てれ
た形（過去形） 照耀了	てった	可能形	———
たら形（條件形） 照耀的話	てったら	う形（意向形） 照耀吧	てろう

△今日は太陽が照って暑いね。／今天太陽高照真是熱啊！

とおりがかる【通りがかる】 碰巧路過

通りがかる・通りがかります

辞書形(基本形) 路過	とおりがかる	たり形 又是路過	とおりがかったり
ない形（否定形） 沒路過	とおりがからない	ば形（條件形） 路過的話	とおりがかれば
なかった形（過去否定形） 過去沒路過	とおりがからなかった	させる形（使役形） 使路過	とおりがからせる
ます形（連用形） 路過	とおりがかります	られる形（被動形） 被路過	とおりがかられる
て形 路過	とおりがかって	命令形 快路過	とおりがかれ
た形（過去形） 路過了	とおりがかった	可能形 可以路過	とおりがかれる
たら形（條件形） 路過的話	とおりがかったら	う形（意向形） 路過吧	とおりがかろう

△ジョン万次郎は、遭難したところを通りかかったアメリカの船に救助された。／
約翰萬次郎遭逢海難時，被經過的美國船給救上船了。

とおりすぎる【通り過ぎる】 走過・越過

通り過ぎる・通り過ぎます

辞書形(基本形) 越過	とおりすぎる	たり形 又是越過	とおりすぎたり
ない形（否定形） 沒越過	とおりすぎない	ば形（條件形） 越過的話	とおりすぎれば
なかった形（過去否定形） 過去沒越過	とおりすぎなかった	させる形（使役形） 使越過	とおりすぎさせる
ます形（連用形） 越過	とおりすぎます	られる形（被動形） 被越過	とおりすぎられる
て形 越過	とおりすぎて	命令形 快越過	とおりすぎろ
た形（過去形） 越過了	とおりすぎた	可能形 可以越過	とおりすぎられる
たら形（條件形） 越過的話	とおりすぎたら	う形（意向形） 越過吧	とおりすぎよう

△手を上げたのに、タクシーは通り過ぎてしまった。／
我明明招了手，計程車卻開了過去。

とがる【尖る】 尖；發怒・生氣；神經過敏・神經緊張

自五 グループ1

尖る・尖ります

辞書形(基本形) 生氣	とがる	たり形 又是生氣	とがったり
ない形（否定形） 沒生氣	とがらない	ば形（條件形） 生氣的話	とがれば
なかった形（過去否定形） 過去沒生氣	とがらなかった	させる形（使役形） 使生氣	とがらせる
ます形（連用形） 生氣	とがります	られる形（被動形） 被生氣	とがられる
て形 生氣	とがって	命令形 快生氣	とがれ
た形（過去形） 生氣了	とがった	可能形	———
たら形（條件形） 生氣的話	とがったら	う形（意向形） 生氣吧	とがろう

 △教会の塔の先が尖っている。／教堂的塔的頂端是尖的。

どく【退く】 讓開・離開・躲開

自五 グループ1

退く・退きます

辞書形(基本形) 躲開	どく	たり形 又是躲開	どいたり
ない形（否定形） 沒躲開	どかない	ば形（條件形） 躲開的話	どけば
なかった形（過去否定形） 過去沒躲開	どかなかった	させる形（使役形） 使躲開	どかせる
ます形（連用形） 躲開	どきます	られる形（被動形） 被躲開	どかれる
て形 躲開	どいて	命令形 快躲開	どけ
た形（過去形） 躲開了	どいた	可能形 可以躲開	どける
たら形（條件形） 躲開的話	どいたら	う形（意向形） 躲開吧	どこう

 △車が通るから、退かないと危ないよ。／
車子要通行，不讓開是很危險唷！

とけこむ【溶け込む】 （埋、化）融化，溶解，熔化；融合，融 　白五　グループ1

溶け込む・溶け込みます

辞書形(基本形) 溶解	とけこむ	たり形 又是溶解	とけこんだり
ない形(否定形) 沒溶解	とけこまない	ば形(條件形) 溶解的話	とけこめば
なかった形(過去否定形) 過去沒溶解	とけこまなかった	させる形(使役形) 使溶解	とけこませる
ます形(連用形) 溶解	とけこみます	られる形(被動形) 被溶解	とけこまれる
て形 溶解	とけこんで	命令形 快溶解	とけこめ
た形(過去形) 溶解了	とけこんだ	可能形 可以溶解	とけこめる
たら形(條件形) 溶解的話	とけこんだら	う形(意向形) 溶解吧	とけこもう

 △だんだんクラスの雰囲気に溶け込んできた。／
越來越能融入班上的氣氛。

どける【退ける】 移開 　他下一　グループ2

退ける・退けます

辞書形(基本形) 移開	どける	たり形 又是移開	どけたり
ない形(否定形) 沒移開	どけない	ば形(條件形) 移開的話	どければ
なかった形(過去否定形) 過去沒移開	どけなかった	させる形(使役形) 使移開	どけさせる
ます形(連用形) 移開	どけます	られる形(被動形) 被移開	どけられる
て形 移開	どけて	命令形 快移開	どけろ
た形(過去形) 移開了	どけた	可能形 可以移開	どけられる
たら形(條件形) 移開的話	どけたら	う形(意向形) 移開吧	どけよう

 △ちょっと、椅子に新聞おかないで、どけてよ、座れないでしょ。／
欸，不要把報紙扔在椅子上，拿走開啦，這樣怎麼坐啊！

ととのう【整う】 齊備・完整；整齊端正・協調；（協議等）達成・談妥 自五 グループ1

整う・整います

辞書形(基本形) 齊備	ととのう	たり形 又是齊備	ととのったり
ない形 (否定形) 沒齊備	ととのわない	ば形 (條件形) 齊備的話	ととのえば
なかった形 (過去否定形) 過去沒齊備	ととのわなかった	させる形 (使役形) 使齊備	ととのわせる
ます形 (連用形) 齊備	ととのいます	られる形 (被動形) 被談妥	ととのわれる
て形 齊備	ととのって	命令形 快齊備	ととのえ
た形 (過去形) 齊備了	ととのった	可能形	———
たら形 (條件形) 齊備的話	ととのったら	う形 (意向形) 齊備吧	ととのおう

△準備が整いさえすれば、すぐに出発できる。／
只要全都準備好了，就可以馬上出發。

とどまる【留まる】 停留・停頓；留下・停留；止於・限於 自五 グループ1

留まる・留まります

辞書形(基本形) 留下	とどまる	たり形 又是留下	とどまったり
ない形 (否定形) 沒留下	とどまらない	ば形 (條件形) 留下的話	とどまれば
なかった形 (過去否定形) 過去沒留下	とどまらなかった	させる形 (使役形) 使留下	とどまらせる
ます形 (連用形) 留下	とどまります	られる形 (被動形) 被留下	とどまられる
て形 留下	とどまって	命令形 快留下	とどまれ
た形 (過去形) 留下了	とどまった	可能形 可以留下	とどまれる
たら形 (條件形) 留下的話	とどまったら	う形 (意向形) 留下吧	とどまろう

△隊長が来るまで、ここに留まることになっています。／
在隊長來到之前，要一直留在這裡待命。

どなる【怒鳴る】 叱責，人聲喊叫，大聲申訴 自五 グループ1

怒鳴る・怒鳴ります

辞書形（基本形） 叱責	どなる	たり形 又是叱責	どなったり
ない形（否定形） 沒叱責	どならない	ば形（條件形） 叱責的話	どなれば
なかった形（過去否定形） 過去沒叱責	どならなかった	させる形（使役形） 使叱責	どならせる
ます形（連用形） 叱責	どなります	られる形（被動形） 被叱責	どなられる
て形 叱責	どなって	命令形 快叱責	どなれ
た形（過去形） 叱責了	どなった	可能形 可以叱責	どなれる
たら形（條件形） 叱責的話	どなったら	う形（意向形） 叱責吧	どなろう

 △そんなに怒鳴ることはないでしょう。／不需要這麼大聲吼叫吧！

とびこむ【飛び込む】 跳進；飛入；突然闖入；(主動)投入・加入 自五 グループ1

飛び込む・飛び込みます

辞書形（基本形） 飛入	とびこむ	たり形 又是飛入	とびこんだり
ない形（否定形） 沒飛入	とびこまない	ば形（條件形） 飛入的話	とびこめば
なかった形（過去否定形） 過去沒飛入	とびこまなかった	させる形（使役形） 使飛入	とびこませる
ます形（連用形） 飛入	とびこみます	られる形（被動形） 被飛入	とびこまれる
て形 飛入	とびこんで	命令形 快飛入	とびこめ
た形（過去形） 飛入了	とびこんだ	可能形 可以飛入	とびこめる
たら形（條件形） 飛入的話	とびこんだら	う形（意向形） 飛入吧	とびこもう

 △みんなの話によると、窓からボールが飛び込んできたのだそうだ。／據大家所言，球好像是從窗戶飛進來的。

とびだす【飛び出す】
飛出，飛起來，起飛；跑出；
（猛然）跳出；突然出現

飛び出す・飛び出します

辞書形(基本形) 飛出	とびだす	たり形 又是飛出	とびだしたり
ない形（否定形） 沒飛出	とびださない	ば形（條件形） 飛出的話	とびだせば
なかった形（過去否定形） 過去沒飛出	とびださなかった	させる形（使役形） 使飛出	とびださせる
ます形（連用形） 飛出	とびだします	られる形（被動形） 被飛出	とびだされる
て形 飛出	とびだして	命令形 快飛出	とびだせ
た形（過去形） 飛出了	とびだした	可能形 可以飛出	とびだせる
たら形（條件形） 飛出的話	とびだしたら	う形（意向形） 飛出吧	とびだそう

△角から子どもが飛び出してきたので、びっくりした。／
小朋友從轉角跑出來，嚇了我一跳。

とびはねる【飛び跳ねる】
跳躍，蹦跳

飛び跳ねる・飛び跳ねます

辞書形(基本形) 跳躍	とびはねる	たり形 又是跳躍	とびはねたり
ない形（否定形） 沒跳躍	とびはねない	ば形（條件形） 跳躍的話	とびはねれば
なかった形（過去否定形） 過去沒跳躍	とびはね なかった	させる形（使役形） 使跳躍	とびはねさせる
ます形（連用形） 跳躍	とびはねます	られる形（被動形） 被跳躍	とびはねられる
て形 跳躍	とびはねて	命令形 快跳躍	とびはねろ
た形（過去形） 跳躍了	とびはねた	可能形 可以跳躍	とびはねられる
たら形（條件形） 跳躍的話	とびはねたら	う形（意向形） 跳躍吧	とびはねよう

△飛び跳ねて喜ぶ。／欣喜而跳躍。

とめる【泊める】

(讓…)住、過夜；(讓旅客)投宿；(讓船隻)停泊 他下一 グループ2

泊める・泊めます

辞書形（基本形） 過夜	とめる	たり形 又是過夜	とめたり
ない形（否定形） 沒過夜	とめない	ば形（條件形） 過夜的話	とめれば
なかった形（過去否定形） 過去沒過夜	とめなかった	させる形（使役形） 使過夜	とめさせる
ます形（連用形） 過夜	とめます	られる形（被動形） 被停泊	とめられる
て形 過夜	とめて	命令形 快過夜	とめろ
た形（過去形） 過夜了	とめた	可能形 可以過夜	とめられる
たら形（條件形） 過夜的話	とめたら	う形（意向形） 過夜吧	とめよう

 △ひと晩泊めてもらう。／讓我投宿一晩。

とらえる【捕らえる】

捕捉，逮捕；緊緊抓住；捕捉、掌握；令陷入…狀態 他下一 グループ2

捕らえる・捕らえます

辞書形（基本形） 逮捕	とらえる	たり形 又是逮捕	とらえたり
ない形（否定形） 沒逮捕	とらえない	ば形（條件形） 逮捕的話	とらえれば
なかった形（過去否定形） 過去沒逮捕	とらえなかった	させる形（使役形） 使逮捕	とらえさせる
ます形（連用形） 逮捕	とらえます	られる形（被動形） 被逮捕	とらえられる
て形 逮捕	とらえて	命令形 快逮捕	とらえろ
た形（過去形） 逮捕了	とらえた	可能形 可以逮捕	とらえられる
たら形（條件形） 逮捕的話	とらえたら	う形（意向形） 逮捕吧	とらえよう

 △懸命な捜査のかいがあって、犯人グループ全員を捕らえることができた。／
不枉費警察拚了命地搜查，終於把犯罪集團全部緝捕歸案了。

とりあげる【取り上げる】

拿起・舉起；採納・受理；奪取・剝奪；沒收（財產）・徵收（稅金）

他下一　グループ2

取り上げる・取り上げます

辞書形(基本形) 舉起	とりあげる	たり形 又是舉起	とりあげたり
ない形（否定形） 沒舉起	とりあげない	ば形（條件形） 舉起的話	とりあげれば
なかった形（過去否定形） 過去沒舉起	とりあげなかった	させる形（使役形） 使舉起	とりあげさせる
ます形（連用形） 舉起	とりあげます	られる形（被動形） 被舉起	とりあげられる
て形 舉起	とりあげて	命令形 快舉起	とりあげろ
た形（過去形） 舉起了	とりあげた	可能形 可以舉起	とりあげられる
たら形（條件形） 舉起的話	とりあげたら	う形（意向形） 舉起吧	とりあげよう

△環境問題を取り上げて、みんなで話し合いました。／
提出環境問題來和大家討論一下。

とりいれる【取り入れる】

收穫・收割；收進・拿入；採用・引進・採納

他下一　グループ2

取り入れる・取り入れます

辞書形(基本形) 收穫	とりいれる	たり形 又是收穫	とりいれたり
ない形（否定形） 沒收穫	とりいれない	ば形（條件形） 收穫的話	とりいれれば
なかった形（過去否定形） 過去沒收穫	とりいれなかった	させる形（使役形） 使收穫	とりいれさせる
ます形（連用形） 收穫	とりいれます	られる形（被動形） 被採用	とりいれられる
て形 收穫	とりいれて	命令形 快收穫	とりいれろ
た形（過去形） 收穫了	とりいれた	可能形 可以收穫	とりいれられる
たら形（條件形） 收穫的話	とりいれたら	う形（意向形） 收穫吧	とりいれよう

△新しい意見を取り入れなければ、改善は行えない。／
要是不採用新的意見，就無法改善。

とりけす【取り消す】 取消・撤銷・作廢 他五 グループ1

取り消す・取り消します

辞書形(基本形) 取消	とりけす	たり形 又是取消	とりけしたり
ない形 (否定形) 沒取消	とりけさない	ば形 (條件形) 取消的話	とりけせば
なかった形 (過去否定形) 過去沒取消	とりけさなかった	させる形 (使役形) 使取消	とりけさせる
ます形 (連用形) 取消	とりけします	られる形 (被動形) 被取消	とりけされる
て形 取消	とりけして	命令形 快取消	とりけせ
た形 (過去形) 取消了	とりけした	可能形 可以取消	とりけせる
たら形 (條件形) 取消的話	とりけしたら	う形 (意向形) 取消吧	とりけそう

△責任者の協議のすえ、許可証を取り消すことにしました。／
和負責人進行協議，最後決定撤銷證照。

とりこわす【取り壊す】 拆除 他五 グループ1

取り壊す・取り壊します

辞書形(基本形) 拆除	とりこわす	たり形 又是拆除	とりこわしたり
ない形 (否定形) 沒拆除	とりこわさない	ば形 (條件形) 拆除的話	とりこわせば
なかった形 (過去否定形) 過去沒拆除	とりこわさなかった	させる形 (使役形) 使拆除	とりこわさせる
ます形 (連用形) 拆除	とりこわします	られる形 (被動形) 被拆除	とりこわされる
て形 拆除	とりこわして	命令形 快拆除	とりこわせ
た形 (過去形) 拆除了	とりこわした	可能形 可以拆除	とりこわせる
たら形 (條件形) 拆除的話	とりこわしたら	う形 (意向形) 拆除吧	とりこわそう

△古い家を取り壊す。／拆除舊屋。

とりだす【取り出す】 （用手從裡面）取出，拿出；（從許多東西中）挑出，抽出

他五　グループ1

取り出す・取り出します

辞書形(基本形) 取出	とりだす	たり形 又是取出	とりだしたり
ない形（否定形） 沒取出	とりださない	ば形（條件形） 取出的話	とりだせば
なかった形（過去否定形） 過去沒取出	とりださなかった	させる形（使役形） 使取出	とりださせる
ます形（連用形） 取出	とりだします	られる形（被動形） 被取出	とりだされる
て形 取出	とりだして	命令形 快取出	とりだせ
た形（過去形） 取出了	とりだした	可能形 可以取出	とりだせる
たら形（條件形） 取出的話	とりだしたら	う形（意向形） 取出吧	とりだそう

△彼は、ポケットから財布を取り出した。／他從口袋裡取出錢包。

とる【捕る】 抓・捕捉・逮捕

他五　グループ1

捕る・捕ります

辞書形(基本形) 逮捕	とる	たり形 又是逮捕	とったり
ない形（否定形） 沒逮捕	とらない	ば形（條件形） 逮捕的話	とれば
なかった形（過去否定形） 過去沒逮捕	とらなかった	させる形（使役形） 使逮捕	とらせる
ます形（連用形） 逮捕	とります	られる形（被動形） 被逮捕	とられる
て形 逮捕	とって	命令形 快逮捕	とれ
た形（過去形） 逮捕了	とった	可能形 可以逮捕	とれる
たら形（條件形） 逮捕的話	とったら	う形（意向形） 逮捕吧	とろう

△鼠を捕る。／抓老鼠。

とる【採る】 採取・採用・録取；採集；採光

採る・採ります

辞書形(基本形) 採用	とる	たり形 又是採用	とったり
ない形（否定形） 沒採用	とらない	ば形（條件形） 採用的話	とれば
なかった形（過去否定形） 過去沒採用	とらなかった	させる形（使役形） 使採用	とらせる
ます形（連用形） 採用	とります	られる形（被動形） 被採用	とられる
て形 採用	とって	命令形 快採用	とれ
た形（過去形） 採用了	とった	可能形 可以採用	とれる
たら形（條件形） 採用的話	とったら	う形（意向形） 採用吧	とろう

 △この企画を採ることにした。／已決定採用這個企畫案。

とれる【取れる】 （附著物）脱落，掉下；需要，花費（時間等）；去掉，刪除；協調，均衡

取れる・取れます

辞書形(基本形) 脱落	とれる	たり形 又是脱落	とれたり
ない形（否定形） 沒脱落	とれない	ば形（條件形） 脱落的話	とれれば
なかった形（過去否定形） 過去沒脱落	とれなかった	させる形（使役形） 使脱落	とれさせる
ます形（連用形） 脱落	とれます	られる形（被動形） 被脱落	とれられる
て形 脱落	とれて	命令形 快脱落	とれろ
た形（過去形） 脱落了	とれた	可能形	——
たら形（條件形） 脱落的話	とれたら	う形（意向形） 脱落吧	とれよう

 △ボタンが取れてしまいました。／鈕釦掉了。

ながびく【長引く】 拖長・延長

自五 グループ1

長引く・長引きます

辞書形(基本形) 延長	ながびく	たり形 又是延長	ながびいたり
ない形（否定形） 沒延長	ながびかない	ば形（條件形） 延長的話	ながびけば
なかった形（過去否定形） 過去沒延長	ながびかなかった	させる形（使役形） 使延長	ながびかせる
ます形（連用形） 延長	ながびきます	られる形（被動形） 被延長	ながびかれる
て形 延長	ながびいて	命令形 快延長	ながびけ
た形（過去形） 延長了	ながびいた	可能形	———
たら形（條件形） 延長的話	ながびいたら	う形（意向形） 延長吧	ながびこう

△社長の話は、いつも長引きがちです。／社長講話總是會拖得很長。

ながめる【眺める】 眺望；凝視・注意看；（商）觀望

他下一 グループ2

眺める・眺めます

辞書形(基本形) 眺望	ながめる	たり形 又是眺望	ながめたり
ない形（否定形） 沒眺望	ながめない	ば形（條件形） 眺望的話	ながめれば
なかった形（過去否定形） 過去沒眺望	ながめなかった	させる形（使役形） 使眺望	ながめさせる
ます形（連用形） 眺望	ながめます	られる形（被動形） 被眺望	ながめられる
て形 眺望	ながめて	命令形 快眺望	ながめろ
た形（過去形） 眺望了	ながめた	可能形 可以眺望	ながめられる
たら形（條件形） 眺望的話	ながめたら	う形（意向形） 眺望吧	ながめよう

△窓から、美しい景色を眺めていた。／我從窗戶眺望美麗的景色。

なぐさめる【慰める】 安慰・慰問；使舒暢；慰勞・撫慰 他下一 グループ2

慰める・慰めます

辞書形(基本形) 慰問	なぐさめる	たり形 又是慰問	なぐさめたり
ない形 (否定形) 沒慰問	なぐさめない	ば形 (條件形) 慰問的話	なぐさめれば
なかった形 (過去否定形) 過去沒慰問	なぐさめなかった	させる形 (使役形) 使慰問	なぐさめさせる
ます形 (連用形) 慰問	なぐさめます	られる形 (被動形) 被慰問	なぐさめられる
て形 慰問	なぐさめて	命令形 快慰問	なぐさめろ
た形 (過去形) 慰問了	なぐさめた	可能形 可以慰問	なぐさめられる
たら形 (條件形) 慰問的話	なぐさめたら	う形 (意向形) 慰問吧	なぐさめよう

 △私には、慰める言葉もありません。／我找不到安慰的言語。

なす【為す】 （文）做・為；著手・動手 他五 グループ1

為す・為します

辞書形(基本形) 做	なす	たり形 又是做	なしたり
ない形 (否定形) 沒做	なさない	ば形 (條件形) 做的話	なせば
なかった形 (過去否定形) 過去沒做	なさなかった	させる形 (使役形) 使做	なさせる
ます形 (連用形) 做	なします	られる形 (被動形) 被著手	なされる
て形 做	なして	命令形 快做	なせ
た形 (過去形) 做了	なした	可能形 可以做	なせる
たら形 (條件形) 做的話	なしたら	う形 (意向形) 吧做	なそう

 △奴は乱暴者なので、みんな恐れをなしている。／
那傢伙的脾氣非常火爆，大家都對他恐懼有加。

なでる【撫でる】 摸・撫摸；梳理（頭髪）；撫慰・安撫

他下一 グループ2

撫でる・撫でます

辭書形(基本形) 撫摸	なでる	たり形 又是撫摸	なでたり
ない形（否定形） 沒撫摸	なでない	ば形（條件形） 撫摸的話	なでれば
なかった形（過去否定形） 過去沒撫摸	なでなかった	させる形（使役形） 使撫摸	なでさせる
ます形（連用形） 撫摸	なでます	られる形（被動形） 被撫摸	なでられる
て形 撫摸	なでて	命令形 快撫摸	なでろ
た形（過去形） 撫摸了	なでた	可能形 可以撫摸	なでられる
たら形（條件形） 撫摸的話	なでたら	う形（意向形） 撫摸吧	なでよう

△彼は、白髪だらけの髪をなでながらつぶやいた。／
他邊摸著滿頭白髮，邊喃喃自語。

なまける【怠ける】 懶惰・怠惰

自他下一 グループ2

怠ける・怠けます

辭書形(基本形) 怠惰	なまける	たり形 又是怠惰	なまけたり
ない形（否定形） 沒怠惰	なまけない	ば形（條件形） 怠惰的話	なまければ
なかった形（過去否定形） 過去沒怠惰	なまけなかった	させる形（使役形） 使怠惰	なまけさせる
ます形（連用形） 怠惰	なまけます	られる形（被動形） 被怠惰	なまけられる
て形 怠惰	なまけて	命令形 快怠惰	なまけろ
た形（過去形） 怠惰了	なまけた	可能形 可以怠惰	なまけられる
たら形（條件形） 怠惰的話	なまけたら	う形（意向形） 怠惰吧	なまけよう

△仕事を怠ける。／他不認真工作。

ならう【倣う】 仿效・學

自五 グループ1

倣う・倣います

辞書形（基本形）仿效	ならう	たり形 又是仿效	ならったり
ない形（否定形）沒仿效	ならわない	ば形（條件形）仿效的話	ならえば
なかった形（過去否定形）過去沒仿效	ならわなかった	させる形（使役形）使仿效	ならわせる
ます形（連用形）仿效	ならいます	られる形（被動形）被仿效	ならわれる
て形 仿效	ならって	命令形 快仿效	ならえ
た形（過去形）仿效了	ならった	可能形 可以仿效	ならえる
たら形（條件形）仿效的話	ならったら	う形（意向形）仿效吧	ならおう

△先例に倣う。／仿照前例。

なる【生る】 （植物）結果；生・產出

自五 グループ1

生る・生ります

辞書形（基本形）產出	なる	たり形 又是產出	なったり
ない形（否定形）沒產出	ならない	ば形（條件形）產出的話	なれば
なかった形（過去否定形）過去沒產出	ならなかった	させる形（使役形）使產出	ならせる
ます形（連用形）產出	なります	られる形（被動形）被產出	なられる
て形 產出	なって	命令形 快產出	なれ
た形（過去形）產出了	なった	可能形	———
たら形（條件形）產出的話	なったら	う形（意向形）產出吧	なろう

△今年はミカンがよく生るね。／今年的橘子結實纍纍。

なる【成る】 成功・完成；組成・構成；允許・能忍受

自五 グループ1

なる・なります

辭書形(基本形) 完成	なる	たり形 又是完成	なったり
ない形（否定形） 沒完成	ならない	ば形（條件形） 完成的話	なれば
なかった形（過去否定形） 過去沒完成	ならなかった	させる形（使役形） 使完成	ならせる
ます形（連用形） 完成	なります	られる形（被動形） 被完成	なられる
て形 完成	なって	命令形 快完成	なれ
た形（過去形） 完成了	なった	可能形 可以完成	なれる
たら形（條件形） 完成的話	なったら	う形（意向形） 完成吧	なろう

△今年こそ、初優勝なるか。／今年究竟能否首度登上冠軍寶座呢？

なれる【馴れる】 熟練；熟悉；習慣；馴熟

自下一 グループ2

馴れる・馴れます

辭書形(基本形) 熟悉	なれる	たり形 又是熟悉	なれたり
ない形（否定形） 沒熟悉	なれない	ば形（條件形） 熟悉的話	なれれば
なかった形（過去否定形） 過去沒熟悉	なれなかった	させる形（使役形） 使熟悉	なれさせる
ます形（連用形） 熟悉	なれます	られる形（被動形） 被熟悉	なれられる
て形 熟悉	なれて	命令形 快熟悉	なれろ
た形（過去形） 熟悉了	なれた	可能形 可以熟悉	なれられる
たら形（條件形） 熟悉的話	なれたら	う形（意向形） 熟悉吧	なれよう

△この馬は人に馴れている。／這匹馬很親人。

におう【匂う】

散發香味，有香味；（顏色）鮮豔美麗；隱約發出，使人感到似乎…

匂う・匂います

辭書形(基本形) 有香味	におう	たり形 又是有香味	におったり
ない形（否定形） 沒有香味	におわない	ば形（條件形） 有香味的話	におえば
なかった形（過去否定形） 過去沒有香味	におわなかった	させる形（使役形） 使散發出	におわせる
ます形（連用形） 有香味	においます	られる形（被動形） 被散發出	におわれる
て形 有香味	におって	命令形 快散發出	におえ
た形（過去形） 有了香味	におった	可能形	――――
たら形（條件形） 有香味的話	におったら	う形（意向形） 散發出吧	におおう

△何か匂いますが、何の匂いでしょうか。／
好像有什麼味道，到底是什麼味道呢？

にがす【逃がす】

放掉・放跑；使跑掉・沒抓住；錯過・丟失

他五　グループ1

逃がす・逃がします

辭書形(基本形) 放掉	にがす	たり形 又是放掉	にがしたり
ない形（否定形） 沒放掉	にがさない	ば形（條件形） 放掉的話	にがせば
なかった形（過去否定形） 過去沒放掉	にがさなかった	させる形（使役形） 使放掉	にがさせる
ます形（連用形） 放掉	にがします	られる形（被動形） 被放掉	にがされる
て形 放掉	にがして	命令形 快放掉	にがせ
た形（過去形） 放掉了	にがした	可能形 可以放掉	にがせる
たら形（條件形） 放掉的話	にがしたら	う形（意向形） 放掉吧	にがそう

△犯人を懸命に追ったが、逃がしてしまった。／
雖然拚命追趕犯嫌，無奈還是被他逃掉了。

にくむ【憎む】 憎恨・厭惡；嫉妒

他五 グループ1

憎む・憎みます

辞書形(基本形) 嫉妒	にくむ	たり形 又是嫉妒	にくんだり
ない形（否定形） 沒嫉妒	にくまない	ば形（條件形） 嫉妒的話	にくめば
なかった形（過去否定形） 過去沒嫉妒	にくまなかった	させる形（使役形） 使嫉妒	にくませる
ます形（連用形） 嫉妒	にくみます	られる形（被動形） 被嫉妒	にくまれる
て形 嫉妒	にくんで	命令形 快嫉妒	にくめ
た形（過去形） 嫉妒了	にくんだ	可能形 可以嫉妒	にくめる
たら形（條件形） 嫉妒的話	にくんだら	う形（意向形） 嫉妒吧	にくもう

 △今でも彼を憎んでいますか。／你現在還恨他嗎？

にげきる【逃げ切る】 （成功地）逃跑

自五 グループ1

逃げ切る・逃げ切ります

辞書形(基本形) 逃跑	にげきる	たり形 又是逃跑	にげきったり
ない形（否定形） 沒逃跑	にげきらない	ば形（條件形） 逃跑的話	にげきれば
なかった形（過去否定形） 過去沒逃跑	にげきらなかった	させる形（使役形） 使逃跑	にげきらせる
ます形（連用形） 逃跑	にげきります	られる形（被動形） 被逃跑	にげきられる
て形 逃跑	にげきって	命令形 快逃跑	にげきれ
た形（過去形） 逃跑了	にげきった	可能形 可以逃跑	にげきれる
たら形（條件形） 逃跑的話	にげきったら	う形（意向形） 逃跑吧	にげきろう

 △危なかったが、逃げ切った。／雖然危險但脫逃成功。

にごる【濁る】 混濁，不清晰；（聲音）嘶啞；（顏色）不鮮明；（心靈）污濁，起邪念

濁る・濁ります

辭書形（基本形）混濁	にごる	たり形 又是混濁	にごったり
ない形（否定形）沒混濁	にごります	ば形（條件形）混濁的話	にごれば
なかった形（過去否定形）過去沒混濁	にごって	させる形（使役形）使混濁	にごらせる
ます形（連用形）混濁	にごらない	られる形（被動形）被弄混濁	にごられる
て形 混濁	にごらなかった	命令形 快混濁	にごれ
た形（過去形）混濁了	にごった	可能形	——
たら形（條件形）混濁的話	にごったら	う形（意向形）混濁吧	にごろう

△連日の雨で、川の水が濁っている。／連日的降雨造成河水渾濁。

にらむ【睨む】 瞪著眼看，怒目而視；盯著，注視，仔細觀察；估計，揣測，意料；盯上

睨む・睨みます

辭書形（基本形）盯著	にらむ	たり形 又是盯著	にらんだり
ない形（否定形）沒盯著	にらまない	ば形（條件形）盯著的話	にらめば
なかった形（過去否定形）過去沒盯著	にらまなかった	させる形（使役形）使盯著	にらませる
ます形（連用形）盯著	にらみます	られる形（被動形）被盯著	にらまれる
て形 盯著	にらんで	命令形 快注視	にらめ
た形（過去形）盯著了	にらんだ	可能形 可以注視	にらめる
たら形（條件形）盯著的話	にらんだら	う形（意向形）注視吧	にらもう

△隣のおじさんは、私が通るたびに睨む。／我每次經過隔壁的伯伯就會瞪我一眼。

ねがう【願う】 請求・請願・懇求；願望・希望；祈禱・許願　他五　グループ1

願う・願います

辭書形(基本形) 請求	ねがう	たり形 又是請求	ねがったり
ない形（否定形） 沒請求	ねがわない	ば形（條件形） 請求的話	ねがえば
なかった形（過去否定形） 過去沒請求	ねがわなかった	させる形（使役形） 使請求	ねがわせる
ます形（連用形） 請求	ねがいます	られる形（被動形） 被請求	ねがわれる
て形 請求	ねがって	命令形 快請求	ねがえ
た形（過去形） 請求了	ねがった	可能形 可以請求	ねがえる
たら形（條件形） 請求的話	ねがったら	う形（意向形） 請求吧	ねがおう

△二人の幸せを願わないではいられません。／
不得不為他兩人的幸福祈禱呀！

ねらう【狙う】 看準・把…當做目標；把…弄到手；伺機而動　他五　グループ1

狙う・狙います

辭書形(基本形) 看準	ねらう	たり形 又是看準	ねらったり
ない形（否定形） 沒看準	ねらわない	ば形（條件形） 看準的話	ねらえば
なかった形（過去否定形） 過去沒看準	ねらわなかった	させる形（使役形） 使當做目標	ねらわせる
ます形（連用形） 看準	ねらいます	られる形（被動形） 被當做目標	ねらわれる
て形 看準	ねらって	命令形 快當做目標	ねらえ
た形（過去形） 看準了	ねらった	可能形 可以當做目標	ねらえる
たら形（條件形） 看準的話	ねらったら	う形（意向形） 當做目標吧	ねらおう

△狙った以上、彼女を絶対ガールフレンドにします。／
既然看中了她，就絕對要讓她成為自己的女友。

のせる【載せる】 刊登；載運；放到高處；和著音樂拍子 　他下一 グループ2

載せる・載せます

辭書形(基本形) 刊登	のせる	たり形 又是刊登	のせたり
ない形（否定形） 沒刊登	のせない	ば形（條件形） 刊登的話	のせれば
なかった形（過去否定形） 過去沒刊登	のせなかった	させる形（使役形） 使刊登	のせさせる
ます形（連用形） 刊登	のせます	られる形（被動形） 被刊登	のせられる
て形 刊登	のせて	命令形 快刊登	のせろ
た形（過去形） 刊登了	のせた	可能形 可以刊登	のせられる
たら形（條件形） 刊登的話	のせたら	う形（意向形） 刊登吧	のせよう

 △雑誌に記事を載せる。／在雑誌上刊登報導。

のぞく【除く】 消除・刪除・除外・剔除；除了……除外；殺死 　他五 グループ1

除く・除きます

辭書形(基本形) 刪除	のぞく	たり形 又是刪除	のぞいたり
ない形（否定形） 沒刪除	のぞかない	ば形（條件形） 刪除的話	のぞけば
なかった形（過去否定形） 過去沒刪除	のぞかなかった	させる形（使役形） 使刪除	のぞかせる
ます形（連用形） 刪除	のぞきます	られる形（被動形） 被刪除	のぞかれる
て形 刪除	のぞいて	命令形 快刪除	のぞけ
た形（過去形） 刪除了	のぞいた	可能形 可以刪除	のぞける
たら形（條件形） 刪除的話	のぞいたら	う形（意向形） 刪除吧	のぞこう

 △私を除いて、家族は全員乙女座です。／
除了我之外，我們家全都是處女座。

のぞく【覗く】
露出（物體的一部份）；窺視・探視；往下看；
晃一眼；窺探他人秘密

自他五　グループ1

覗く・覗きます

辞書形（基本形） 窺視	のぞく	たり形 又是窺視	のぞいたり
ない形（否定形） 沒窺視	のぞかない	ば形（條件形） 窺視的話	のぞけば
なかった形（過去否定形） 過去沒窺視	のぞかなかった	させる形（使役形） 使窺視	のぞかせる
ます形（連用形） 窺視	のぞきます	られる形（被動形） 被窺視	のぞかれる
て形 窺視	のぞいて	命令形 快窺視	のぞけ
た形（過去形） 窺視了	のぞいた	可能形 可以窺視	のぞける
たら形（條件形） 窺視的話	のぞいたら	う形（意向形） 窺視吧	のぞこう

△家の中を覗いているのは誰だ。／是誰在那裡偷看屋内？

のべる【述べる】
敘述・陳述・說明・談論

他下一　グループ2

述べる・述べます

辞書形（基本形） 談論	のべる	たり形 又是談論	のべたり
ない形（否定形） 沒談論	のべない	ば形（條件形） 談論的話	のべれば
なかった形（過去否定形） 過去沒談論	のべなかった	させる形（使役形） 使談論	のべさせる
ます形（連用形） 談論	のべます	られる形（被動形） 被談論	のべられる
て形 談論	のべて	命令形 快談論	のべろ
た形（過去形） 談論了	のべた	可能形 可以談論	のべられる
たら形（條件形） 談論的話	のべたら	う形（意向形） 談論吧	のべよう

△この問題に対して、意見を述べてください。／
請針對這個問題，發表一下意見。

のる【載る】 登上・放上；乘・坐・騎；參與；上當・受騙；刊載・刊登 他五 グループ1

載る・載ります

辞書形(基本形) 登上	のる	たり形 又是登上	のったり
ない形 (否定形) 沒登上	のらない	ば形 (條件形) 登上的話	のれば
なかった形 (過去否定形) 過去沒登上	のらなかった	させる形 (使役形) 使登上	のらせる
ます形 (連用形) 登上	のります	られる形 (被動形) 被登上	のられる
て形 登上	のって	命令形 快登上	のれ
た形 (過去形) 登上了	のった	可能形 可以登上	のれる
たら形 (條件形) 登上的話	のったら	う形 (意向形) 登上吧	のろう

△その記事は、何ページに載っていましたっけ。／
這個報導，記得是刊在第幾頁來著？

はう【這う】 爬・爬行；(植物) 攀纏・緊貼；(趴)下 自五 グループ1

這う・這います

辞書形(基本形) 爬行	はう	たり形 又是爬行	はったり
ない形 (否定形) 沒爬行	はわない	ば形 (條件形) 爬行的話	はえば
なかった形 (過去否定形) 過去沒爬行	はわなかった	させる形 (使役形) 使爬行	はわせる
ます形 (連用形) 爬行	はいます	られる形 (被動形) 被攀纏	はわれる
て形 爬行	はって	命令形 快爬行	はえ
た形 (過去形) 爬行了	はった	可能形 可以爬行	はえる
たら形 (條件形) 爬行的話	はったら	う形 (意向形) 爬行吧	はおう

△赤ちゃんが、一生懸命這ってきた。／小嬰兒努力地爬到了這裡。

はがす【剥がす】 剝下

他五 グループ1

剥がす・剥がします

辞書形(基本形) 剝下	はがす	たり形 又是剝下	はがしたり
ない形（否定形） 沒剝下	はがさない	ば形（條件形） 剝下的話	はがせば
なかった形（過去否定形） 過去沒剝下	はがさなかった	させる形（使役形） 使剝下	はがさせる
ます形（連用形） 剝下	はがします	られる形（被動形） 被剝下	はがされる
て形 剝下	はがして	命令形 快剝下	はがせ
た形（過去形） 剝下了	はがした	可能形 可以剝下	はがせる
たら形（條件形） 剝下的話	はがしたら	う形（意向形） 剝下吧	はがそう

△ペンキを塗る前に、古い塗料を剥がしましょう。／
在塗上油漆之前，先將舊的漆剝下來吧！

はかる【計る】 測量；計量；推測・揣測；徵詢・諮詢

他五 グループ1

計る・計ります

辞書形(基本形) 測量	はかる	たり形 又是測量	はかったり
ない形（否定形） 沒測量	はからない	ば形（條件形） 測量的話	はかれば
なかった形（過去否定形） 過去沒測量	はからなかった	させる形（使役形） 使測量	はからせる
ます形（連用形） 測量	はかります	られる形（被動形） 被揣測	はかられる
て形 測量	はかって	命令形 快測量	はかれ
た形（過去形） 測量了	はかった	可能形 可以測量	はかれる
たら形（條件形） 測量的話	はかったら	う形（意向形） 測量吧	はかろう

△何分ぐらいかかるか、時間を計った。／我量了大概要花多少時間。

はく【吐く】 吐・吐出；說出・吐露出；冒出・噴出 他五 グループ1

吐<ruby>は<rt></rt></ruby>く・吐<ruby>は<rt></rt></ruby>きます

辞書形 (基本形) 說出	はく	たり形 又是說出	はいたり
ない形 (否定形) 沒說出	はかない	ば形 (條件形) 說出的話	はけば
なかった形 (過去否定形) 過去沒說出	はかなかった	させる形 (使役形) 使說出	はかせる
ます形 (連用形) 說出	はきます	られる形 (被動形) 被說出	はかれる
て形 說出	はいて	命令形 快說出	はけ
た形 (過去形) 說出了	はいた	可能形 可以說出	はける
たら形 (條件形) 說出的話	はいたら	う形 (意向形) 說出吧	はこう

△寒<ruby>さむ<rt></rt></ruby>くて、吐<ruby>は<rt></rt></ruby>く息<ruby>いき<rt></rt></ruby>が白<ruby>しろ<rt></rt></ruby>く見<ruby>み<rt></rt></ruby>える。／天氣寒冷，吐出來的氣都是白的。

はく【掃く】 掃・打掃；(拿刷子) 輕塗 他五 グループ1

掃<ruby>は<rt></rt></ruby>く・掃<ruby>は<rt></rt></ruby>きます

辞書形 (基本形) 打掃	はく	たり形 又是打掃	はいたり
ない形 (否定形) 沒打掃	はかない	ば形 (條件形) 打掃的話	はけば
なかった形 (過去否定形) 過去沒打掃	はかなかった	させる形 (使役形) 使打掃	はかせる
ます形 (連用形) 打掃	はきます	られる形 (被動形) 被打掃	はかれる
て形 打掃	はいて	命令形 快打掃	はけ
た形 (過去形) 打掃了	はいた	可能形 可以打掃	はける
たら形 (條件形) 打掃的話	はいたら	う形 (意向形) 打掃吧	はこう

△部屋<ruby>へや<rt></rt></ruby>を掃<ruby>は<rt></rt></ruby>く。／打掃房屋。

はさまる【挟まる】
夾・（物體）夾在中間；夾在（對立雙方中間）　自五　グループ1

挟まる・挟まります

辞書形(基本形) 夾	はさまる	たり形 又是夾	はさまったり
ない形 (否定形) 沒夾	はさまらない	ば形 (條件形) 夾的話	はさまれば
なかった形 (過去否定形) 過去沒夾	はさまらなかった	させる形 (使役形) 使夾	はさまらせる
ます形 (連用形) 夾	はさまります	られる形 (被動形) 被夾	はさまられる
て形 夾	はさまって	命令形 快夾	はさまれ
た形 (過去形) 夾了	はさまった	可能形	———
たら形 (條件形) 夾的話	はさまったら	う形 (意向形) 夾吧	はさまろう

△歯の間に食べ物が挟まってしまった。／食物塞在牙縫裡了。

はさむ【挟む】
夾・夾住；隔；夾進・夾入；插　他五　グループ1

挟む・挟みます

辞書形(基本形) 夾住	はさむ	たり形 又是夾住	はさんだり
ない形 (否定形) 沒夾住	はさまない	ば形 (條件形) 夾住的話	はさめば
なかった形 (過去否定形) 過去沒夾住	はさまなかった	させる形 (使役形) 使夾住	はさませる
ます形 (連用形) 夾住	はさみます	られる形 (被動形) 被夾住	はさまれる
て形 夾住	はさんで	命令形 快夾住	はさめ
た形 (過去形) 夾住了	はさんだ	可能形 可以夾住	はさめる
たら形 (條件形) 夾住的話	はさんだら	う形 (意向形) 夾住吧	はさもう

△ドアに手を挟んで、大声を出さないではいられないぐらい痛かった。／
門夾到手，痛得我禁不住放聲大叫。

ばっする【罰する】 處罰・處分・責罰；（法）定罪・判罪　他サ　グループ3

罰する・罰します

辞書形(基本形) 處罰	ばっする	たり形 又是處罰	ばっしたり
ない形（否定形） 沒處罰	ばっしない	ば形（條件形） 處罰的話	ばっすれば
なかった形（過去否定形） 過去沒處罰	ばっしなかった	させる形（使役形） 使處罰	ばっしさせる
ます形（連用形） 處罰	ばっします	られる形（被動形） 被處罰	ばっせられる
て形 處罰	ばっして	命令形 快處罰	ばっしろ
た形（過去形） 處罰了	ばっした	可能形 可以處罰	ばっせられる
たら形（條件形） 處罰的話	ばっしたら	う形（意向形） 處罰吧	ばっしよう

 △あなたが罪を認めた以上、罰しなければなりません。／
既然你認了罪，就得接受懲罰。

はなしあう【話し合う】 對話・談話；商量・協商・談判　自五　グループ1

話し合う・話し合います

辞書形(基本形) 協商	はなしあう	たり形 又是協商	はなしあったり
ない形（否定形） 沒協商	はなしあわない	ば形（條件形） 協商的話	はなしあえば
なかった形（過去否定形） 過去沒協商	はなしあわなかった	させる形（使役形） 使協商	はなしあわせる
ます形（連用形） 協商	はなしあいます	られる形（被動形） 被談判	はなしあわれる
て形 協商	はなしあって	命令形 快協商	はなしあえ
た形（過去形） 協商了	はなしあった	可能形 可以協商	はなしあえる
たら形（條件形） 協商的話	はなしあったら	う形（意向形） 協商吧	はなしあおう

 △多数決でなく、話し合いで決めた。／
不是採用多數決，而是經過討論之後做出了決定。

はなしかける【話しかける】

（主動）跟人說話，攀談；開始談，開始說

自下一　グループ2

話しかける・話しかけます

辞書形（基本形） 攀談	はなしかける	たり形 又是攀談	はなしかけたり
ない形（否定形） 沒攀談	はなしかけない	ば形（條件形） 攀談的話	はなしかければ
なかった形（過去否定形） 過去沒攀談	はなしかけ なかった	させる形（使役形） 使攀談	はなしかけさせる
ます形（連用形） 攀談	はなしかけます	られる形（被動形） 被攀談	はなしかけられる
て形 攀談	はなしかけて	命令形 快攀談	はなしかけろ
た形（過去形） 攀談了	はなしかけた	可能形 可以攀談	はなしかけられる
たら形（條件形） 攀談的話	はなしかけたら	う形（意向形） 攀談吧	はなしかけよう

△英語で話しかける。／用英語跟他人交談。

はねる【跳ねる】

跳・蹦起；飛濺；散開・散場；爆・裂開

自下一　グループ2

跳ねる・跳ねます

辞書形（基本形） 散開	はねる	たり形 又是散開	はねたり
ない形（否定形） 沒散開	はねない	ば形（條件形） 散開的話	はねれば
なかった形（過去否定形） 過去沒散開	はねなかった	させる形（使役形） 使散開	はねさせる
ます形（連用形） 散開	はねます	られる形（被動形） 散開被	はねられる
て形 散開	はねて	命令形 快散開	はねろ
た形（過去形） 散開了	はねた	可能形 可以散開	はねられる
たら形（條件形） 散開的話	はねたら	う形（意向形） 散開吧	はねよう

△子犬は、飛んだり跳ねたりして喜んでいる。／小狗高興得又蹦又跳的。

はぶく【省く】 省・省略・精簡・簡化；節省

省く・省きます

辞書形（基本形） 省略	はぶく	たり形 又是省略	はぶいたり
ない形（否定形） 沒省略	はぶかない	ば形（條件形） 省略的話	はぶけば
なかった形（過去否定形） 過去沒省略	はぶかなかった	させる形（使役形） 使省略	はぶかせる
ます形（連用形） 省略	はぶきます	られる形（被動形） 被省略	はぶかれる
て形 省略	はぶいて	命令形 快省略	はぶけ
た形（過去形） 省略了	はぶいた	可能形 可以省略	はぶける
たら形（條件形） 省略的話	はぶいたら	う形（意向形） 省略吧	はぶこう

△詳細は省いて単刀直入に申し上げると、予算が50万円ほど足りません。／
容我省略細節、開門見山直接報告：預算還差五十萬圓。

はめる【嵌める】 嵌上・鑲上；使陷入・欺騙；擲入・使沈入

はめる・はめます

辞書形(基本形) 鑲上	はめる	たり形 又是鑲上	はめたり
ない形（否定形） 沒鑲上	はめない	ば形（條件形） 鑲上的話	はめれば
なかった形（過去否定形） 過去沒鑲上	はめなかった	させる形（使役形） 使鑲上	はめさせる
ます形（連用形） 鑲上	はめます	られる形（被動形） 被鑲上	はめられる
て形 鑲上	はめて	命令形 快鑲上	はめろ
た形（過去形） 鑲上了	はめた	可能形 可以鑲上	はめられる
たら形（條件形） 鑲上的話	はめたら	う形（意向形） 鑲上吧	はめよう

△金属の枠にガラスを嵌めました。／在金屬框裡，嵌上了玻璃。

はらいこむ【払い込む】 繳納

他五 グループ1

払い込む・払い込みます

辞書形(基本形) 繳納	はらいこむ	たり形 又是繳納	はらいこんだり
ない形（否定形） 沒繳納	はらいこまない	ば形（條件形） 繳納的話	はらいこめば
なかった形（過去否定形） 過去沒繳納	はらいこま なかった	させる形（使役形） 使繳納	はらいこませる
ます形（連用形） 繳納	はらいこみます	られる形（被動形） 被繳納	はらいこまれる
て形 繳納	はらいこんで	命令形 快繳納	はらいこめ
た形（過去形） 繳納了	はらいこんだ	可能形 可以繳納	はらいこめる
たら形（條件形） 繳納的話	はらいこんだら	う形（意向形） 繳納吧	はらいこもう

△税金を払い込む。／繳納税金。

はらいもどす【払い戻す】 退還（多餘的錢）、退費；（銀行）付還（存戶存款）

他五 グループ1

払い戻す・払い戻します

辞書形(基本形) 退還	はらいもどす	たり形 又是退還	はらいもどしたり
ない形（否定形） 沒退還	はらいもどさない	ば形（條件形） 退還的話	はらいもどせば
なかった形（過去否定形） 過去沒退還	はらいもどさ なかった	させる形（使役形） 使退還	はらいもどさせる
ます形（連用形） 退還	はらいもどします	られる形（被動形） 被退還	はらいもどされる
て形 退還	はらいもどして	命令形 快退還	はらいもどせ
た形（過去形） 退還了	はらいもどした	可能形 可以退還	はらいもどせる
たら形（條件形） 退還的話	はらいもどしたら	う形（意向形） 退還吧	はらいもどそう

△不良品だったので、抗議のすえ、料金を払い戻してもらいました。／
因為是瑕疵品，經過抗議之後，最後費用就退給我了。

はりきる【張り切る】 拉緊；緊張・幹勁十足・精神百倍　自五　グループ1

張り切る・張り切ります

辞書形（基本形） 拉緊	はりきる	たり形 又是拉緊	はりきったり
ない形（否定形） 沒拉緊	はりきらない	ば形（條件形） 拉緊的話	はりきれば
なかった形（過去否定形） 過去沒拉緊	はりきらなかった	させる形（使役形） 使拉緊	はりきらせる
ます形（連用形） 拉緊	はりきります	られる形（被動形） 被拉緊	はりきられる
て形 拉緊	はりきって	命令形 快拉緊	はりきれ
た形（過去形） 拉緊了	はりきった	可能形 可以拉緊	はりきれる
たら形（條件形） 拉緊的話	はりきったら	う形（意向形） 吧拉緊	はりきろう

△妹は、幼稚園の劇で主役をやるので張り切っています。／
妹妹將在幼稚園的話劇裡擔任主角，為此盡了全力準備。

ひきかえす【引き返す】 返回・折回　他五　グループ1

引き返す・引き返します

辞書形（基本形） 返回	ひきかえす	たり形 又是返回	ひきかえしたり
ない形（否定形） 沒返回	ひきかえさない	ば形（條件形） 返回的話	ひきかえせば
なかった形（過去否定形） 過去沒返回	ひきかえさなかった	させる形（使役形） 使返回	ひきかえさせる
ます形（連用形） 返回	ひきかえします	られる形（被動形） 被返回	ひきかえされる
て形 返回	ひきかえして	命令形 快返回	ひきかえせ
た形（過去形） 返回了	ひきかえした	可能形 可以返回	ひきかえせる
たら形（條件形） 返回的話	ひきかえしたら	う形（意向形） 返回吧	ひきかえそう

△橋が壊れていたので、引き返さざるをえなかった。／
因為橋壞了，所以不得不掉頭回去。

ひきだす【引き出す】 抽出・拉出；引誘出・誘騙；（從銀行）提取・提出　他五　グループ1

引き出す・引き出します

辞書形(基本形) 抽出	ひきだす	たり形 又是抽出	ひきだしたり
ない形（否定形） 沒抽出	ひきださない	ば形（條件形） 抽出的話	ひきだせば
なかった形（過去否定形） 過去沒抽出	ひきださ なかった	させる形（使役形） 使抽出	ひきださせる
ます形（連用形） 抽出	ひきだします	られる形（被動形） 被抽出	ひきだされる
て形 抽出	ひきだして	命令形 快抽出	ひきだせ
た形（過去形） 抽出了	ひきだした	可能形 可以抽出	ひきだせる
たら形（條件形） 抽出的話	ひきだしたら	う形（意向形） 抽出吧	ひきだそう

△部長は、部下のやる気を引き出すのが上手だ。／
部長對激發部下的工作幹勁，很有一套。

ひきとめる【引き止める】 留・挽留；制止・拉住　他下一　グループ2

引き止める・引き止めます

辞書形(基本形) 挽留	ひきとめる	たり形 又是挽留	ひきとめたり
ない形（否定形） 沒挽留	ひきとめない	ば形（條件形） 挽留的話	ひきとめれば
なかった形（過去否定形） 過去沒挽留	ひきとめ なかった	させる形（使役形） 使挽留	ひきとめさせる
ます形（連用形） 挽留	ひきとめます	られる形（被動形） 被挽留	ひきとめられる
て形 挽留	ひきとめて	命令形 快挽留	ひきとめろ
た形（過去形） 挽留了	ひきとめた	可能形 可以挽留	ひきとめられる
たら形（條件形） 挽留的話	ひきとめたら	う形（意向形） 挽留吧	ひきとめよう

△一生懸命引き止めたが、彼は会社を辞めてしまった。／
我努力挽留但他還是辭職了。

ひく【轢く】 （車）壓・軋（人等）　　他五　グループ1

轢く・轢きます

辭書形(基本形) 壓	ひく	たり形 又是壓	ひいたり
ない形（否定形） 沒壓	ひかない	ば形（條件形） 壓的話	ひけば
なかった形（過去否定形） 過去沒壓	ひかなかった	させる形（使役形） 使壓	ひかせる
ます形（連用形） 壓	ひきます	られる形（被動形） 被壓	ひかれる
て形 壓	ひいて	命令形 快壓	ひけ
た形（過去形） 壓了	ひいた	可能形 可以壓	ひける
たら形（條件形） 壓的話	ひいたら	う形（意向形） 壓吧	ひこう

 △人を轢きそうになって、びっくりした。／
差一點就壓傷了人，嚇死我了。

ひっかかる【引っ掛かる】 掛起來・掛上・卡住；連累・牽累；　他五　グループ1
受騙・上當・心裡不痛快

引っ掛かる・引っ掛かります

辭書形(基本形) 卡住	ひっかかる	たり形 又是卡住	ひっかかったり
ない形（否定形） 沒卡住	ひっかからない	ば形（條件形） 卡住的話	ひっかかれば
なかった形（過去否定形） 過去沒卡住	ひっかからなかった	させる形（使役形） 使卡住	ひっかからせる
ます形（連用形） 卡住	ひっかかります	られる形（被動形） 被卡住	ひっかかられる
て形 卡住	ひっかかって	命令形 快卡住	ひっかかれ
た形（過去形） 卡住了	ひっかかった	可能形	———
たら形（條件形） 卡住的話	ひっかかったら	う形（意向形） 卡住吧	ひっかかろう

 △凧が木に引っ掛かってしまった。／風箏纏到樹上去了。

ひっくりかえす【引っくり返す】 推倒・弄倒・碰倒；顛倒過來；推翻・否決 他五 グループ1

引っ繰り返す・引っ繰り返します

辭書形（基本形） 推倒	ひっくりかえす	たり形 又是推倒	ひっくりかえし たり
ない形（否定形） 沒推倒	ひっくりかえさ ない	ば形（條件形） 推倒的話	ひっくりかえせば
なかった形（過去否定形） 過去沒推倒	ひっくりかえさ なかった	させる形（使役形） 使推倒	ひっくりかえさ せる
ます形（連用形） 推倒	ひっくりかえし ます	られる形（被動形） 被推倒	ひっくりかえさ れる
て形 推倒	ひっくりかえして	命令形 快推倒	ひっくりかえせ
た形（過去形） 推倒了	ひっくりかえした	可能形 可以推倒	ひっくりかえせる
たら形（條件形） 推倒的話	ひっくりかえし たら	う形（意向形） 推倒吧	ひっくりかえそう

△箱を引っくり返して、中のものを調べた。／
把箱子翻出來，查看了裡面的東西。

ひっくりかえる【引っくり返る】 翻倒，顛倒，翻過來；逆轉，顛倒過來 他五 グループ1

引っ繰り返る・引っ繰り返ります

辭書形（基本形） 翻倒	ひっくりかえる	たり形 又是翻倒	ひっくりかえっ たり
ない形（否定形） 沒翻倒	ひっくりかえら ない	ば形（條件形） 翻倒的話	ひっくりかえれば
なかった形（過去否定形） 過去沒翻倒	ひっくりかえら なかった	させる形（使役形） 使翻倒	ひっくりかえら せる
ます形（連用形） 翻倒	ひっくりかえり ます	られる形（被動形） 被翻倒	ひっくりかえら れる
て形 翻倒	ひっくりかえって	命令形 快翻倒	ひっくりかえれ
た形（過去形） 翻倒了	ひっくりかえった	可能形 可以翻倒	ひっくりかえれる
たら形（條件形） 翻倒的話	ひっくりかえっ たら	う形（意向形） 翻倒吧	ひっくりかえろう

△ニュースを聞いて、ショックのあまり引っくり返ってしまった。／
聽到這消息，由於太過吃驚，結果翻了一跤。

ひっこむ【引っ込む】

引退，隱居；縮進，縮入；拉入，拉進；拉攏

白他五　グループ1

引っ込む・引っ込みます

辞書形（基本形） 拉進	ひっこむ	たり形 又是拉進	ひっこんだり
ない形（否定形） 沒拉進	ひっこまない	ば形（條件形） 拉進的話	ひっこめば
なかった形（過去否定形） 過去沒拉進	ひっこまなかった	させる形（使役形） 使拉進	ひっこませる
ます形（連用形） 拉進	ひっこみます	られる形（被動形） 被拉進	ひっこまれる
て形 拉進	ひっこんで	命令形 快拉進	ひっこめ
た形（過去形） 拉進了	ひっこんだ	可能形 會拉進	ひっこめる
たら形（條件形） 拉進的話	ひっこんだら	う形（意向形） 拉進吧	ひっこもう

△あなたは関係ないんだから、引っ込んでいてください。／
這跟你沒關係，請你走開！

ひっぱる【引っ張る】

（用力）拉；拉上・拉緊；強拉走；引誘；拖長；拖延；拉（電線等）

他五　グループ1

引っ張る・引っ張ります

辞書形（基本形） 拉	ひっぱる	たり形 又是拉	ひっぱったり
ない形（否定形） 沒拉	ひっぱらない	ば形（條件形） 拉的話	ひっぱれば
なかった形（過去否定形） 過去沒拉	ひっぱらなかった	させる形（使役形） 使拉	ひっぱらせる
ます形（連用形） 拉	ひっぱります	られる形（被動形） 被拉	ひっぱられる
て形 拉	ひっぱって	命令形 快拉	ひっぱれ
た形（過去形） 拉了	ひっぱった	可能形 可以拉	ひっぱれる
たら形（條件形） 拉的話	ひっぱったら	う形（意向形） 拉吧	ひっぱろう

△人の耳を引っ張る。／拉人的耳朵。

ひねる【捻る】 （用手）扭・擰；（俗）打敗・撃敗；費盡心思 他五 グループ1

捻る・捻ります

辞書形(基本形) 扭	ひねる	たり形 又是扭	ひねったり
ない形（否定形） 沒扭	ひねらない	ば形（條件形） 扭的話	ひねれば
なかった形（過去否定形） 過去沒扭	ひねらなかった	させる形（使役形） 使扭	ひねらせる
ます形（連用形） 扭	ひねります	られる形（被動形） 被扭	ひねられる
て形 扭	ひねって	命令形 快扭	ひねれ
た形（過去形） 扭了	ひねった	可能形 可以扭	ひねれる
たら形（條件形） 扭的話	ひねったら	う形（意向形） 扭吧	ひねろう

△足首をひねったので、体育の授業は見学させてもらった。／
由於扭傷了腳踝，體育課時被允許在一旁觀摩。

ひびく【響く】 響・發出聲音；發出回音・震響；傳播震動；波及；出名 他五 グループ1

響く・響きます

辞書形(基本形) 波及	ひびく	たり形 又是波及	ひびいたり
ない形（否定形） 沒波及	ひびかない	ば形（條件形） 波及的話	ひびけば
なかった形（過去否定形） 過去沒波及	ひびかなかった	させる形（使役形） 使波及	ひびかせる
ます形（連用形） 波及	ひびきます	られる形（被動形） 被波及	ひびかれる
て形 波及	ひびいて	命令形 快波及	ひびけ
た形（過去形） 波及了	ひびいた	可能形	——
たら形（條件形） 波及的話	ひびいたら	う形（意向形） 震動吧	ひびこう

△銃声が響いた。／槍聲響起。

ふきとばす【吹き飛ばす】 吹跑；吹牛；趕走　他五 グループ1

吹き飛ばす・吹き飛ばします

辞書形(基本形) 趕走	ふきとばす	たり形 又是趕走	ふきとばしたり
ない形（否定形） 沒趕走	ふきとばさない	ば形（條件形） 趕走的話	ふきとばせば
なかった形（過去否定形） 過去沒趕走	ふきとばさ なかった	させる形（使役形） 使趕走	ふきとばさせる
ます形（連用形） 趕走	ふきとばします	られる形（被動形） 被趕走	ふきとばされる
て形 趕走	ふきとばして	命令形 快趕走	ふきとばせ
た形（過去形） 趕走了	ふきとばした	可能形 可以趕走	ふきとばせる
たら形（條件形） 趕走的話	ふきとばしたら	う形（意向形） 趕走吧	ふきとばそう

 △机の上に置いておいた資料が扇風機に吹き飛ばされてごちゃまぜになってしまった。／
原本攤在桌上的資料被電風扇吹跑了，落得到處都是。

ふく【吹く】 （風）刮・吹；（用嘴）吹；吹（笛等）；吹牛，說大話　自他五 グループ1

吹く・吹きます

辞書形(基本形) 吹	ふく	たり形 又是吹	ふいたり
ない形（否定形） 沒吹	ふかない	ば形（條件形） 吹的話	ふけば
なかった形（過去否定形） 過去沒吹	ふかなかった	させる形（使役形） 使吹	ふかせる
ます形（連用形） 吹	ふきます	られる形（被動形） 被吹	ふかれる
て形 吹	ふいて	命令形 快吹	ふけ
た形（過去形） 吹了	ふいた	可能形 可以吹	ふける
たら形（條件形） 吹的話	ふいたら	う形（意向形） 吹吧	ふこう

 △強い風が吹いてきましたね。／吹起了強風呢。

ふくらます【膨らます】 （使）弄鼓・吹鼓　他五　グループ1

膨らます・膨らまします

辞書形(基本形) 弄鼓	ふくらます	たり形 又是弄鼓	ふくらましたり
ない形 (否定形) 沒弄鼓	ふくらまさない	ば形 （条件形） 弄鼓的話	ふくらませば
なかった形 （過去否定形） 過去沒弄鼓	ふくらまさ なかった	させる形 （使役形） 使弄鼓	ふくらまさせる
ます形 （連用形） 弄鼓	ふくらまします	られる形 （被動形） 被弄鼓	ふくらまされる
て形 弄鼓	ふくらまして	命令形 快弄鼓	ふくらませ
た形 （過去形） 弄鼓了	ふくらました	可能形 可以弄鼓	ふくらませる
たら形 （条件形） 弄鼓的話	ふくらましたら	う形 （意向形） 弄鼓吧	ふくらまそう

△風船を膨らまして、子どもたちに配った。／吹鼓氣球分給了小朋友們。

ふくらむ【膨らむ】 鼓起・膨脹；（因為不開心而）噘嘴　他五　グループ1

膨らむ・膨らみます

辞書形(基本形) 鼓起	ふくらむ	たり形 又是鼓起	ふくらんだり
ない形 （否定形） 沒鼓起	ふくらまない	ば形 （条件形） 鼓起的話	ふくらめば
なかった形 （過去否定形） 過去沒鼓起	ふくらまなかった	させる形 （使役形） 使鼓起	ふくらませる
ます形 （連用形） 鼓起	ふくらみます	られる形 （被動形） 被鼓起	ふくらまれる
て形 鼓起	ふくらんで	命令形 快鼓起	ふくらめ
た形 （過去形） 鼓起了	ふくらんだ	可能形	———
たら形 （条件形） 鼓起的話	ふくらんだら	う形 （意向形） 膨脹吧	ふくらもう

△お姫様みたいなスカートがふくらんだドレスが着てみたい。／
我想穿像公主那種蓬蓬裙的洋裝。

ふける【老ける】 上年紀・老

自下一 グループ2

老ける・老けます

辞書形(基本形)老	ふける	たり形又是老	ふけたり
ない形(否定形)沒老	ふけない	ば形(條件形)老的話	ふければ
なかった形(過去否定形)過去沒老	ふけなかった	させる形(使役形)使老	ふけさせる
ます形(連用形)老	ふけます	られる形(被動形)被弄老	ふけられる
て形老	ふけて	命令形快老	ふけろ
た形(過去形)老了	ふけた	可能形	———
たら形(條件形)老的話	ふけたら	う形(意向形)老吧	ふけよう

△彼女はなかなか老けない。／她都不會老。

ふさがる【塞がる】 阻塞；關閉；佔用・佔滿

他五 グループ1

塞がる・塞がります

辞書形(基本形)阻塞	ふさがる	たり形又是阻塞	ふさがったり
ない形(否定形)沒阻塞	ふさがらない	ば形(條件形)阻塞的話	ふさがれば
なかった形(過去否定形)過去沒阻塞	ふさがらなかった	させる形(使役形)使阻塞	ふさがらせる
ます形(連用形)阻塞	ふさがります	られる形(被動形)被阻塞	ふさがられる
て形阻塞	ふさがって	命令形快阻塞	ふさがれ
た形(過去形)阻塞了	ふさがった	可能形	———
たら形(條件形)阻塞的話	ふさがったら	う形(意向形)阻塞吧	ふさがろう

△トイレは今塞がっているので、後で行きます。／
現在廁所擠滿了人，待會我再去。

ふさぐ【塞ぐ】 塞閉；阻塞，堵；佔用；不舒服，鬱悶

自他五　グループ1

塞_{ふさ}ぐ・塞_{ふさ}ぎます

辞書形(基本形) 阻塞	ふさぐ	たり形 又是阻塞	ふさいだり
ない形 （否定形） 沒阻塞	ふさがない	ば形 （條件形） 阻塞的話	ふさげば
なかった形 （過去否定形） 過去沒阻塞	ふさがなかった	させる形 （使役形） 使阻塞	ふさがせる
ます形 （連用形） 阻塞	ふさぎます	られる形 （被動形） 被阻塞	ふさがれる
て形 阻塞	ふさいで	命令形 快阻塞	ふさげ
た形 （過去形） 阻塞了	ふさいだ	可能形 會阻塞	ふさげる
たら形 （條件形） 阻塞的話	ふさいだら	う形 （意向形） 阻塞吧	ふさごう

△大きな荷物で道を塞がないでください。／請不要將龐大貨物堵在路上。

ふざける【巫山戯る】 開玩笑，戲謔；愚弄人，戲弄人；
（男女）調情，調戲；（小孩）吵鬧

自下一　グループ2

ふざける・ふざけます

辞書形(基本形) 調戲	ふざける	たり形 又是調戲	ふざけたり
ない形 （否定形） 沒調戲	ふざけない	ば形 （條件形） 調戲的話	ふざければ
なかった形 （過去否定形） 過去沒調戲	ふざけなかった	させる形 （使役形） 使調戲	ふざけさせる
ます形 （連用形） 調戲	ふざけます	られる形 （被動形） 被調戲	ふざけられる
て形 調戲	ふざけて	命令形 快調戲	ふざけろ
た形 （過去形） 調戲了	ふざけた	可能形 可以調戲	ふざけられる
たら形 （條件形） 調戲的話	ふざけたら	う形 （意向形） 調戲吧	ふざけよう

△ちょっとふざけただけだから、怒らないで。／
只是開個小玩笑，別生氣。

ふせぐ【防ぐ】 防禦・防守・防止；預防，防備

防ぐ・防ぎます

辞書形(基本形) 防守	ふせぐ	たり形 又是防守	ふせいだり
ない形（否定形） 沒防守	ふせがない	ば形（條件形） 防守的話	ふせげば
なかった形（過去否定形） 過去沒防守	ふせがなかった	させる形（使役形） 使防守	ふせがせる
ます形（連用形） 防守	ふせぎます	られる形（被動形） 被防守	ふせがれる
て形 防守	ふせいで	命令形 快防守	ふせげ
た形（過去形） 防守了	ふせいだ	可能形 可以防守	ふせげる
たら形（條件形） 防守的話	ふせいだら	う形（意向形） 防守吧	ふせごう

△窓を二重にして寒さを防ぐ。／安裝兩層的窗戶，以禦寒。

ぶつ【打つ】 （「うつ」的強調說法）打・敲

打つ・打ちます

辞書形(基本形) 打	うつ	たり形 又是打	うったり
ない形（否定形） 沒打	うたない	ば形（條件形） 打的話	うてば
なかった形（過去否定形） 過去沒打	うたなかった	させる形（使役形） 使打	うたせる
ます形（連用形） 打	うちます	られる形（被動形） 被打	うたれる
て形 打	うって	命令形 快打	うて
た形（過去形） 打了	うった	可能形 可以打	うてる
たら形（條件形） 打的話	うったら	う形（意向形） 打吧	うとう

△後頭部を強く打つ。／重擊後腦杓。

ぶつかる　碰・撞；偶然遇上；起衝突　　　他五　グループ1

ぶつかる・ぶつかります

辞書形(基本形) 撞	ぶつかる	たり形 又是撞	ぶつかったり
ない形（否定形） 沒撞	ぶつからない	ば形（條件形） 撞的話	ぶつかれば
なかった形（過去否定形） 過去沒撞	ぶつから なかった	させる形（使役形） 使撞	ぶつからせる
ます形（連用形） 撞	ぶつかります	られる形（被動形） 被撞	ぶつかられる
て形 撞	ぶつかって	命令形 快撞	ぶつかれ
た形（過去形） 撞了	ぶつかった	可能形 可以撞	ぶつかれる
たら形（條件形） 撞的話	ぶつかったら	う形（意向形） 撞吧	ぶつかろう

 △自転車にぶつかる。／撞上腳踏車。

ぶらさげる【ぶら下げる】　佩帶，懸掛；手提，拎　　他下一　グループ2

ぶら下げる・ぶら下げます

辞書形(基本形) 懸掛	ぶらさげる	たり形 又是懸掛	ぶらさげたり
ない形（否定形） 沒懸掛	ぶらさげない	ば形（條件形） 懸掛的話	ぶらさげれば
なかった形（過去否定形） 過去沒懸掛	ぶらさげなかった	させる形（使役形） 使懸掛	ぶらさげさせる
ます形（連用形） 懸掛	ぶらさげます	られる形（被動形） 被懸掛	ぶらさげられる
て形 懸掛	ぶらさげて	命令形 快懸掛	ぶらさげろ
た形（過去形） 懸掛了	ぶらさげた	可能形 可以懸掛	ぶらさげられる
たら形（條件形） 懸掛的話	ぶらさげたら	う形（意向形） 懸掛吧	ぶらさげよう

 △腰に何をぶら下げているの。／你腰那裡佩帶著什麼東西啊？

ふりむく【振り向く】 (向後)回頭過去看;回顧・理睬　他五　グループ1

振り向く・振り向きます

辭書形(基本形) 理睬	ふりむく	たり形 又是理睬	ふりむいたり
ない形 (否定形) 沒理睬	ふりむかない	ば形 (條件形) 理睬的話	ふりむけば
なかった形 (過去否定形) 過去沒理睬	ふりむかなかった	させる形 (使役形) 使理睬	ふりむかせる
ます形 (連用形) 理睬	ふりむきます	られる形 (被動形) 被理睬	ふりむかれる
て形 理睬	ふりむいて	命令形 快理睬	ふりむけ
た形 (過去形) 理睬了	ふりむいた	可能形 可以理睬	ふりむける
たら形 (條件形) 理睬的話	ふりむいたら	う形 (意向形) 理會吧	ふりむこう

△後ろを振り向いてごらんなさい。／請轉頭看一下後面。

ふるえる【震える】 顫抖・發抖・震動　自下一　グループ2

震える・震えます

辭書形(基本形) 震動	ふるえる	たり形 又是震動	ふるえたり
ない形 (否定形) 沒震動	ふるえない	ば形 (條件形) 震動的話	ふるえれば
なかった形 (過去否定形) 過去沒震動	ふるえなかった	させる形 (使役形) 使震動	ふるえさせる
ます形 (連用形) 震動	ふるえます	られる形 (被動形) 被震動	ふるえられる
て形 震動	ふるえて	命令形 快震動	ふるえろ
た形 (過去形) 震動了	ふるえた	可能形	———
たら形 (條件形) 震動的話	ふるえたら	う形 (意向形) 震動吧	ふるえよう

△地震で窓ガラスが震える。／窗戶玻璃因地震而震動。

ふるまう【振舞う】 (在人面前的)行為・動作；請客・招待・款待 自他五 グループ1

振舞う・振舞います

辞書形(基本形) 招待	ふるまう	たり形 又是招待	ふるまったり
ない形 (否定形) 沒招待	ふるまわない	ば形 (條件形) 招待的話	ふるまえば
なかった形 (過去否定形) 過去沒招待	ふるまわなかった	させる形 (使役形) 使招待	ふるまわせる
ます形 (連用形) 招待	ふるまいます	られる形 (被動形) 被招待	ふるまわれる
て形 招待	ふるまって	命令形 快招待	ふるまえ
た形 (過去形) 招待了	ふるまった	可能形 可以招待	ふるまえる
たら形 (條件形) 招待的話	ふるまったら	う形 (意向形) 招待吧	ふるまおう

△彼女は、映画女優のように振る舞った。／她的舉止有如電影女星。

ふれる【触れる】 接觸・觸摸（身體）；涉及・提到；感觸到；抵觸・觸犯；通知 自他下一 グループ2

触れる・触れます

辞書形(基本形) 觸摸	ふれる	たり形 又是觸摸	ふれたり
ない形 (否定形) 沒觸摸	ふれない	ば形 (條件形) 觸摸的話	ふれれば
なかった形 (過去否定形) 過去沒觸摸	ふれなかった	させる形 (使役形) 使觸摸	ふれさせる
ます形 (連用形) 觸摸	ふれます	られる形 (被動形) 被觸摸	ふれられる
て形 觸摸	ふれて	命令形 快觸摸	ふれろ
た形 (過去形) 觸摸了	ふれた	可能形 可以觸摸	ふれられる
たら形 (條件形) 觸摸的話	ふれたら	う形 (意向形) 觸摸吧	ふれよう

△触れることなく、箱の中にあるものが何かを知ることができます。／
用不著碰觸，我就可以知道箱子裡面裝的是什麼。

へこむ【凹む】 凹下・潰下；屈服・認輸；虧空・赤字 他五 グループ1

凹む・凹みます

辞書形(基本形) 虧空	へこむ	たり形 又是虧空	へこんだり
ない形（否定形） 沒虧空	へこまない	ば形（條件形） 虧空的話	へこめば
なかった形（過去否定形） 過去沒虧空	へこまなかった	させる形（使役形） 使虧空	へこませる
ます形（連用形） 虧空	へこみます	られる形（被動形） 被虧空	へこまれる
て形 虧空	へこんで	命令形 快屈服	へこめ
た形（過去形） 虧空了	へこんだ	可能形	———
たら形（條件形） 虧空的話	へこんだら	う形（意向形） 屈服吧	へこもう

△表面が凹んだことから、この箱は安物だと知った。／
從表面凹陷來看，知道這箱子是便宜貨。

へだてる【隔てる】 隔開・分開；（時間）相隔；遮擋；離間；不同・有差別 他下一 グループ2

隔てる・隔てます

辞書形(基本形) 分開	へだてる	たり形 又是分開	へだてたり
ない形（否定形） 沒分開	へだてない	ば形（條件形） 分開的話	へだてれば
なかった形（過去否定形） 過去沒分開	へだてなかった	させる形（使役形） 使分開	へだてさせる
ます形（連用形） 分開	へだてます	られる形（被動形） 被分開	へだてられる
て形 分開	へだてて	命令形 快分開	へだてろ
た形（過去形） 分開了	へだてた	可能形 可以分開	へだてられる
たら形（條件形） 分開的話	へだてたら	う形（意向形） 分開吧	へだてよう

△道を隔てて向こう側は隣の国です。／以這條道路為分界，另一邊是鄰國。

へる【経る】 （時間、空間、事物）經過、通過 ；貫穿 自下一 グループ2

経る・経ます

辞書形(基本形) 通過	へる	たり形 又是通過	へたり
ない形（否定形） 沒通過	へない	ば形（條件形） 通過的話	へれば
なかった形（過去否定形） 過去沒通過	へなかった	させる形（使役形） 使通過	へさせる
ます形（連用形） 通過	へます	られる形（被動形） 被穿過	へられる
て形 通過	へて	命令形 快通過	へろ
た形（過去形） 通過了	へた	可能形	——
たら形（條件形） 通過的話	へたら	う形（意向形） 貫穿吧	へよう

△10年の歳月を経て、ついに作品が完成した。／
歷經十年的歲月，作品終於完成了。

ほうる【放る】 拋・扔；中途放棄・棄置不顧・不加理睬 他五 グループ1

放る・放ります

辞書形(基本形) 扔	ほうる	たり形 又是扔	ほうったり
ない形（否定形） 沒扔	ほうらない	ば形（條件形） 扔的話	ほうれば
なかった形（過去否定形） 過去沒扔	ほうらなかった	させる形（使役形） 使扔	ほうらせる
ます形（連用形） 扔	ほうります	られる形（被動形） 被扔	ほうられる
て形 扔	ほうって	命令形 快扔	ほうれ
た形（過去形） 扔了	ほうった	可能形 可以扔	ほうれる
たら形（條件形） 扔的話	ほうったら	う形（意向形） 扔吧	ほうろう

△ボールを放ったら、隣の塀の中に入ってしまった。／
我將球扔了出去，結果掉進隔壁的圍牆裡。

ほえる【吠える】 （狗、犬獸等）吠・吼；（人）大聲哭喊・喊叫 自下一 グループ2

吠える・吠えます

辞書形（基本形） 吼	ほえる	たり形 又是吼	ほえたり
ない形（否定形） 沒吼	ほえない	ば形（條件形） 吼的話	ほえれば
なかった形（過去否定形） 過去沒吼	ほえなかった	させる形（使役形） 使吼	ほえさせる
ます形（連用形） 吼	ほえます	られる形（被動形） 被吼	ほえられる
て形 吼	ほえて	命令形 快吼	ほえろ
た形（過去形） 吼了	ほえた	可能形 可以吼	ほえられる
たら形（條件形） 吼的話	ほえたら	う形（意向形） 吼吧	ほえよう

 △小さな犬が大きな犬に出会って、恐怖のあまりワンワン吠えている。／
小狗碰上了大狗，太過害怕而嚇得汪汪叫。

ほこる【誇る】 誇耀・自豪 他五 グループ1

誇る・誇ります

辞書形（基本形） 誇耀	ほこる	たり形 又是誇耀	ほこったり
ない形（否定形） 沒誇耀	ほこらない	ば形（條件形） 誇耀的話	ほこれば
なかった形（過去否定形） 過去沒誇耀	ほこらなかった	させる形（使役形） 使誇耀	ほこらせる
ます形（連用形） 誇耀	ほこります	られる形（被動形） 被誇耀	ほこられる
て形 誇耀	ほこって	命令形 快誇耀	ほこれ
た形（過去形） 誇耀了	ほこった	可能形 可以誇耀	ほこれる
たら形（條件形） 誇耀的話	ほこったら	う形（意向形） 誇耀吧	ほころう

 △成功を誇る。／以成功自豪。

ほころびる【綻びる】 脱線；使微微地張開・綻放 自下一 グループ1

綻びる・綻びます

辞書形(基本形) 綻放	ほころびる	たり形 又是綻放	ほころびたり
ない形（否定形） 沒綻放	ほころばない	ば形（條件形） 綻放的話	ほころべば
なかった形（過去否定形） 過去沒綻放	ほころばなかった	させる形（使役形） 使綻放	ほころばせる
ます形（連用形） 綻放	ほころびます	られる形（被動形） 被綻放	ほころばれる
て形 綻放	ほころびて	命令形 快綻放	ほころべ
た形（過去形） 綻放了	ほころびた	可能形	———
たら形（條件形） 綻放的話	ほころびたら	う形（意向形） 綻放吧	ほころぼう

 △桜が綻びる。／櫻花綻放。

ほす【干す】 曬乾；把（池）水弄乾；乾杯 他五 グループ1

干す・干します

辞書形(基本形) 曬乾	ほす	たり形 又是曬乾	ほしたり
ない形（否定形） 沒曬乾	ほさない	ば形（條件形） 曬乾的話	ほせば
なかった形（過去否定形） 過去沒曬乾	ほさなかった	させる形（使役形） 使曬乾	ほさせる
ます形（連用形） 曬乾	ほします	られる形（被動形） 被曬乾	ほされる
て形 曬乾	ほして	命令形 快曬乾	ほせ
た形（過去形） 曬乾了	ほした	可能形 可以曬乾	ほせる
たら形（條件形） 曬乾的話	ほしたら	う形（意向形） 曬乾吧	ほそう

 △洗濯物を干す。／曬衣服。

ほどく【解く】 解開（繩結等）；拆解（縫的束西）

他五 グループ1

解く・解きます

辞書形（基本形）解開	ほどく	たり形 又是解開	ほどいたり
ない形（否定形）沒解開	ほどかない	ば形（條件形）解開的話	ほどけば
なかった形（過去否定形）過去沒解開	ほどかなかった	させる形（使役形）使解開	ほどかせる
ます形（連用形）解開	ほどきます	られる形（被動形）被解開	ほどかれる
て形 解開	ほどいて	命令形 快解開	ほどけ
た形（過去形）解開了	ほどいた	可能形 可以解開	ほどける
たら形（條件形）解開的話	ほどいたら	う形（意向形）解開吧	ほどこう

△この紐を解いてもらえますか。／我可以請你幫我解開這個繩子嗎？

ほほえむ【微笑む】 微笑・含笑；（花）微開・乍開・初放

他五 グループ1

微笑む・微笑みます

辞書形（基本形）微笑	ほほえむ	たり形 又是微笑	ほほえんだり
ない形（否定形）沒微笑	ほほえまない	ば形（條件形）微笑的話	ほほえめば
なかった形（過去否定形）過去沒微笑	ほほえまなかった	させる形（使役形）使乍開	ほほえませる
ます形（連用形）微笑	ほほえみます	られる形（被動形）被乍開	ほほえまれる
て形 微笑	ほほえんで	命令形 快微笑	ほほえめ
た形（過去形）微笑了	ほほえんだ	可能形 可以微笑	ほほえめる
たら形（條件形）微笑的話	ほほえんだら	う形（意向形）微笑吧	ほほえもう

△彼女は、何もなかったかのように微笑んでいた。／
她微笑著，就好像什麼事都沒發生過一樣。

ほる【掘る】 掘・挖・刨；挖出・掘出

他五　グループ1

掘る・掘ります

辞書形(基本形) 挖出	ほる	たり形 又是挖出	ほったり
ない形（否定形） 沒挖出	ほらない	ば形（條件形） 挖出的話	ほれば
なかった形（過去否定形） 過去沒挖出	ほらなかった	させる形（使役形） 使挖出	ほらせる
ます形（連用形） 挖出	ほります	られる形（被動形） 被挖出	ほられる
て形 挖出	ほって	命令形 快挖出	ほれ
た形（過去形） 挖出了	ほった	可能形 可以挖出	ほれる
たら形（條件形） 挖出的話	ほったら	う形（意向形） 挖出吧	ほろう

△土を掘ったら、昔の遺跡が出てきた。／
挖土的時候，出現了古代的遺跡。

ほる【彫る】 雕刻；紋身

他五　グループ1

彫る・彫ります

辞書形(基本形) 雕刻	ほる	たり形 又是雕刻	ほったり
ない形（否定形） 沒雕刻	ほらない	ば形（條件形） 雕刻的話	ほれば
なかった形（過去否定形） 過去沒雕刻	ほらなかった	させる形（使役形） 使雕刻	ほらせる
ます形（連用形） 雕刻	ほります	られる形（被動形） 被雕刻	ほられる
て形 雕刻	ほって	命令形 快雕刻	ほれ
た形（過去形） 雕刻了	ほった	可能形 可以雕刻	ほれる
たら形（條件形） 雕刻的話	ほったら	う形（意向形） 雕刻吧	ほろう

△寺院の壁に、いろいろな模様が彫ってあります。／
寺院裡，刻著各式各樣的圖騰。

まいる【参る】

（敬）去・來；參拜（神佛）；認輸；受不了，吃不消；（俗）死　自他五　グループ1

参る・参ります

辞書形(基本形) 參拜	まいる	たり形 又是參拜	まいったり
ない形（否定形） 沒參拜	まいらない	ば形（條件形） 參拜的話	まいれば
なかった形（過去否定形） 過去沒參拜	まいらなかった	させる形（使役形） 使參拜	まいらせる
ます形（連用形） 參拜	まいります	られる形（被動形） 被參拜	まいられる
て形 參拜	まいって	命令形 快參拜	まいれ
た形（過去形） 參拜了	まいった	可能形 可以參拜	まいれる
たら形（條件形） 參拜的話	まいったら	う形（意向形） 參拜吧	まいろう

 △はい、ただいま参ります。／好的，我馬上到。

まう【舞う】

飛舞，飄盪；舞蹈　他五　グループ1

舞う・舞います

辞書形(基本形) 飛舞	まう	たり形 又是飛舞	まったり
ない形（否定形） 沒飛舞	まわない	ば形（條件形） 飛舞的話	まえば
なかった形（過去否定形） 過去沒飛舞	まわなかった	させる形（使役形） 使飄盪	まわせる
ます形（連用形） 飛舞	まいます	られる形（被動形） 被飄盪	まわれる
て形 飛舞	まって	命令形 快飛舞	まえ
た形（過去形） 飛舞了	まった	可能形 可以飛舞	まえる
たら形（條件形） 飛舞的話	まったら	う形（意向形） 飛舞吧	まおう

 △花びらが風に舞っていた。／花瓣在風中飛舞著。

まかなう【賄う】 供給飯食；供給・供應；維持

他五　グループ1

賄う・賄います

辞書形(基本形) 供給	まかなう	たり形 又是供給	まかなったり
ない形（否定形） 沒供給	まかなわない	ば形（條件形） 供給的話	まかなえば
なかった形（過去否定形） 過去沒供給	まかなわなかった	させる形（使役形） 使供給	まかなわせる
ます形（連用形） 供給	まかないます	られる形（被動形） 被供給	まかなわれる
て形 供給	まかなって	命令形 快供給	まかなえ
た形（過去形） 供給了	まかなった	可能形 可以供給	まかなえる
たら形（條件形） 供給的話	まかなったら	う形（意向形） 供給吧	まかなおう

△原発は廃止して、その分の電力は太陽光や風力による発電で賄おうではないか。／
廃止核能發電後，那部分的電力不是可以由太陽能發電或風力發電來補足嗎？

まく【蒔く】 播種；（在漆器上）畫泥金畫

他五　グループ1

蒔く・蒔きます

辞書形(基本形) 播種	まく	たり形 又是播種	まいたり
ない形（否定形） 沒播種	まかない	ば形（條件形） 播種的話	まけば
なかった形（過去否定形） 過去沒播種	まかなかった	させる形（使役形） 使播種	まかせる
ます形（連用形） 播種	まきます	られる形（被動形） 被播種	まかれる
て形 播種	まいて	命令形 快播種	まけ
た形（過去形） 播種了	まいた	可能形 可以播種	まける
たら形（條件形） 播種的話	まいたら	う形（意向形） 吧播種	まこう

△寒くならないうちに、種をまいた。／趁氣候未轉冷之前播了種。

ます【増す】

（数量）增加・增長・增多；（程度）增進・增高；勝過・變的更甚

白他五 グループ1

増す・増します

辞書形（基本形） 増加	ます	たり形 又是增加	ましたり
ない形（否定形） 沒增加	まさない	ば形（條件形） 增加的話	ませば
なかった形（過去否定形） 過去沒增加	まさなかった	させる形（使役形） 使增加	まさせる
ます形（連用形） 增加	まします	られる形（被動形） 被增加	まされる
て形 增加	まして	命令形 快增加	ませ
た形（過去形） 增加了	ました	可能形	———
たら形（條件形） 增加的話	ましたら	う形（意向形） 增加吧	まこう

 △あの歌手の人気は、勢いを増している。／那位歌手的支持度節節上升。

またぐ【跨ぐ】

跨立・又開腿站立；跨過・跨越

他五 グループ1

跨ぐ・跨ぎます

辞書形（基本形） 跨過	またぐ	たり形 又是跨過	またいだり
ない形（否定形） 沒跨過	またがない	ば形（條件形） 跨過的話	またげば
なかった形（過去否定形） 過去沒跨過	またがなかった	させる形（使役形） 使跨過	またがせる
ます形（連用形） 跨過	またぎます	られる形（被動形） 被跨過	またがれる
て形 跨過	またいで	命令形 快跨過	またげ
た形（過去形） 跨過了	またいだ	可能形 可以跨過	またげる
たら形（條件形） 跨過的話	またいだら	う形（意向形） 跨過吧	またごう

 △本の上をまたいではいけないと母に言われた。／
媽媽叫我不要跨過書本。

まちあわせる【待ち合わせる】 _{(事先約定的時間、地點)等候、會面、碰頭} 自他下一 グループ2

待ち合わせる・待ち合わせます

辞書形(基本形) 等候	まちあわせる	たり形 又是等候	まちあわせたり
ない形(否定形) 沒等候	まちあわせない	ば形(條件形) 等候的話	まちあわせれば
なかった形(過去否定形) 過去沒等候	まちあわせ なかった	させる形(使役形) 使等候	まちあわせさせる
ます形(連用形) 等候	まちあわせます	られる形(被動形) 被等候	まちあわせられる
て形 等候	まちあわせて	命令形 快等候	まちあわせろ
た形(過去形) 等候了	まちあわせた	可能形 可以等候	まちあわせられる
たら形(條件形) 等候的話	まちあわせたら	う形(意向形) 等候吧	まちあわせよう

△渋谷のハチ公のところで待ち合わせている。／
我約在澀谷的八公犬銅像前碰面。

まつる【祭る】 _{祭祀、祭奠;供奉} 他五 グループ1

祭る・祭ります

辞書形(基本形) 祭祀	まつる	たり形 又是祭祀	まつったり
ない形(否定形) 沒祭祀	まつらない	ば形(條件形) 祭祀的話	まつれば
なかった形(過去否定形) 過去沒祭祀	まつらなかった	させる形(使役形) 使祭祀	まつらせる
ます形(連用形) 祭祀	まつります	られる形(被動形) 被祭祀	まつられる
て形 祭祀	まつって	命令形 快祭祀	まつれ
た形(過去形) 祭祀了	まつった	可能形 可以祭祀	まつれる
たら形(條件形) 祭祀的話	まつったら	う形(意向形) 祭祀吧	まつろう

△この神社では、どんな神様を祭っていますか。／這神社祭拜哪種神明？

まなぶ【学ぶ】 學習；掌握・體會

学ぶ・学びます

辭書形（基本形） 學習	まなぶ	たり形 又是學習	まなんだり
ない形（否定形） 沒學習	まなばない	ば形（條件形） 學習的話	まなべば
なかった形（過去否定形） 過去沒學習	まなばなかった	させる形（使役形） 使體會	まなばせる
ます形（連用形） 學習	まなびます	られる形（被動形） 被體會	まなばれる
て形 學習	まなんで	命令形 快學習	まなべ
た形（過去形） 學習了	まなんだ	可能形 可以學習	まなべる
たら形（條件形） 學習的話	まなんだら	う形（意向形） 學習吧	まなぼう

△大学の先生を中心にして、漢詩を学ぶ会を作った。／
以大學的教師為主，成立了一個研讀漢詩的讀書會。

まねく【招く】 （搖手、點頭）招呼；招待・宴請；招聘・聘請；招惹・招致 他五 グループ1

招く・招きます

辭書形（基本形） 招待	まねく	たり形 又是招待	まねいたり
ない形（否定形） 沒招待	まねかない	ば形（條件形） 招待的話	まねけば
なかった形（過去否定形） 過去沒招待	まねかなかった	させる形（使役形） 使招待	まねかせる
ます形（連用形） 招待	まねきます	られる形（被動形） 被招待	まねかれる
て形 招待	まねいて	命令形 快招待	まねけ
た形（過去形） 招待了	まねいた	可能形 可以招待	まねける
たら形（條件形） 招待的話	まねいたら	う形（意向形） 招待吧	まねこう

△大使館のパーティーに招かれた。／我受邀到大使館的派對。

まわす【回す】 転・轉動；（依次）傳遞；傳送；調職；各處活動奔走；想辦法；運用；投資；（前接某些動詞連用形）表示遍布四周

他五・接尾　グループ1

回す・回します

辭書形(基本形) 轉動	まわす	たり形 又是轉動	まわしたり
ない形（否定形） 沒轉動	まわさない	ば形（條件形） 轉動的話	まわせば
なかった形（過去否定形） 過去沒轉動	まわさなかった	させる形（使役形） 使轉動	まわさせる
ます形（連用形） 轉動	まわします	られる形（被動形） 被轉動	まわされる
て形 轉動	まわして	命令形 快轉動	まわせ
た形（過去形） 轉動了	まわした	可能形 可以轉動	まわせる
たら形（條件形） 轉動的話	まわしたら	う形（意向形） 轉動吧	まわそう

△こまを回す。／轉動陀螺（打陀螺）。

みあげる【見上げる】 仰視・仰望；欽佩・尊敬・景仰

他下一　グループ2

見上げる・見上げます

辭書形(基本形) 仰望	みあげる	たり形 又是仰望	みあげたり
ない形（否定形） 沒仰望	みあげない	ば形（條件形） 仰望的話	みあげれば
なかった形（過去否定形） 過去沒仰望	みあげなかった	させる形（使役形） 使仰望	みあげさせる
ます形（連用形） 仰望	みあげます	られる形（被動形） 被仰望	みあげられる
て形 仰望	みあげて	命令形 快仰望	みあげろ
た形（過去形） 仰望了	みあげた	可能形 可以仰望	みあげられる
たら形（條件形） 仰望的話	みあげたら	う形（意向形） 仰望吧	みあげよう

△彼は、見上げるほどに背が高い。／他個子高到需要抬頭看的程度。

みおくる【見送る】

目送；送別；（把人）送到（某的地方）；観望，擱置，暫緩考慮；送葬

他下 グループ1

見送る・見送ります

辞書形（基本形） 送到	みおくる	たり形 又是送到	みおくったり
ない形（否定形） 沒送到	みおくらない	ば形（條件形） 送到的話	みおくれば
なかった形（過去否定形） 過去沒送到	みおくらなかった	させる形（使役形） 使送到	みおくらせる
ます形（連用形） 送到	みおくります	られる形（被動形） 被送到	みおくられる
て形 送到	みおくって	命令形 快送到	みおくれ
た形（過去形） 送到了	みおくった	可能形 可以送到	みおくれる
たら形（條件形） 送到的話	みおくったら	う形（意向形） 送到吧	みおくろう

△門の前で客を見送った。／在門前送客。

みおろす【見下ろす】

俯視，往下看；輕視，藐視，看不起；視線從上往下移動

他五 グループ1

見下ろす・見下ろします

辞書形（基本形） 俯視	みおろす	たり形 又是俯視	みおろしたり
ない形（否定形） 沒俯視	みおろさない	ば形（條件形） 俯視的話	みおろせば
なかった形（過去否定形） 過去沒俯視	みおろさなかった	させる形（使役形） 使俯視	みおろさせる
ます形（連用形） 俯視	みおろします	られる形（被動形） 被俯視	みおろされる
て形 俯視	みおろして	命令形 快俯視	みおろせ
た形（過去形） 俯視了	みおろした	可能形 可以俯視	みおろせる
たら形（條件形） 俯視的話	みおろしたら	う形（意向形） 俯視吧	みおろそう

△山の上から見下ろすと、村が小さく見える。／
從山上俯視下方，村子顯得很渺小。

みちる【満ちる】 充満；月盈・月圓；（期限）滿・到期；潮漲 　自上一　グループ2

満ちる・満ちます

辞書形(基本形) 充満	みちる	たり形 又是充満	みちたり
ない形（否定形） 沒充満	みちない	ば形（條件形） 充満的話	みちれば
なかった形（過去否定形） 過去沒充満	みちなかった	させる形（使役形） 使充満	みちさせる
ます形（連用形） 充満	みちます	られる形（被動形） 被充満	みちられる
て形 充満	みちて	命令形 快充満	みちろ
た形（過去形） 充満了	みちた	可能形	———
たら形（條件形） 充満的話	みちたら	う形（意向形） 充満吧	みちよう

△潮がだんだん満ちてきた。／潮水逐漸漲了起來。

みつめる【見詰める】 凝視・注視・盯著 　他下一　グループ2

見詰める・見詰めます

辞書形(基本形) 注視	みつめる	たり形 又是注視	みつめたり
ない形（否定形） 沒注視	みつめない	ば形（條件形） 注視的話	みつめれば
なかった形（過去否定形） 過去沒注視	みつめなかった	させる形（使役形） 使注視	みつめさせる
ます形（連用形） 注視	みつめます	られる形（被動形） 被注視	みつめられる
て形 注視	みつめて	命令形 快注視	みつめろ
た形（過去形） 注視了	みつめた	可能形 可以注視	みつめられる
たら形（條件形） 注視的話	みつめたら	う形（意向形） 注視吧	みつめよう

△あの人に壁ドンされてじっと見つめられたい。／
好想讓那個人壁咚，深情地凝望著我。

みとめる【認める】

看出・看到；認識，賞識，器重；承認；斷定，認為；許可，同意

他下一 グループ2

認める・認めます

辞書形（基本形） 看到	みとめる	たり形 又是看到	みとめたり
ない形（否定形） 沒看到	みとめない	ば形（條件形） 看到的話	みとめれば
なかった形（過去否定形） 過去沒看到	みとめなかった	させる形（使役形） 使看到	みとめさせる
ます形（連用形） 看到	みとめます	られる形（被動形） 被看到	みとめられる
て形 看到	みとめて	命令形 快看到	みとめろ
た形（過去形） 看到了	みとめた	可能形 可以看到	みとめられる
たら形（條件形） 看到的話	みとめたら	う形（意向形） 看到吧	みとめよう

△これだけ証拠があっては、罪を認めざるをえません。／
有這麼多的證據，不認罪也不行。

みなおす【見直す】

（見）起色，（病情）轉好；重看，重新看；重新評估，重新認識

自他五 グループ1

見直す・見直す

辞書形（基本形） 重看	みなおす	たり形 又是重看	みなおしたり
ない形（否定形） 沒重看	みなおさない	ば形（條件形） 重看的話	みなおせば
なかった形（過去否定形） 過去沒重看	みなおさなかった	させる形（使役形） 使重看	みなおさせる
ます形（連用形） 重看	みなおします	られる形（被動形） 被重看	みなおされる
て形 重看	みなおして	命令形 快重看	みなおせ
た形（過去形） 重看了	みなおした	可能形 可以重看	みなおせる
たら形（條件形） 重看的話	みなおしたら	う形（意向形） 重看吧	みなおそう

△今会社の方針を見直している最中です。／
現在正在重新檢討公司的方針中。

みなれる【見慣れる】 看慣・眼熟・熟識

見慣れる・見慣れます

辞書形（基本形）熟識	みなれる	たり形 又是熟識	みなれたり
ない形（否定形）沒熟識	みなれない	ば形（條件形）熟識的話	みなれれば
なかった形（過去否定形）過去沒熟識	みなれなかった	させる形（使役形）使熟識	みなれさせる
ます形（連用形）熟識	みなれます	られる形（被動形）被熟識	みなれられる
て形 熟識	みなれて	命令形 快熟識	みなれろ
た形（過去形）熟識了	みなれた	可能形	——
たら形（條件形）熟識的話	みなれたら	う形（意向形）熟識吧	みなれよう

△日本では外国人を見慣れていない人が多い。／
在日本，許多人很少看到外國人。

みのる【実る】 （植物）成熟・結果；取得成績・獲得成果・結果實

実る・実ります

辞書形（基本形）結成果實	みのる	たり形 又是結成果實	みのったり
ない形（否定形）沒結成果實	みのらない	ば形（條件形）結成果實的話	みのれば
なかった形（過去否定形）過去沒結成果實	みのらなかった	させる形（使役形）使結成果實	みのらせる
ます形（連用形）結成果實	みのります	られる形（被動形）被結成果實	みのられる
て形 結成果實	みのって	命令形 快結成果實	みのれ
た形（過去形）結成果實了	みのった	可能形 可以結成果實	みのれる
たら形（條件形）結成果實的話	みのったら	う形（意向形）結成果實吧	みのろう

△農民たちの努力のすえに、すばらしい作物が実りました。／
經過農民的努力後，最後長出了優良的農作物。

みまう【見舞う】 訪問・看望；問候・探望；遭受・蒙受（災害等） 他五 グループ1

見舞う・見舞います

辞書形（基本形） 探望	みまう	たり形 又是探望	みまったり
ない形（否定形） 沒探望	みまわない	ば形（條件形） 探望的話	みまえば
なかった形（過去否定形） 過去沒探望	みまわなかった	させる形（使役形） 使探望	みまわせる
ます形（連用形） 探望	みまいます	られる形（被動形） 被探望	みまわれる
て形 探望	みまって	命令形 快探望	みまえ
た形（過去形） 探望了	みまった	可能形 可以探望	みまえる
たら形（條件形） 探望的話	みまったら	う形（意向形） 探望吧	みまおう

△友達が入院したので、見舞いに行きました。／
因朋友住院了，所以前往探病。

むかう【向かう】 向著・朝著；面向；往…去・向…去；趨向・轉向 他五 グループ1

向かう・向かいます

辞書形（基本形） 向著	むかう	たり形 又是向著	むかったり
ない形（否定形） 沒向著	むかわない	ば形（條件形） 向著的話	むかえば
なかった形（過去否定形） 過去沒向著	むかわなかった	させる形（使役形） 使轉向	むかわせる
ます形（連用形） 向著	むかいます	られる形（被動形） 被轉向	むかわれる
て形 向著	むかって	命令形 快轉向	むかえ
た形（過去形） 向著了	むかった	可能形 可以轉向	むかえる
たら形（條件形） 向著的話	むかったら	う形（意向形） 轉向吧	むかおう

△向かって右側が郵便局です。／面對它的右手邊就是郵局。

めいじる・めいずる【命じる・命ずる】 他上一・他サ グループ2

命令，吩咐；任命，委派；命名

命じる・命じます

辞書形(基本形) 命令	めいじる	たり形 又是命令	めいじたり
ない形（否定形） 沒命令	めいじない	ば形（條件形） 命令的話	めいじれば
なかった形（過去否定形） 過去沒命令	めいじなかった	させる形（使役形） 使命令	めいじさせる
ます形（連用形） 命令	めいじます	られる形（被動形） 被命令	めいじられる
て形 命令	めいじて	命令形 快命令	めいじろ
た形（過去形） 命令了	めいじた	可能形 可以命令	めいじられる
たら形（條件形） 命令的話	めいじたら	う形（意向形） 命令吧	めいじよう

 △上司は彼にすぐ出発するように命じた。／上司命令他立刻出發。

めぐまれる【恵まれる】 得天獨厚，被賦予，受益，受到恩惠 自下一 グループ2

恵まれる・恵まれます

辞書形(基本形) 受益	めぐまれる	たり形 又是受益	めぐまれたり
ない形（否定形） 沒受益	めぐまれない	ば形（條件形） 受益的話	めぐまれれば
なかった形（過去否定形） 過去沒受益	めぐまれなかった	させる形（使役形） 使受益	めぐまれさせる
ます形（連用形） 受益	めぐまれます	られる形（被動形） 被受益	めぐまれられる
て形 受益	めぐまれて	命令形 快受益	めぐまれろ
た形（過去形） 受益了	めぐまれた	可能形	———
たら形（條件形） 受益的話	めぐまれたら	う形（意向形） 受益吧	めぐまれよう

 △環境に恵まれるか恵まれないかにかかわらず、努力すれば成功できる。／無論環境的好壞，只要努力就能成功。

めぐる【巡る】 循環・轉回・旋轉；巡遊；環繞・圍繞

他五 グループ1

巡る・巡ります

辞書形 (基本形) 旋轉	めぐる	たり形 又是旋轉	めぐったり
ない形 (否定形) 沒旋轉	めぐらない	ば形 (條件形) 旋轉的話	めぐれば
なかった形 (過去否定形) 過去沒旋轉	めぐらなかった	させる形 (使役形) 使旋轉	めぐらせる
ます形 (連用形) 旋轉	めぐります	られる形 (被動形) 被旋轉	めぐられる
て形 旋轉	めぐって	命令形 快旋轉	めぐれ
た形 (過去形) 旋轉了	めぐった	可能形 可以旋轉	めぐれる
たら形 (條件形) 旋轉的話	めぐったら	う形 (意向形) 旋轉吧	めぐろう

 △東ヨーロッパを巡る旅に出かけました。／我到東歐去環遊了。

めざす【目指す】 指向・以…為努力目標・瞄準

他五 グループ1

目指す・目指します

辞書形 (基本形) 瞄準	めざす	たり形 又是瞄準	めざしたり
ない形 (否定形) 沒瞄準	めざさない	ば形 (條件形) 瞄準的話	めざせば
なかった形 (過去否定形) 過去沒瞄準	めざさなかった	させる形 (使役形) 使瞄準	めざさせる
ます形 (連用形) 瞄準	めざします	られる形 (被動形) 被瞄準	めざされる
て形 瞄準	めざして	命令形 快瞄準	めざせ
た形 (過去形) 瞄準了	めざした	可能形 可以瞄準	めざせる
たら形 (條件形) 瞄準的話	めざしたら	う形 (意向形) 瞄準吧	めざそう

 △もしも試験に落ちたら、弁護士を目指すどころではなくなる。／
要是落榜了，就不是在那裡妄想當律師的時候了。

めだつ【目立つ】 顯眼・引人注目・明顯

他五 グループ1

目立つ・目立ちます

辞書形（基本形）引人注目	めだつ	たり形 又是引人注目	めだったり
ない形（否定形）沒引人注目	めだたない	ば形（條件形）引人注目的話	めだてば
なかった形（過去否定形）過去沒引人注目	めだたなかった	させる形（使役形）使引人注目	めだたせる
ます形（連用形）引人注目	めだちます	られる形（被動形）被注目	めだたれる
て形 引人注目	めだって	命令形 快引人注目	めだて
た形（過去形）引人注目了	めだった	可能形 會引人注目	めだてる
たら形（條件形）引人注目的話	めだったら	う形（意向形）引人注目吧	めだとう

 △彼女は華やかなので、とても目立つ。／她打扮華麗，所以很引人側目。

もうかる【儲かる】 賺到・得利；賺得到便宜・撿便宜

他五 グループ1

儲かる・儲かります

辞書形（基本形）得利	もうかる	たり形 又是得利	もうかったり
ない形（否定形）沒得利	もうからない	ば形（條件形）得利的話	もうかれば
なかった形（過去否定形）過去沒得利	もうからなかった	させる形（使役形）使得利	もうからせる
ます形（連用形）得利	もうかります	られる形（被動形）被賺	もうかられる
て形 得利	もうかって	命令形 快撿便宜	もうかれ
た形（過去形）得利了	もうかった	可能形	———
たら形（條件形）得利的話	もうかったら	う形（意向形）賺吧	もうかろう

 △儲かるからといって、そんな危ない仕事はしない方がいい。／雖說會賺大錢，那種危險的工作還是不做的好。

もうける【設ける】 預備・準備；設立・制定；生・得（子女） 他下一 グループ2

設ける・設けます

辞書形（基本形） 設立	もうける	たり形 又是設立	もうけたり
ない形（否定形） 沒設立	もうけない	ば形（條件形） 設立的話	もうければ
なかった形（過去否定形） 過去沒設立	もうけなかった	させる形（使役形） 使設立	もうけさせる
ます形（連用形） 設立	もうけます	られる形（被動形） 被設立	もうけられる
て形 設立	もうけて	命令形 快設立	もうけろ
た形（過去形） 設立了	もうけた	可能形 可以設立	もうけられる
たら形（條件形） 設立的話	もうけたら	う形（意向形） 設立吧	もうけよう

△スポーツ大会に先立ち、簡易トイレを設けた。／
在運動會之前，事先設置了臨時公廁。

もうける【儲ける】 賺錢・得利；（轉）撿便宜・賺到 他下一 グループ2

儲ける・儲けます

辞書形（基本形） 賺錢	もうける	たり形 又是賺錢	もうけたり
ない形（否定形） 沒賺錢	もうけない	ば形（條件形） 賺錢的話	もうければ
なかった形（過去否定形） 過去沒賺錢	もうけなかった	させる形（使役形） 使賺錢	もうけさせる
ます形（連用形） 賺錢	もうけます	られる形（被動形） 被撿便宜	もうけられる
て形 賺錢	もうけて	命令形 快賺錢	もうけろ
た形（過去形） 賺錢了	もうけた	可能形 可以賺錢	もうけられる
たら形（條件形） 賺錢的話	もうけたら	う形（意向形） 賺錢吧	もうけよう

△彼はその取り引きで大金をもうけた。／他在那次交易上賺了大錢。

もぐる【潜る】 潜入（水中）；鑽進，藏入，躲入；潛伏活動，違法從事活動

他五 グループ1

潜る・潜ります

辞書形(基本形) 潛入	もぐる	たり形 又是潛入	もぐったり
ない形（否定形） 沒潛入	もぐらない	ば形（條件形） 潛入的話	もぐれば
なかった形（過去否定形） 過去沒潛入	もぐらなかった	させる形（使役形） 使潛入	もぐらせる
ます形（連用形） 潛入	もぐります	られる形（被動形） 被潛入	もぐられる
て形 潛入	もぐって	命令形 快潛入	もぐれ
た形（過去形） 潛入了	もぐった	可能形 可以潛入	もぐれる
たら形（條件形） 潛入的話	もぐったら	う形（意向形） 潛入吧	もぐろう

△海に潜ることにかけては、彼はなかなかすごいですよ。／
在潛海這方面，他相當厲害唷。

もたれる【凭れる・靠れる】 依靠，憑靠；消化不良

自下一 グループ2

もたれる・もたれます

辞書形(基本形) 依靠	もたれる	たり形 又是依靠	もたれたり
ない形（否定形） 沒依靠	もたれない	ば形（條件形） 依靠的話	もたれれば
なかった形（過去否定形） 過去沒依靠	もたれなかった	させる形（使役形） 使依靠	もたれさせる
ます形（連用形） 依靠	もたれます	られる形（被動形） 被依靠	もたれられる
て形 依靠	もたれて	命令形 快依靠	もたれろ
た形（過去形） 依靠了	もたれた	可能形 可以依靠	もたれられる
たら形（條件形） 依靠的話	もたれたら	う形（意向形） 依靠吧	もたれよう

△相手の迷惑もかまわず、電車の中で隣の人にもたれて寝ている。／
也不管會不會造成對方的困擾，在電車上靠著旁人的肩膀睡覺。

もちあげる【持ち上げる】

（用手）舉起・抬起；阿諛奉承，吹捧；抬頭

他下一 グループ2

持ち上げる・持ち上げます

辞書形(基本形) 抬起	もちあげる	たり形 又是抬起	もちあげたり
ない形（否定形） 沒抬起	もちあげない	ば形（條件形） 抬起的話	もちあげれば
なかった形（過去否定形） 過去沒抬起	もちあげなかった	させる形（使役形） 使抬起	もちあげさせる
ます形（連用形） 抬起	もちあげます	られる形（被動形） 被抬起	もちあげられる
て形 抬起	もちあげて	命令形 快抬起	もちあげろ
た形（過去形） 抬起了	もちあげた	可能形 可以抬起	もちあげられる
たら形（條件形） 抬起的話	もちあげたら	う形（意向形） 抬起吧	もちあげよう

△こんな重いものが、持ち上げられるわけはない。／
這麼重的東西，怎麼可能抬得起來。

もちいる【用いる】

使用；採用・採納；任用・錄用

他五 グループ2

用いる・用います

辞書形(基本形) 採用	もちいる	たり形 又是採用	もちいたり
ない形（否定形） 沒採用	もちいない	ば形（條件形） 採用的話	もちいれば
なかった形（過去否定形） 過去沒採用	もちいなかった	させる形（使役形） 使採用	もちいさせる
ます形（連用形） 採用	もちいます	られる形（被動形） 被採用	もちいられる
て形 採用	もちいて	命令形 快採用	もちいろ
た形（過去形） 採用了	もちいた	可能形 可以採用	もちいられる
たら形（條件形） 採用的話	もちいたら	う形（意向形） 採用吧	もちいよう

△これは、DVDの製造に用いる機械です。／
這台是製作DVD時會用到的機器。

もどす【戻す】

退還，歸還；送回，退回；使倒退；（經）市場價格急遽回升

自他五　グループ1

戻す・戻します

辞書形(基本形) 退回	もどす	たり形 又是退回	もどしたり
ない形（否定形） 沒退回	もどさない	ば形（條件形） 退回的話	もどせば
なかった形（過去否定形） 過去沒退回	もどさなかった	させる形（使役形） 使退回	もどさせる
ます形（連用形） 退回	もどします	られる形（被動形） 被退回	もどされる
て形 退回	もどして	命令形 快退回	もどせ
た形（過去形） 退回了	もどした	可能形 可以退回	もどせる
たら形（條件形） 退回的話	もどしたら	う形（意向形） 退回吧	もどそう

△本を読み終わったら、棚に戻してください。／
書如果看完了，就請放回書架。

もとづく【基づく】

根據，按照；由…而來、因為、起因

他五　グループ1

基づく・基づきます

辞書形(基本形) 按照	もとづく	たり形 又是按照	もとづいたり
ない形（否定形） 沒按照	もとづかない	ば形（條件形） 按照的話	もとづけば
なかった形（過去否定形） 過去沒按照	もとづかなかった	させる形（使役形） 使按照	もとづかせる
ます形（連用形） 按照	もとづきます	られる形（被動形） 被作為依據	もとづかれる
て形 按照	もとづいて	命令形 快按照	もとづけ
た形（過去形） 按照了	もとづいた	可能形	———
たら形（條件形） 按照的話	もとづいたら	う形（意向形） 按照吧	もとづこう

△去年の支出に基づいて、今年の予算を決めます。／
根據去年的支出，來決定今年度的預算。

もとめる【求める】
想要，渴望，需要；謀求，探求；征求，要求；購買

求める・求めます

辞書形 (基本形) 渴望	もとめる	たり形 又是渴望	もとめたり
ない形 (否定形) 沒渴望	もとめない	ば形 (條件形) 渴望的話	もとめれば
なかった形 (過去否定形) 過去沒渴望	もとめなかった	させる形 (使役形) 使渴望	もとめさせる
ます形 (連用形) 渴望	もとめます	られる形 (被動形) 被渴望	もとめられる
て形 渴望	もとめて	命令形 快渴望	もとめろ
た形 (過去形) 渴望了	もとめた	可能形 可以需要	もとめられる
たら形 (條件形) 渴望的話	もとめたら	う形 (意向形) 渴望吧	もとめよう

△私たちは株主として、経営者に誠実な答えを求めます。／
作為股東的我們，要求經營者要給真誠的答覆。

ものがたる【物語る】
談・講述；說明，表明

物語る・物語ります

辞書形 (基本形) 說明	ものがたる	たり形 又是說明	ものがたったり
ない形 (否定形) 沒說明	ものがたらない	ば形 (條件形) 說明的話	ものがたれば
なかった形 (過去否定形) 過去沒說明	ものがたら なかった	させる形 (使役形) 使說明	ものがたらせる
ます形 (連用形) 說明	ものがたります	られる形 (被動形) 被說明	ものがたられる
て形 說明	ものがたって	命令形 快說明	ものがたれ
た形 (過去形) 說明了	ものがたった	可能形 可以說明	ものがたれる
たら形 (條件形) 說明的話	ものがたったら	う形 (意向形) 說明吧	ものがたろう

△血だらけの服が、事件のすごさを物語っている。／
滿是血跡的衣服，述說著案件的嚴重性。

もむ【揉む】

搓・揉；捏・按摩；（很多人）互相推擠；爭辯；（被動式型態）錘鍊，受磨練

他五 グループ1

揉む・揉みます

辞書形(基本形) 搓	もむ	たり形 又是搓	もんだり
ない形（否定形） 沒搓	もまない	ば形（條件形） 搓的話	もめば
なかった形（過去否定形） 過去沒搓	もまなかった	させる形（使役形） 使搓	もませる
ます形（連用形） 搓	もみます	られる形（被動形） 被搓	もまれる
て形 搓	もんで	命令形 快搓	もめ
た形（過去形） 搓了	もんだ	可能形 可以搓	もめる
たら形（條件形） 搓的話	もんだら	う形（意向形） 搓吧	ももう

△肩をもんであげる。／我幫你按摩肩膀。

もる【盛る】

盛滿，裝滿；堆滿，堆高；配藥，下毒；刻劃，標刻度

他五 グループ1

盛る・盛ります

辞書形(基本形) 裝滿	もる	たり形 又是裝滿	もったり
ない形（否定形） 沒裝滿	もらない	ば形（條件形） 裝滿的話	もれば
なかった形（過去否定形） 過去沒裝滿	もらなかった	させる形（使役形） 使裝滿	もらせる
ます形（連用形） 裝滿	もります	られる形（被動形） 被裝滿	もられる
て形 裝滿	もって	命令形 快裝滿	もれ
た形（過去形） 裝滿了	もった	可能形 可以裝滿	もれる
たら形（條件形） 裝滿的話	もったら	う形（意向形） 裝滿吧	もろう

△果物が皿に盛ってあります。／盤子上堆滿了水果。

やっつける【遣っ付ける】

（俗）幹完（工作等，「やる」的強調表現）；教訓一頓；幹掉；打敗・撃敗

他下一 グループ2

やっつける・やっつけます

辞書形(基本形) 打敗	やっつける	たり形 又是打敗	やっつけたり
ない形（否定形） 沒打敗	やっつけない	ば形（條件形） 打敗的話	やっつければ
なかった形（過去否定形） 過去沒打敗	やっつけなかった	させる形（使役形） 使打敗	やっつけさせる
ます形（連用形） 打敗	やっつけます	られる形（被動形） 被打敗	やっつけられる
て形 打敗	やっつけて	命令形 快打敗	やっつけろ
た形（過去形） 打敗了	やっつけた	可能形 可以打敗	やっつけられる
たら形（條件形） 打敗的話	やっつけたら	う形（意向形） 打敗吧	やっつけよう

△手ひどくやっつけられる。／被修理得很慘。

やとう【雇う】

雇用

他五 グループ1

雇う・雇います

辞書形(基本形) 雇用	やとう	たり形 又是雇用	やとったり
ない形（否定形） 沒雇用	やとわない	ば形（條件形） 雇用的話	やとえば
なかった形（過去否定形） 過去沒雇用	やとわなかった	させる形（使役形） 使雇用	やとわせる
ます形（連用形） 雇用	やといます	られる形（被動形） 被雇用	やとわれる
て形 雇用	やとって	命令形 快雇用	やとえ
た形（過去形） 雇用了	やとった	可能形 可以雇用	やとえる
たら形（條件形） 雇用的話	やとったら	う形（意向形） 雇用吧	やとおう

△大きなプロジェクトに先立ち、アルバイトをたくさん雇いました。／進行盛大的企劃前，事先雇用了很多打工的人。

やぶく【破く】 撕破・弄破

やぶ　やぶ
破く・破きます

辞書形(基本形) 撕破	やぶく	たり形 又是撕破	やぶいたり
ない形（否定形） 沒撕破	やぶかない	ば形（條件形） 撕破的話	やぶけば
なかった形（過去否定形） 過去沒撕破	やぶかなかった	させる形（使役形） 使撕破	やぶかせる
ます形（連用形） 撕破	やぶきます	られる形（被動形） 被撕破	やぶかれる
て形 撕破	やぶいて	命令形 快撕破	やぶけ
た形（過去形） 撕破了	やぶいた	可能形 會撕破	やぶける
たら形（條件形） 撕破的話	やぶいたら	う形（意向形） 撕破吧	やぶこう

やぶ
△ズボンを破いてしまった。／弄破褲子了。

やむ【病む】 得病・患病；煩惱・憂慮

や　　や
病む・病みます

辞書形(基本形) 患病	やむ	たり形 又是患病	やんだり
ない形（否定形） 沒患病	やまない	ば形（條件形） 患病的話	やめば
なかった形（過去否定形） 過去沒患病	やまなかった	させる形（使役形） 使憂慮	やませる
ます形（連用形） 患病	やみます	られる形（被動形） 被憂慮	やまれる
て形 患病	やんで	命令形 快煩惱	やめ
た形（過去形） 患病了	やんだ	可能形	———
たら形（條件形） 患病的話	やんだら	う形（意向形）	———

い　　や
△胃を病んでいた。／得胃病。

よう【酔う】 醉・酒醉・暈（車、船）；（吃魚等）中毒；陶醉

他五 グループ1

酔う・酔います

辞書形(基本形) 醉	よう	たり形 又是醉	よったり
ない形（否定形） 沒醉	よわない	ば形（條件形） 醉的話	よえば
なかった形（過去否定形） 過去沒醉	よわなかった	させる形（使役形） 使陶醉	よわせる
ます形（連用形） 醉	よいます	られる形（被動形） 被陶醉	よわれる
て形 醉	よって	命令形 快陶醉	よえ
た形（過去形） 醉了	よった	可能形 可以陶醉	よえる
たら形（條件形） 醉的話	よったら	う形（意向形） 陶醉吧	よおう

△彼は酔っても乱れない。／他喝醉了也不會亂來。

よくばる【欲張る】 貪婪・貪心・貪得無厭

他五 グループ1

欲張る・欲張ります

辞書形(基本形) 貪婪	よくばる	たり形 又是貪婪	よくばったり
ない形（否定形） 沒貪婪	よくばらない	ば形（條件形） 貪婪的話	よくばれば
なかった形（過去否定形） 過去沒貪婪	よくばらなかった	させる形（使役形） 使貪婪	よくばらせる
ます形（連用形） 貪婪	よくばります	られる形（被動形） 被貪婪	よくばられる
て形 貪婪	よくばって	命令形 快貪婪	よくばれ
た形（過去形） 貪婪了	よくばった	可能形 會貪婪	よくばれる
たら形（條件形） 貪婪的話	よくばったら	う形（意向形） 貪婪吧	よくばろう

△彼が失敗したのは、欲張ったせいにほかならない。／
他之所以會失敗，無非是他太過貪心了。

よこぎる【横切る】 横越・横跨

他五 グループ1

横切る・横切ります

辞書形(基本形) 横越	よこぎる	たり形 又是横越	よこぎったり
ない形（否定形） 沒橫越	よこぎらない	ば形（條件形） 横越的話	よこぎれば
なかった形（過去否定形） 過去沒横越	よこぎらなかった	させる形（使役形） 使横越	よこぎらせる
ます形（連用形） 横越	よこぎります	られる形（被動形） 被横越	よこぎられる
て形 横越	よこぎって	命令形 快横越	よこぎれ
た形（過去形） 横越了	よこぎった	可能形 可以横越	よこぎれる
たら形（條件形） 横越的話	よこぎったら	う形（意向形） 横越吧	よこぎろう

 △道路を横切る。／横越馬路。

よす【止す】 停止・做罷；戒掉；辭掉

他五 グループ1

止す・止します

辞書形(基本形) 停止	よす	たり形 又是停止	よしたり
ない形（否定形） 沒停止	よさない	ば形（條件形） 停止的話	よせば
なかった形（過去否定形） 過去沒停止	よさなかった	させる形（使役形） 使停止	よさせる
ます形（連用形） 停止	よします	られる形（被動形） 被停止	よされる
て形 停止	よして	命令形 快停止	よせ
た形（過去形） 停止了	よした	可能形 可以停止	よせる
たら形（條件形） 停止的話	よしたら	う形（意向形） 停止吧	よそう

 △そんなことをするのは止しなさい。／不要做那種蠢事。

よびかける【呼び掛ける】 招呼・呼喚；號召・呼籲 他下一 グループ2

呼び掛ける・呼び掛けます

辞書形(基本形) 呼喚	よびかける	たり形 又是呼喚	よびかけたり
ない形 (否定形) 沒呼喚	よびかけない	ば形 (條件形) 呼喚的話	よびかければ
なかった形 (過去否定形) 過去沒呼喚	よびかけなかった	させる形 (使役形) 使呼喚	よびかけさせる
ます形 (連用形) 呼喚	よびかけます	られる形 (被動形) 被號召	よびかけられる
て形 呼喚	よびかけて	命令形 快呼喚	よびかけろ
た形 (過去形) 呼喚了	よびかけた	可能形 可以呼喚	よびかけられる
たら形 (條件形) 呼喚的話	よびかけたら	う形 (意向形) 呼喚吧	よびかけよう

△ここにゴミを捨てないように、呼びかけようじゃないか。／
我們來呼籲大眾，不要在這裡亂丟垃圾吧！

よびだす【呼び出す】 喚出・叫出；叫來・喚來・邀請；傳訊 他五 グループ1

呼び出す・呼び出します

辞書形(基本形) 喚出	よびだす	たり形 又是喚出	よびだしたり
ない形 (否定形) 沒喚出	よびださない	ば形 (條件形) 喚出的話	よびだせば
なかった形 (過去否定形) 過去沒喚出	よびださなかった	させる形 (使役形) 使喚出	よびださせる
ます形 (連用形) 喚出	よびだします	られる形 (被動形) 被邀請	よびだされる
て形 喚出	よびだして	命令形 快邀請	よびだせ
た形 (過去形) 喚出了	よびだした	可能形 可以邀請	よびだせる
たら形 (條件形) 喚出的話	よびだしたら	う形 (意向形) 邀請吧	よびだそう

△こんな夜遅くに呼び出して、何の用ですか。／
那麼晚了還叫我出來，到底是有什麼事？

よみがえる【蘇る】 甦醒・復活；復興・復甦・回復；重新想起 他五 グループ1

蘇る・蘇ります

辞書形(基本形) 復興	よみがえる	たり形 又是復興	よみがえったり
ない形（否定形） 沒復興	よみがえらない	ば形（條件形） 復興的話	よみがえれば
なかった形（過去否定形） 過去沒復興	よみがえら なかった	させる形（使役形） 使復興	よみがえらせる
ます形（連用形） 復興	よみがえります	られる形（被動形） 被復興	よみがえられる
て形 復興	よみがえって	命令形 快復興	よみがえれ
た形（過去形） 復興了	よみがえった	可能形 可以復興	よみがえれる
たら形（條件形） 復興的話	よみがえったら	う形（意向形） 復興吧	よみがえろう

△しばらくしたら、昔の記憶が蘇るに相違ない。／
過一陣子後，以前的記憶一定會想起來的。

よる【因る】 由於・因為；任憑・取決於；依靠・依賴；按照・根據 他五 グループ1

因る・因ります

辞書形(基本形) 依靠	よる	たり形 又是依靠	よったり
ない形（否定形） 沒依靠	よらない	ば形（條件形） 依靠的話	よれば
なかった形（過去否定形） 過去沒依靠	よらなかった	させる形（使役形） 使依靠	よらせる
ます形（連用形） 依靠	よります	られる形（被動形） 被依靠	よられる
て形 依靠	よって	命令形 快依靠	よれ
た形（過去形） 依靠了	よった	可能形	——
たら形（條件形） 依靠的話	よったら	う形（意向形） 依靠吧	よろう

△理由によっては、許可することができる。／
因理由而定，來看是否批准。

りゃくする【略する】 簡略；省略・略去；攻佔・奪取 他り グループ3

略す・略します

辞書形(基本形) 省略	りゃくす	たり形 又是省略	りゃくしたり
ない形 (否定形) 沒省略	りゃくさない	ば形（條件形） 省略的話	りゃくせば
なかった形（過去否定形） 過去沒省略	りゃくさなかった	させる形（使役形） 使省略	りゃくさせる
ます形（連用形） 省略	りゃくします	られる形（被動形） 被省略	りゃくされる
て形 省略	りゃくして	命令形 快省略	りゃくせ
た形（過去形） 省略了	りゃくした	可能形 可以省略	りゃくせる
たら形（條件形） 省略的話	りゃくしたら	う形（意向形） 省略吧	りゃくそう

△国際連合は、略して国連と言います。／聯合國際組織又簡稱聯合國。

わく【湧く】 湧出；産生（某種感情）；大量湧現 他五 グループ1

湧く・湧きます

辞書形(基本形) 産生	わく	たり形 又是産生	わいたり
ない形 (否定形) 沒産生	わかない	ば形（條件形） 産生的話	わけば
なかった形（過去否定形） 過去沒産生	わかなかった	させる形（使役形） 使産生	わかせる
ます形（連用形） 産生	わきます	られる形（被動形） 被産生	わかれる
て形 産生	わいて	命令形 快産生	わけ
た形（過去形） 産生了	わいた	可能形	———
たら形（條件形） 産生的話	わいたら	う形（意向形） 産生吧	わこう

△清水が湧く。／清水泉湧。

わびる【詫びる】 道歉・賠不是・謝罪 　他上一 グループ2

詫びる・詫びます

辞書形(基本形) 謝罪	わびる	たり形 又是謝罪	わびたり
ない形（否定形） 沒謝罪	わびない	ば形（条件形） 謝罪的話	わびれば
なかった形（過去否定形） 過去沒謝罪	わびなかった	させる形（使役形） 使賠不是	わびさせる
ます形（連用形） 謝罪	わびます	られる形（被動形） 被賠不是	わびられる
て形 謝罪	わびて	命令形 快賠不是	わびろ
た形（過去形） 謝罪了	わびた	可能形 可以謝罪	わびられる
たら形（条件形） 謝罪的話	わびたら	う形（意向形） 謝罪吧	わびよう

 △みなさんに対して、詫びなければならない。／我得向大家道歉才行。

わる【割る】 打・劈開；用除法計算 　他五 グループ1

割る・割ります

辞書形(基本形) 劈開	わる	たり形 又是劈開	わったり
ない形（否定形） 沒劈開	わらない	ば形（条件形） 劈開的話	われば
なかった形（過去否定形） 過去沒劈開	わらなかった	させる形（使役形） 使劈開	わらせる
ます形（連用形） 劈開	わります	られる形（被動形） 被劈開	わられる
て形 劈開	わって	命令形 快劈開	われ
た形（過去形） 劈開了	わった	可能形 可以劈開	われる
たら形（条件形） 劈開的話	わったら	う形（意向形） 劈開吧	わろう

 △六を二で割る。／六除以二。

する _{做・幹}

する・します

辞書形(基本形) 做	する	たり形 又是做	したり
ない形（否定形） 沒做	しない	ば形（條件形） 做的話	すれば
なかった形（過去否定形） 過去沒做	しなかった	させる形（使役形） 使做	させる
ます形（連用形） 做	します	られる形（被動形） 被做	される
て形 做	して	命令形 快做	しろ
た形（過去形） 做了	した	可能形 可以做	できる
たら形（條件形） 做的話	したら	う形（意向形） 做吧	しよう

 △ ゆっくりしてください／請慢慢做。

あくび 【欠伸】	哈欠　　　　　　　　　　　　　　　　　　　　名・自サ◎グループ3 △仕事の最中なのに、あくびばかり出て困る。／ 　工作中卻一直打哈欠，真是傷腦筋。
あっしゅく 【圧縮】	壓縮；（把文章等）縮短　　　　　　　　　　　名・他サ◎グループ3 △こんなに大きなものを小さく圧縮するのは、無理というものだ。／ 　要把那麼龐大的東西壓縮成那麼小，那根本就不可能。
あんき 【暗記】	記住・背誦・熟記　　　　　　　　　　　　　　名・他サ◎グループ3 △こんな長い文章は、すぐには暗記できっこないです。／ 　那麼冗長的文章，我不可能馬上記住的。
あんてい 【安定】	安定，穩定；（物體）安穩　　　　　　　　　　名・自サ◎グループ3 △結婚したせいか、精神的に安定した。／ 　不知道是不是結了婚的關係，精神上感到很穩定。

いきいき 【生き生き】	活潑，生氣勃勃，栩栩如生　　　　　　　　　　名・自サ◎グループ3
	△結婚して以来、彼女はいつも生き生きしているね。／ 自從結婚以後，她總是一副風采煥發的樣子呢！

いけん 【異見】	不同的意見，不同的見解，異議　　　　　　　　名・他サ◎グループ3
	△異見を唱える。／ 唱反調。

いじ 【維持】	維持，維護　　　　　　　　　　　　　　　　　名・他サ◎グループ3
	△政府が助けてくれないかぎり、この組織は維持できない。／ 只要政府不支援，這組織就不能維持下去。

いしき 【意識】	（哲學的）意識；知覺，神智；自覺，意識到　　名・他サ◎グループ3
	△患者の意識が回復するまで、油断できない。／ 在患者恢復意識之前，不能大意。

いち 【位置】	位置，場所；立場，遭遇；位於　　　　　　　　名・自サ◎グループ3
	△机は、どの位置に置いたらいいですか。／ 書桌放在哪個地方好呢？

いっち 【一致】	一致，相符　　　　　　　　　　　　　　　　　名・自サ◎グループ3
	△意見が一致したので、早速プロジェクトを始めましょう。／ 既然看法一致了，就快點進行企畫吧！

いってい 【一定】	一定；規定，固定　　　　　　　　　　　　　　名・自他サ◎グループ3
	△一定の条件を満たせば、奨学金を申請することができる。／ 只要符合某些條件，就可以申請獎學金。

いてん 【移転】	轉移位置；搬家；（權力等）轉交，轉移　　　　名・自他サ◎グループ3
	△会社の移転で大変なところを、お邪魔してすみません。／ 在貴社遷移而繁忙之時前來打擾您，真是不好意思。

いでん 【遺伝】	遺傳　　　　　　　　　　　　　　　　　　　　名・自サ◎グループ3
	△身体能力、知力、容姿などは遺伝によるところが多いと聞きました。／ 據說體力、智力及容貌等多半是來自遺傳。

いどう 【移動】	移動，轉移　　　　　　　　　　　　　　　　名・自他サ◎グループ3
	△雨が降ってきたので、屋内に移動せざるを得ませんね。／ 因為下起雨了，所以不得不搬到屋內去呀。

いねむり 【居眠り】	打瞌睡，打盹兒　　　　　　　　　　　　　　名・自サ◎グループ3
	△あいつのことだから、仕事中に居眠りをしているんじゃないかな。／ 那傢伙的話，一定又是在工作時間打瞌睡吧！

いはん 【違反】	違反，違犯　　　　　　　　　　　　　　　　名・自サ◎グループ3
	△スピード違反をした上に、駐車違反までしました。／ 不僅超速，甚至還違規停車。

いらい 【依頼】	委託，請求，依靠　　　　　　　　　　　　名・自他サ◎グループ3
	△仕事を依頼する上は、ちゃんと報酬を払わなければなりません。／ 既然要委託他人做事，就得付出相對的酬勞。

いんさつ 【印刷】	印刷　　　　　　　　　　　　　　　　　　名・自他サ◎グループ3
	△原稿ができたら、すぐ印刷に回すことになっています。／ 稿一完成，就要馬上送去印刷。

いんたい 【引退】	引退，退職　　　　　　　　　　　　　　　　名・自サ◎グループ3
	△彼は、サッカー選手を引退するかしないかのうちに、タレントになった。／ 他才從足球選手引退，就當起了藝人。

いんよう 【引用】	引用　　　　　　　　　　　　　　　　　　名・自他サ◎グループ3
	△引用による説明が、分かりやすかったです。／ 引用典故來做說明，讓人淺顯易懂。

うがい 【嗽】	漱口　　　　　　　　　　　　　　　　　　　名・自サ◎グループ3
	△うちの子は外から帰ってきて、うがいどころか手も洗わない。／ 我家孩子從外面回來，別說是漱口，就連手也不洗。

うちあわせ 【打ち合わせ】	事先商量，碰頭　　　　　　　　　　　　　　名・他サ◎グループ3
	△特別に変更がないかぎり、打ち合わせは来週の月曜に行われる。／ 只要沒有特別的變更，會議將在下禮拜一舉行。

うろうろ	徘徊；不知所措，張慌失措　　　　　　　　　　　　副・自サ◎グループ3
	△彼は今ごろ、渋谷あたりをうろうろしているに相違ない。／ 現在，他人一定是在澀谷一帶徘徊。

うんぬん 【云々】	云云，等等；說長道短　　　　　　　　　　　　　名・他サ◎グループ3
	△他人のすることについて云々言いたくはない。／ 對於他人所作的事，我不想多說什麼。

うんぱん 【運搬】	搬運，運輸　　　　　　　　　　　　　　　　　　名・他サ◎グループ3
	△ピアノの運搬を業者に頼んだ。／ 拜託了業者搬運鋼琴。

うんよう 【運用】	運用，活用　　　　　　　　　　　　　　　　　　名・他サ◎グループ3
	△目的にそって、資金を運用する。／ 按目的來運用資金。

えいぎょう 【営業】	営業，經商　　　　　　　　　　　　　　　　　名・自他サ◎グループ3
	△営業開始に際して、店長から挨拶があります。／ 開始營業之時，店長會致詞。

えんき 【延期】	延期　　　　　　　　　　　　　　　　　　　　　名・他サ◎グループ3
	△スケジュールを発表した以上、延期するわけにはいかない。／ 既然已經公布了時間表，就絕不能延期。

えんぎ 【演技】	（演員的）演技，表演；做戲　　　　　　　　　　名・自サ◎グループ3
	△いくら顔がよくても、あんな演技じゃ見ちゃいられない。／ 就算臉蛋長得漂亮，那種蹩腳的演技實在慘不忍睹。

えんしゅう 【演習】	演習，實際練習；（大學內的）課堂討論，共同研究　　名・自サ◎グループ3
	△計画に沿って、演習が行われた。／ 按照計畫，進行了演習。

えんじょ 【援助】	援助，幫助　　　　　　　　　　　　　　　　　　名・他サ◎グループ3
	△親の援助があれば、生活できないこともない。／ 有父母支援的話，也不是不能過活的。

| えんぜつ | 演説 | 名・自サ◎グループ3 |

△首相の演説が終わったかと思ったら、外相の演説が始まった。／
首相的演講才剛結束，外務大臣就馬上接著演講了。

【演説】

| えんそく | 遠足・郊遊 | 名・自サ◎グループ3 |

△遠足に行くとしたら、富士山に行きたいです。／
如果要去遠足，我想去富士山。

【遠足】

| えんちょう | 延長・延伸・擴展；全長 | 名・自他サ◎グループ3 |

△試合を延長するに際して、10分休憩します。／
在延長比賽之際，先休息10分鐘。

【延長】

| おうせつ | 接待・應接 | 名・自サ◎グループ3 |

△会社では、掃除もすれば、来客の応接もする。／
公司裡，要打掃也要接待客人。

【応接】

| おうたい | 應對・接待・應酬 | 名・他サ◎グループ3 |

△お客様の応対をしているところに、電話が鳴った。／
電話在我接待客人時響了起來。

【応対】

| おうだん | 横断；横渡・横越 | 名・他サ◎グループ3 |

△警官の注意もかまわず、赤信号で道を横断した。／
他不管警察的警告，紅燈亮起照樣闖越馬路。

【横断】

| おうふく | 往返・來往；通行量 | 名・自サ◎グループ3 |

△往復5時間もかかる。／
來回要花上五個小時。

【往復】

| おうよう | 應用・運用 | 名・他サ◎グループ3 |

△基本問題に加えて、応用問題もやってください。／
除了基本題之外，也請做一下應用題。

【応用】

| おかわり | （酒、飯等）再來一杯、一碗 | 名・自サ◎グループ3 |

△ダイエットしているときに限って、ご飯をお代わりしたくなります。／
偏偏在減肥的時候，就會想再吃一碗。

【お代わり】

おせん 【汚染】

污染　　　　　　　　　　　　　　　　　　名・自他サ◎グループ3

△工場が排水の水質を改善しないかぎり、川の汚染は続く。／
除非改善工廠排放廢水的水質，否則河川會繼續受到汚染。

おまいり 【お参り】

參拜神佛或祖墳　　　　　　　　　　　　　名・自サ◎グループ3

△祖父母をはじめとする家族全員で、お墓にお参りをしました。／
祖父母等一同全家人，一起去墳前參拜。

おわび 【お詫び】

道歉　　　　　　　　　　　　　　　　　　名・自サ◎グループ3

△彼にお詫びをする。／
向他道歉。

カーブ 【curve】

轉彎處；彎曲；（棒球、曲棍球）曲線球　　名・自サ◎グループ3

△カーブを曲がるたびに、新しい景色が広がります。／
每一轉個彎，眼簾便映入嶄新的景色。

かいえん 【開演】

開演　　　　　　　　　　　　　　　　　　名・自他サ◎グループ3

△七時に開演する。／
七點開演。

かいかい 【開会】

開會　　　　　　　　　　　　　　　　　　名・自他サ◎グループ3

△開会に際して、乾杯しましょう。／
讓我們在開會之際，舉杯乾杯吧！

かいかく 【改革】

改革　　　　　　　　　　　　　　　　　　名・他サ◎グループ3

△大統領にかわって、私が改革を進めます。／
由我代替總統進行改革。

かいけい 【会計】

會計；付款，結帳　　　　　　　　　　　　副・自サ◎グループ3

△会計が間違っていたばかりに、残業することになった。／
只因為帳務有誤，所以落得了加班的下場。

かいごう 【会合】

聚會，聚餐　　　　　　　　　　　　　　　名・自サ◎グループ3

△父にかわって、地域の会合に出席した。／
代替父親出席了社區的聚會。

かいさつ 【改札】	（車站等）的驗票	名・自サ◎グループ3

△改札を出たとたんに、友達にばったり会った。／
才剛出了剪票口，就碰到了朋友。

かいさん 【解散】	散開，解散，（集合等）散會	名・自他サ◎グループ3

△グループの解散に際して、一言申し上げます。／
在團體解散之際，容我說一句話。

かいし 【開始】	開始	名・自他サ◎グループ3

△試合が開始するかしないかのうちに、1点取られてしまった。／
比賽才剛開始，就被得了一分。

かいしゃく 【解釈】	解釋，理解，說明	名・他サ◎グループ3

△この法律は、解釈上、二つの問題がある。／
這條法律，就解釋來看有兩個問題點。

がいしゅつ 【外出】	出門，外出	名・自サ◎グループ3

△銀行と美容院に行くため外出した。／
為了去銀行和髮廊而出門了。

かいせい 【改正】	修正，改正	名・他サ◎グループ3

△法律の改正に際しては、十分話し合わなければならない。／
於修正法條之際，需要充分的商討才行。

かいせつ 【解説】	解說，說明	名・他サ◎グループ3

△さすが専門家だけのことはあり、解説がとても分かりやすい。／
非常的簡單明瞭，不愧是專家的解說！

かいぜん 【改善】	改善，改良，改進	名・他サ◎グループ3

△彼の生活は、改善し得ると思います。／
我認為他的生活，可以得到改善。

かいぞう 【改造】	改造，改組，改建	名・他サ◎グループ3

△経営の観点からいうと、会社の組織を改造した方がいい。／
就經營角度來看，最好重組一下公司的組織。

かいつう	（鐵路、電話線等）開通，通車，通話　　　　　名・自他サ◎グループ3
【開通】	△道路が開通したばかりに、周辺の大気汚染がひどくなった。／ 都是因為道路開始通車，所以導致周遭的空氣嚴重受到污染。

かいてん	旋轉・轉動・迴轉；轉彎・轉換（方向）；（表次數）周・圈；（資金）週轉 　　　　　　　　　　　　　　　　　　　　　　　名・自サ◎グループ3
【回転】	△遊園地で、回転木馬に乗った。／ 我在遊樂園坐了旋轉木馬。

かいとう	回答，答覆　　　　　　　　　　　　　　　　名・自サ◎グループ3
【回答】	△補償金を受け取るかどうかは、会社の回答しだいだ。／ 是否要接受賠償金，就要看公司的答覆而定了。

かいとう	解答　　　　　　　　　　　　　　　　　　　名・自サ◎グループ3
【解答】	△問題の解答は、本の後ろについています。／ 題目的解答，附在這本書的後面。

かいふく	恢復，康復；挽回，收復　　　　　　　　　　名・自他サ◎グループ3
【回復】	△少し回復したからといって、薬を飲むのをやめてはいけません。／ 雖說身體狀況好轉些了，也不能不吃藥啊！

かいほう	打開，敞開；開放，公開　　　　　　　　　　名・他サ◎グループ3
【開放】	△大学のプールは、学生ばかりでなく、一般の人にも開放されている。／ 大學內的游泳池，不單是學生，也開放給一般人。

かいほう	解放，解除，擺脫　　　　　　　　　　　　　名・他サ◎グループ3
【解放】	△武装集団は、人質のうち老人と病人の解放に応じた。／ 持械集團答應了釋放人質中的老年人和病患。

かくご	精神準備，決心；覺悟　　　　　　　　　　　名・自他サ◎グループ3
【覚悟】	△最後までがんばると覚悟した上は、今日からしっかりやります。／ 既然決心要努力撐到最後，今天開始就要好好地做。

かくじゅう	擴充　　　　　　　　　　　　　　　　　　　名・他サ◎グループ3
【拡充】	△図書館の設備を拡充するにしたがって、利用者が増えた。／ 隨著圖書館設備的擴充，使用者也變多了。

がくしゅう 【学習】	學習　　　　　　　　　　　　　　名・他サ◎グループ3 △語学の学習に際しては、復習が重要です。／ 在學語言時，複習是很重要的。
かくだい 【拡大】	擴大，放大　　　　　　　　　　名・自他サ◎グループ3 △商売を拡大したとたんに、景気が悪くなった。／ 才剛一擴大事業，景氣就惡化了。
かくちょう 【拡張】	擴大，擴張　　　　　　　　　　　　名・他サ◎グループ3 △家の拡張には、お金がかかってもしようがないです。／ 屋子要改大，得花大錢，那也是沒辦法的事。
がくもん 【学問】	學業，學問；科學，學術；見識，知識　　名・自サ◎グループ3 △学問の神様と言ったら、菅原道真でしょう。／ 一提到學問之神，就是那位菅原道真了。
かけつ 【可決】	（提案等）通過　　　　　　　　　　名・他サ◎グループ3 △税金問題を中心に、いくつかの案が可決した。／ 針對稅金問題一案，通過了一些方案。
かげん 【加減】	加法與減法；調整；斟酌；程度，狀態；（天氣等）影響；身體狀況；偶然的因素 名・他サ◎グループ3 △病気と聞きましたが、お加減はいかがですか。／ 聽說您生病了，身體狀況還好嗎？
かこう 【下降】	下降，下沉　　　　　　　　　　　　名・自サ◎グループ3 △飛行機は着陸態勢に入り、下降を始めた。／ 飛機開始下降，準備著陸了。
かぜい 【課税】	課稅　　　　　　　　　　　　　　名・自サ◎グループ3 △課税率が高くなるにしたがって、国民の不満も高まった。／ 伴隨著課稅率的上揚，國民的不滿情緒也高漲了起來。
かそく 【加速】	加速　　　　　　　　　　　　　　名・自他サ◎グループ3 △首相が発言したのを契機に、経済改革が加速した。／ 自從首相發言後，便加快了經濟改革的腳步。

がっかり	失望，灰心喪氣；筋疲力盡　　　　　　　　　　　　副・自サ◎グループ3
	△何も言わないことからして、すごくがっかりしているみたいだ。／ 從他不發一語的樣子看來，應該是相當地氣餒。
がっしょう 【合唱】	合唱，一齊唱；同聲高呼　　　　　　　　　　　　　名・他サ◎グループ3
	△合唱の練習をしているところに、急に邪魔が入った。／ 在練習合唱的時候，突然有人進來打擾。
かつどう 【活動】	活動，行動　　　　　　　　　　　　　　　　　　　名・自サ◎グループ3
	△一緒に活動するにつれて、みんな仲良くなりました。／ 隨著共同參與活動，大家都變成好朋友了。
かつよう 【活用】	活用，利用，使用　　　　　　　　　　　　　　　　名・他サ◎グループ3
	△若い人材を活用するよりほかはない。／ 就只有活用年輕人材這個方法可行了。
かてい 【仮定】	假定，假設　　　　　　　　　　　　　　　　　　　名・自サ◎グループ3
	△あなたが億万長者だと仮定してください。／ 請假設你是億萬富翁。
かねつ 【加熱】	加熱，高溫處理　　　　　　　　　　　　　　　　　名・他サ◎グループ3
	△製品を加熱するにしたがって、色が変わってきた。／ 隨著溫度的提升，產品的顏色也起了變化。
カバー 【cover】	罩，套；補償，補充；覆蓋　　　　　　　　　　　　名・他サ◎グループ3
	△枕カバーを洗濯した。／ 我洗了枕頭套。
からから	乾的、硬的東西相碰的聲音（擬音）　　　　　　　　副・自サ◎グループ3
	△風車がからから回る。／ 風車咻咻地旋轉。
がらがら	手搖鈴玩具；硬物相撞聲；直爽；很空　　名・副・自サ・形動◎グループ3
	△雨戸をがらがらと開ける。／ 推開防雨門板時發出咔啦咔啦的聲響。

| かんかく | 感覚 | 名・他サ◎グループ3 |

【感覚】
△彼は、音に対する感覚が優れている。／
他的音感很棒。

| かんき | 換氣，通風，使空氣流通 | 名・自他サ◎グループ3 |

【換気】
△煙草臭いから、換気をしましょう。／
煙味實在是太臭了，讓空氣流通一下吧！

| かんげい | 歡迎 | 名・他サ◎グループ3 |

【歓迎】
△故郷に帰った時、とても歓迎された。／
回到家郷時，受到熱烈的歡迎。

| かんげき | 感激，感動 | 名・自サ◎グループ3 |

【感激】
△こんなつまらない芝居に感激するなんて、おおげさというものだ。／
對這種無聊的戲劇還如此感動，真是太誇張了。

| かんさつ | 觀察 | 名・他サ◎グループ3 |

【観察】
△一口に雲と言っても、観察するといろいろな形があるものだ。／
如果加以觀察，所謂的雲其實有各式各樣的形狀。

| かんしょう | 鑑賞，欣賞 | 名・他サ◎グループ3 |

【鑑賞】
△音楽鑑賞をしているときは、邪魔しないでください。／
我在欣賞音樂的時候，請不要來干擾。

| かんじょう | 計算；算帳；（會計上的）帳目，戶頭，結帳；考慮，估計 | 名・他サ◎グループ3 |

【勘定】
△そろそろお勘定をしましょうか。／
差不多該結帳了吧！

| かんそう | 乾燥；枯燥無味 | 名・自他サ◎グループ3 |

【乾燥】
△空気が乾燥しているといっても、砂漠ほどではない。／
雖說空氣乾燥，但也沒有沙漠那麼乾。

| かんそく | 觀察（事物），（天體，天氣等）觀測 | 名・他サ◎グループ3 |

【観測】
△毎日天体の観測をしています。／
我每天都在觀察星體的變動。

かんちがい 【勘違い】	想錯，判斷錯誤，誤會　　　　　　　　　　　名・自サ◎グループ3
	△私の勘違いのせいで、あなたに迷惑をかけました。／ 都是因為我的誤解，才造成您的不便。

かんとく 【監督】	監督，督促；監督者，管理人；（影劇）導演；（體育）教練 名・他サ◎グループ3
	△日本の映画監督といえば、やっぱり黒澤明が有名ですね。／ 一說到日本的電影導演，還是黒澤明最有名吧！

かんねん 【観念】	觀念；決心；斷念，不抱希望　　　　　　　名・自他サ◎グループ3
	△あなたは、固定観念が強すぎますね。／ 你的主觀意識實在太強了！

かんぱい 【乾杯】	乾杯　　　　　　　　　　　　　　　　　　　名・自サ◎グループ3
	△彼女の誕生日を祝って乾杯した。／ 祝她生日快樂，大家一起乾杯！

かんびょう 【看病】	看護，護理病人　　　　　　　　　　　　　名・他サ◎グループ3
	△病気が治ったのは、あなたの看病のおかげにほかなりません。／ 疾病能痊癒，都是託你的看護。

かんり 【管理】	管理，管轄；經營，保管　　　　　　　　　名・他サ◎グループ3
	△面倒を見てもらっているというより、管理されているような 気がします。／ 與其說是照顧，倒不如說更像是被監控。

かんりょう 【完了】	完了，完畢；（語法）完了，完成　　　　　名・自他サ◎グループ3
	△工事は、長時間の作業のすえ、完了しました。／ 工程在經過長時間的施工後，終於大工告成了。

かんれん 【関連】	關聯，有關係　　　　　　　　　　　　　　名・自サ◎グループ3
	△教育との関連からいうと、この政策は歓迎できない。／ 從和教育相關的層面來看，這個政策實在是不受歡迎。

きおく 【記憶】	記憶，記憶力；記性　　　　　　　　　　　名・他サ◎グループ3
	△最近、記憶が混乱ぎみだ。／ 最近有記憶錯亂的現象。

| きしょう | 起床 | 名・自サ◎グループ3 |

△6時の列車に乗るためには、5時に起床するしかありません。／
為了搭6點的列車，只好在5點起床。

| きたい | 期待，期望，指望 | 名・他サ◎グループ3 |
| 【期待】 | | |

△みんな、期待するかのような目で彼を見た。／
大家以期待般的眼神看著他。

| きにゅう | 填寫，寫入，記上 | 名・他サ◎グループ3 |
| 【記入】 | | |

△参加される時は、ここに名前を記入してください。／
要參加時，請在這裡寫下名字。

| きねん | 紀念 | 名・他サ◎グループ3 |
| 【記念】 | | |

△記念として、この本をあげましょう。／
送你這本書做紀念吧！

| きのう | 機能，功能，作用 | 名・自サ◎グループ3 |
| 【機能】 | | |

△機械の機能が増えれば増えるほど、値段も高くなります。／
機器的功能越多，價錢就越昂貴。

| きふ | 捐贈，捐助，捐款 | 名・他サ◎グループ3 |
| 【寄付】 | | |

△彼はけちだから、たぶん寄付はしないだろう。／
因為他很小氣，所以大概不會捐款吧！

| ぎゃくたい | 虐待 | 名・他サ◎グループ3 |
| 【虐待】 | | |

△児童虐待は深刻な問題だ。／
虐待兒童是很嚴重的問題。

| キャンプ | 露營，野營；兵營，軍營；登山隊基地；（棒球等）集訓 | |
| 【camp】 | | 名・自サ◎グループ3 |

△今息子は山にキャンプに行っているので、連絡しようがない。／
現在我兒子到山上露營去了，所以沒辦法聯絡上他。

| きゅうぎょう | 停課 | 名・自サ◎グループ3 |
| 【休業】 | | |

△病気になったので、しばらく休業するしかない。／
因為生了病，只好先暫停營業一陣子。

きゅうこう 【休校】	停課（學校因故暫時停課、放假）	名・自サ◎グループ3
	△地震で休校になる。／ 因地震而停課。	

きゅうこう 【休講】	停課（由於老師的原因或災害而暫時停課）	名・自サ◎グループ3
	△授業が休講になったせいで、暇になってしまいました。／ 都因為停課，害我閒得沒事做。	

きゅうしゅう 【吸収】	吸收	名・他サ◎グループ3
	△学生は、勉強していろいろなことを吸収するべきだ。／ 學生必須好好學習，以吸收各方面知識。	

きゅうじょ 【救助】	救助，搭救，救援，救濟	名・他サ◎グループ3
	△一人でも多くの人が助かるようにと願いながら、救助活動をした。／ 為求盡量幫助更多的人而展開了救援活動。	

きゅうしん 【休診】	停診	名・他サ◎グループ3
	△日曜・祭日は休診です。／ 例假日休診。	

きゅうそく 【休息】	休息	名・自サ◎グループ3
	△作業の合間に休息する。／ 在工作的空檔休息。	

きゅうよ 【給与】	供給（品），分發，待遇；工資，津貼	名・他サ◎グループ3
	△会社が給与を支払わないかぎり、私たちはストライキを続けます。／ 只要公司不發薪資，我們就會繼續罷工。	

きゅうよう 【休養】	休養	名・自サ◎グループ3
	△今週から来週にかけて、休養のために休みます。／ 從這個禮拜到下個禮拜，為了休養而請假。	

きょうか 【強化】	強化，加強	名・他サ◎グループ3
	△事件前に比べて、警備が強化された。／ 跟案件發生前比起來，警備森嚴了許多。	

きょうぎ 【競技】	競賽，體育比賽　　　　　　　　　　　　　　　名・自サ◎グループ3
	△運動会で、どの競技に出場しますか。／ 你運動會要出賽哪個項目？

きょうきゅう 【供給】	供給，供應　　　　　　　　　　　　　　　　　名・他サ◎グループ3
	△この工場は、24時間休むことなく製品を供給できます。／ 這座工廠，可以24小時全日無休地供應產品。

きょうじゅ 【教授】	教授；講授，教　　　　　　　　　　　　　　　名・他サ◎グループ3
	△教授とは、先週話したきりだ。／ 自從上週以來，就沒跟教授講過話了。

きょうしゅく 【恐縮】	（對對方的厚意感覺）惶恐（表感謝或客氣）；（給對方添麻煩表示）對不 起，過意不去；（感覺）不好意思，羞愧，慚愧　　　名・自サ◎グループ3
	△恐縮ですが、窓を開けてくださいませんか。／ 不好意思，能否請您打開窗戶。

きょうどう 【共同】	共同　　　　　　　　　　　　　　　　　　　　名・自サ◎グループ3
	△この仕事は、両国の共同のプロジェクトにほかならない。／ 這項作業，不外是兩國的共同的計畫。

きょうふ 【恐怖】	恐怖，害怕　　　　　　　　　　　　　　　　　名・自サ◎グループ3
	△先日、恐怖の体験をしました。／ 前幾天我經歷了恐怖的體驗。

ぎょうれつ 【行列】	行列，隊伍，列隊；（數）矩陣　　　　　　　　名・自サ◎グループ3
	△この店のラーメンはとてもおいしいので、昼夜を問わず行列 ができている。／ 這家店的拉麵非常好吃，所以不分白天和晚上都有人排隊等候。

きょか 【許可】	許可，批准　　　　　　　　　　　　　　　　　名・他サ◎グループ3
	△理由があるなら、外出を許可しないこともない。／ 如果有理由的話，並不是說不能讓你外出。

きらきら	閃耀　　　　　　　　　　　　　　　　　　　　副・自サ◎グループ3
	△星がきらきら光る。／ 星光閃耀。

ぎらぎら	閃耀（程度比きらきら還強）	副・自サ◎グループ3
	△太陽がぎらぎら照りつける。／ 陽光照得刺眼。	

ぎろん 【議論】	爭論，討論，辯論	名・他サ◎グループ3
	△原子力発電所を存続するかどうか、議論を呼んでいる。／ 核能發電廠的存廢與否，目前引發了輿論的爭議。	

きんゆう 【金融】	金融，通融資金	名・自サ◎グループ3
	△金融機関の窓口で支払ってください。／ 請到金融機構的窗口付帳。	

くうそう 【空想】	空想，幻想	名・他サ◎グループ3
	△楽しいことを空想しているところに、話しかけられた。／ 當我正在幻想有趣的事情時，有人跟我說話。	

くしん 【苦心】	苦心，費心	名・自サ◎グループ3
	△10年にわたる苦心のすえ、新製品が完成した。／ 長達10年嘔心瀝血的努力，終於完成了新產品。	

くぶん 【区分】	區分，分類	名・他サ◎グループ3
	△地域ごとに区分した地図がほしい。／ 我想要一份以區域劃分的地圖。	

くべつ 【区別】	區別，分清	名・他サ◎グループ3
	△夢と現実の区別がつかなくなった。／ 我已分辨不出幻想與現實的區別了。	

クリーニング 【cleaning】	（洗衣店）洗滌	名・他サ◎グループ3
	△クリーニングに出したとしても、あまりきれいにならないでしょう。／ 就算拿去洗衣店洗，也沒辦法洗乾淨吧！	

くろう 【苦労】	辛苦，辛勞	名・形動・自サ◎グループ3
	△苦労したといっても、大したことはないです。／ 雖說辛苦，但也沒什麼大不了的。	

くんれん 【訓練】	訓練　名・他サ◎グループ3 △今訓練の最中で、とても忙しいです。／ 因為現在是訓練中所以很忙碌。	

けいこ 【稽古】	(學問、武藝等的)練習・學習；(演劇、電影、廣播等的)排演、排練、練習 名・自他サ◎グループ3 △踊りは、若いうちに稽古するのが大事です。／ 學舞蹈重要的是要趁年輕時打好基礎。

けいこく 【警告】	警告 △ウイルスメールが来た際は、コンピューターの画面で警告されます。／ 收到病毒信件時，電腦的畫面上會出現警告。

けいじ 【掲示】	牌示，佈告欄；公佈　名・他サ◎グループ3 △そのことを掲示したとしても、誰も掲示を見ないだろう。／ 就算公佈那件事，也沒有人會看佈告欄吧！

けいぞく 【継続】	繼續，繼承　名・自他サ◎グループ3 △継続すればこそ、上達できるのです。／ 就只有持續下去才會更進步。

けいび 【警備】	警備，戒備　名・他サ◎グループ3 △厳しい警備もかまわず、泥棒はビルに忍び込んだ。／ 儘管森嚴的警備，小偷還是偷偷地潛進了大廈。

げきぞう 【激増】	激增，劇增　名・自サ◎グループ3 △韓国ブームだけのことはあって、韓国語を勉強する人が激増した。／ 不愧是吹起了哈韓風，學韓語的人暴增了許多。

げしゃ 【下車】	下車　名・自サ◎グループ3 △新宿で下車してみたものの、どこで食事をしたらいいかわからない。／ 我在新宿下了車，但卻不知道在哪裡用餐好。

げしゅく 【下宿】	租屋；住宿　　　　　　　　　　　　　　名・自サ◎グループ3 △東京で下宿を探した。／ 我在東京找了住宿的地方。
けっしん 【決心】	決心・決意　　　　　　　　　　　　名・自他サ◎グループ3 △絶対タバコは吸うまいと、決心した。／ 我下定決心不再抽煙。
けつだん 【決断】	果斷明確地做出決定，決斷　　　　　　名・自他サ◎グループ3 △彼は決断を迫られた。／ 他被迫做出決定。
けってい 【決定】	決定，確定　　　　　　　　　　　　名・自他サ◎グループ3 △いろいろ考えたあげく、留学することに決定しました。／ 再三考慮後，最後決定出國留學。
けつろん 【結論】	結論　　　　　　　　　　　　　　　　名・自サ◎グループ3 △話し合って結論を出した上で、みんなに説明します。／ 等結論出來後，再跟大家說明。
けんがく 【見学】	參觀　　　　　　　　　　　　　　　　名・他サ◎グループ3 △6年生は出版社を見学しに行った。／ 六年級的學生去參觀出版社。
けんしゅう 【研修】	進修・培訓　　　　　　　　　　　　　名・他サ◎グループ3 △入社1年目の人は全員この研修に出ねばならない。／ 第一年進入公司工作的全體員工都必須參加這項研習才行。
けんせつ 【建設】	建設 △ビルの建設が進むにつれて、その形が明らかになってきた。／ 隨著大廈建設的進行，它的雛形就慢慢出來了。
けんそん 【謙遜】	謙遜，謙虛　　　　　　　　　　名・形動・自サ◎グループ3 △優秀なのに、いばるどころか謙遜ばかりしている。／ 他人很優秀，但不僅不自大，反而都很謙虛。

けんちく 【建築】	建築，建造　　　　　　　　　　　　　　名・他サ◎グループ3
	△ヨーロッパの建築について、研究しています。／ 我在研究有關歐洲的建築物。

けんとう 【検討】	研討，探討；審核　　　　　　　　　　　名・他サ◎グループ3
	△どのプロジェクトを始めるにせよ、よく検討しなければならない。／ 不管你要從哪個計畫下手，都得好好審核才行。

こい 【恋】	戀・戀愛；眷戀　　　　　　　　　　　　名・自他サ◎グループ3
	△二人は、出会ったとたんに恋に落ちた。／ 兩人相遇便墜入了愛河。

こうえん 【講演】	演説，講演　　　　　　　　　　　　　　名・自サ◎グループ3
	△誰に講演を頼むか、私には決めかねる。／ 我無法作主要拜託誰來演講。

ごうけい 【合計】	共計，合計，總計　　　　　　　　　　　名・他サ◎グループ3
	△消費税を抜きにして、合計2000円です。／ 扣除消費税，一共是2000日圓。

こうげき 【攻撃】	攻撃，進攻；抨撃・指責・責難；（棒球）撃球　名・他サ◎グループ3
	△政府は、野党の攻撃に遭った。／ 政府受到在野黨的抨擊。

こうけん 【貢献】	貢獻　　　　　　　　　　　　　　　　　名・自サ◎グループ3
	△ちょっと手伝ったにすぎなくて、大した貢献ではありません。／ 這只能算是幫點小忙而已，並不是什麼大不了的貢獻。

こうこう 【孝行】	孝敬，孝順　　　　　　　　　　　名・自サ・形動◎グループ3
	△親孝行のために、田舎に帰ります。／ 為了盡孝道，我決定回鄉下。

こうさ 【交差】	交叉　　　　　　　　　　　　　　　　　名・自他サ◎グループ3
	△道が交差しているところまで歩いた。／ 我走到交叉路口。

こうさい【交際】	交際，交往，應酬 名・自サ◎グループ3
	△たまたま帰りに同じ電車に乗ったのをきっかけに、交際を始めた。／ 在剛好搭同一班電車回家的機緣之下，兩人開始交往了。

こうせい【構成】	構成，組成，結構 名・他サ◎グループ3
	△物語の構成を考えてから小説を書く。／ 先想好故事的架構之後，再寫小說。

こうたい【交替】	換班，輪流，替換，輪換 名・自サ◎グループ3
	△担当者が交替したばかりなものだから、まだ慣れていないんです。／ 負責人才交接不久，所以還不大習慣。

こうてい【肯定】	肯定，承認 名・他サ◎グループ3
	△上司の言うことを全部肯定すればいいというものではない。／ 贊同上司所說的一切，並不是就是對的。

こうどう【行動】	行動，行為 名・自サ◎グループ3
	△いつもの行動からして、父は今頃飲み屋にいるでしょう。／ 就以往的行動模式來看，爸爸現在應該是在小酒店吧！

ごうどう【合同】	合併，聯合；（數）全等 名・自他サ◎グループ3
	△二つの学校が合同で運動会をする。／ 這兩所學校要聯合舉辦運動會。

こうひょう【公表】	公布，發表，宣布 名・他サ◎グループ3
	△この事実は、決して公表するまい。／ 這個真相，絕對不可對外公開。

こうよう【紅葉】	紅葉；變成紅葉 名・自サ◎グループ3
	△今ごろ東北は、紅葉が美しいにきまっている。／ 現在東北一帶的楓葉，一定很漂亮。

こうりゅう【交流】	交流，往來；交流電 名・自サ◎グループ3
	△国際交流が盛んなだけあって、この大学には外国人が多い。／ 這所大學有很多外國人，不愧是國際交流興盛的學校。

ごうりゅう 【合流】	（河流）匯合・合流；聯合・合併	名・日リ◎グループ3
	△今忙しいので、7時ごろに飲み会に合流します。／ 現在很忙，所以七點左右，我會到飲酒餐會跟你們會合。	
こうりょ 【考慮】	考慮	名・他サ◎グループ3
	△福祉という点からいうと、国民の生活をもっと考慮すべきだ。／ 從福利的角度來看的話，就必須再多加考慮到國民的生活。	
コーチ 【coach】	教練，技術指導；教練員	名・他サ◎グループ3
	△チームが負けたのは、コーチのせいだ。／ 球隊之所以會輸掉，都是教練的錯。	
こきゅう 【呼吸】	呼吸，吐納；（合作時）步調，拍子，節奏；竅門，訣竅	名・自他サ◎グループ3
	△緊張すればするほど、呼吸が速くなった。／ 越是緊張，呼吸就越是急促。	
こくふく 【克服】	克服	名・他サ◎グループ3
	△病気を克服すれば、また働けないこともない。／ 只要征服病魔，也不是說不能繼續工作。	
こっせつ 【骨折】	骨折	名・自サ◎グループ3
	△骨折ではなく、ちょっと足をひねったにすぎません。／ 不是骨折，只是稍微扭傷腳罷了！	
ごぶさた 【ご無沙汰】	久疏問候，久未拜訪，久不奉函	名・自サ◎グループ3
	△ご無沙汰していますが、お元気ですか。／ 好久不見，近來如何？	
こんごう 【混合】	混合	名・自他サ◎グループ3
	△二つの液体を混合すると危険です。／ 將這兩種液體混和在一起的話，很危險。	
こんやく 【婚約】	訂婚，婚約	名・自サ◎グループ3
	△婚約したので、嬉しくてたまらない。／ 因為訂了婚，所以高興極了。	

こんらん 【混乱】	混乱 名・自サ◎グループ3 △この古代国家は、政治の混乱のすえに滅亡した。／ 這一古國，由於政治的混亂，結果滅亡了。
サービス 【service】	售後服務；服務，接待，侍候；（商店）廉價出售，附帶贈品出售 名・自他サ◎グループ3 △サービス次第では、そのホテルに泊まってもいいですよ。／ 看看服務品質，好的話也可以住那個飯店。
さいかい 【再開】	重新進行 名・自他サ◎グループ3 △電車が運転を再開する。／ 電車重新運駛。
ざいこう 【在校】	在校 名・自サ◎グループ3 △在校生代表が祝辞を述べる。／ 在校生代表致祝賀詞。
さいそく 【催促】	催促，催討 名・他サ◎グループ3 △食事がなかなか来ないから、催促するしかない。／ 因為餐點遲遲不來，所以只好催它快來。
さいてん 【採点】	評分數 名・他サ◎グループ3 △テストを採点するにあたって、合格基準を決めましょう。／ 在打考試分數之前，先決定一下及格標準吧！
さいばん 【裁判】	裁判，評斷，判斷；（法）審判，審理 名・他サ◎グループ3 △彼は、長い裁判のすえに無罪になった。／ 他經過長期的訴訟，最後被判無罪。
さいほう 【再訪】	再訪，重遊 名・他サ◎グループ3 △大阪を再訪する。／ 重遊大阪。
サイン 【sign】	簽名，署名，簽字；記號，暗號，信號，作記號 名・自サ◎グループ3 △そんな書類に、サインするべきではない。／ 不該簽下那種文件。

さぎょう	工作・操作・作業・勞動　　　　　　　　　　　　　名・自サ◎グループ3
【作業】	△作業をやりかけたところなので、今は手が離せません。／ 因為現在工作正做到一半，所以沒有辦法離開。

さくせい	寫・作・造成（表、件、計畫、文件等）；製作・擬制 名・他サ◎グループ3
【作成】	△こんな見づらい表を、いつもきっちり仕事をする彼が作成したとは信じがたい。／ 實在很難相信平常做事完美的他，居然會做出這種不容易辨識的表格。

さくせい	製造　　　　　　　　　　　　　　　　　　　　　名・他サ◎グループ3
【作製】	△カタログを作製する。／ 製作型錄。

さつえい	攝影・拍照；拍電影　　　　　　　　　　　　　　名・他サ◎グループ3
【撮影】	△この写真は、ハワイで撮影されたに違いない。／ 這張照片，一定是在夏威夷拍的。

さっきょく	作曲・譜曲・配曲　　　　　　　　　　　　　　　名・他サ◎グループ3
【作曲】	△彼女が作曲したにしては、暗い曲ですね。／ 就她所作的曲子而言，算是首陰鬱的歌曲。

さっぱり	整潔・俐落・瀟灑；（個性）直爽・坦率；（感覺）爽快・病癒；（味道）清淡 名・他サ◎グループ3
	△シャワーを浴びてきたから、さっぱりしているわけだ。／ 因為淋了浴，所以才感到那麼爽快。

さべつ	輕視・區別　　　　　　　　　　　　　　　　　　名・他サ◎グループ3
【差別】	△女性の給料が低いのは、差別にほかならない。／ 女性的薪資低，不外乎是有男女差別待遇。

さゆう	左右方；身邊・旁邊；左右其詞・支支吾吾；（年齡）大約・上下；掌握・支配・操縱　　　　　　　　　　　　　　　　　名・他サ◎グループ3
【左右】	△首相の左右には、大臣たちが立っています。／ 首相的左右兩旁，站著大臣們。

さんこう	參考・借鑑　　　　　　　　　　　　　　　　　　名・他サ◎グループ3
【参考】	△合格した人の意見を参考にすることですね。／ 要參考及格的人的意見。

| さんにゅう【参入】 | 進入；進宮 | 名・自サ◎グループ3 |

△市場に参入する。／
投入市場。

| しいんと | 安靜，肅靜，平靜，寂靜 | 副・自サ◎グループ3 |

△場内はしいんと静まりかえった。／
會場內鴉雀無聲。

| じえい【自衛】 | 自衛 | 名・他サ◎グループ3 |

△悪い商売に騙されないように、自衛しなければならない。／
為了避免被惡質的交易所騙，要好好自我保衛才行。

| しかい【司会】 | 司儀，主持會議（的人） | 名・自他サ◎グループ3 |

△パーティーの司会はだれだっけ。／
派對的司儀是哪位來著？

| しきゅう【支給】 | 支付，發給 | 名・他サ◎グループ3 |

△残業手当は、ちゃんと支給されるということだ。／
聽說加班津貼會確實支付下來。

| しげき【刺激】 | （物理的，生理的）刺激；（心理的）刺激，使興奮 | 名・他サ◎グループ3 |

△刺激が欲しくて、怖い映画を見た。／
為了追求刺激，去看了恐怖片。

| じさつ【自殺】 | 自殺，尋死 | 名・自サ◎グループ3 |

△彼が自殺するわけがない。／
他不可能會自殺的。

| じさん【持参】 | 帶來（去），自備 | 名・他サ◎グループ3 |

△当日は、お弁当を持参してください。／
請當天自行帶便當。

| しじ【指示】 | 指示，指點 | 名・他サ◎グループ3 |

△隊長の指示を聞かないで、勝手に行動してはいけない。／
不可以不聽從隊長的指示，隨意行動。

じしゅう 【自習】	自習，自學	名・他サ◎グループ3

△図書館によっては、自習を禁止しているところもある。／
依照各圖書館的不同規定，有些地方禁止在館內自習。

したがき 【下書き】	試寫；草稿，底稿；打草稿；試畫，畫輪廓	名・他サ◎グループ3

△シャープペンシルで下書きした上から、ボールペンで清書する。／
先用自動鉛筆打底稿，之後再用原子筆謄寫。

じっかん 【実感】	真實感，確實感覺到；真實的感情	名・他サ◎グループ3

△お母さんが死んじゃったなんて、まだ実感わかないよ。／
到現在還無法確實感受到媽媽已經過世了吶。

じっけん 【実験】	實驗，實地試驗；經驗	名・他サ◎グループ3

△どんな実験をするにせよ、安全に気をつけてください。／
不管做哪種實驗，都請注意安全！

じつげん 【実現】	實現	名・自他サ◎グループ3

△あなたのことだから、きっと夢を実現させるでしょう。／
要是你的話，一定可以讓夢想成真吧！

じっし 【実施】	（法律、計畫、制度的）實施，實行	名・他サ◎グループ3

△この制度を実施するとすれば、まずすべての人に知らせなければならない。／
假如要實施這個制度，就得先告知所有的人。

じっしゅう 【実習】	實習	名・他サ◎グループ3

△理論を勉強する一方で、実習も行います。／
我一邊研讀理論，也一邊從事實習。

しっぴつ 【執筆】	執筆，書寫，撰稿	名・他サ◎グループ3

△あの川端康成も、このホテルに長期滞在して作品を執筆したそうだ。／
據說就連那位鼎鼎大名的川端康成，也曾長期投宿在這家旅館裡寫作。

しつぼう 【失望】	失望	名・他サ◎グループ3

△この話を聞いたら、父は失望するに相違ない。／
如果聽到這件事，父親一定會很失望的。

じつよう	實用	名・他サ◎グループ3
【実用】	△この服は、実用的である反面、あまり美しくない。／ 這件衣服很實用，但卻不怎麼好看。	

しつれん	失戀	名・自サ◎グループ3
【失恋】	△彼は、失恋したばかりか、会社も首になってしまいました。／ 他不僅失戀，連工作也用丟了。	

してい	指定	名・他サ◎グループ3
【指定】	△待ち合わせの場所を指定してください。／ 請指定集合的地點。	

しどう	指導；領導，教導	名・他サ◎グループ3
【指導】	△彼の指導を受ければ上手になるというものではないと思います。／ 我認為，並非接受他的指導就會變厲害。	

しはい	指使，支配；統治，控制，管轄；決定，左右	名・他サ◎グループ3
【支配】	△こうして、王による支配が終わった。／ 就這樣，國王統治時期結束了。	

しはらい	付款，支付（金錢）	名・他サ◎グループ3
【支払い】	△請求書をいただきしだい、支払いをします。／ 一收到帳單，我就付款。	

しゃせい	寫生，速寫；短篇作品，散記	名・他サ◎グループ3
【写生】	△山に、写生に行きました。／ 我去山裡寫生。	

しゃっきん	借款，欠款，舉債	名・自サ◎グループ3
【借金】	△借金の保証人にだけはなるまい。／ 無論如何，千萬別當借款的保證人。	

しゅうかい	集會	名・自サ◎グループ3
【集会】	△いずれにせよ、集会には出席しなければなりません。／ 無論如何，務必都要出席集會。	

しゅうかく 【収穫】	収穫（農作物）；成果，収穫；獵獲物	名・他サ◎グループ3

△収穫量に応じて、値段を決めた。／
按照收成量，來決定了價格。

しゅうきん 【集金】	（水電、瓦斯等）収款，催收的錢	名・自他サ◎グループ3

△毎月月末に集金に来ます。／
每個月的月底，我會來收錢。

しゅうごう 【集合】	集合；群體，集群；（數）集合	名・自他サ◎グループ3

△朝8時に集合してください。／
請在早上八點集合。

じゅうし 【重視】	重視，認為重要	名・他サ◎グループ3

△能力に加えて、人柄も重視されます。／
除了能力之外，也重視人品。

しゅうせい 【修正】	修改，修正，改正	名・他サ◎グループ3

△レポートを修正の上、提出してください。／
請修改過報告後再交出來。

しゅうぜん 【修繕】	修繕，修理	名・他サ◎グループ3

△古い家だが、修繕すれば住めないこともない。／
雖說是老舊的房子，但修補後，也不是不能住的。

しゅうちゅう 【集中】	集中；作品集	名・自他サ◎グループ3

△集中力にかけては、彼にかなう者はいない。／
就集中力這一點，沒有人可以贏過他。

しゅうにん 【就任】	就職，就任	名・自サ◎グループ3

△彼の理事長への就任をめぐって、問題が起こった。／
針對他就任理事長一事，而產生了一些問題。

しゅうのう 【収納】	収納，収藏	名・他サ◎グループ3

△収納スペースが足りない。／
收納空間不夠用。

しゅうりょう【終了】	終了，結束；作完；期滿，屆	名・自他サ◎グループ3

△パーティーは終了したものの、まだ後片付けが残っている。／
雖然派對結束了，但卻還沒有整理。

しゅくしょう【縮小】	縮小	名・他サ◎グループ3

△経営を縮小しないことには、会社がつぶれてしまう。／
如不縮小經營範圍，公司就會倒閉。

しゅくはく【宿泊】	投宿，住宿	名・自サ◎グループ3

△京都で宿泊するとしたら、日本式の旅館に泊まりたいです／
如果要在京都投宿，我想住日式飯店。

じゅけん【受験】	參加考試，應試，投考	名・他サ◎グループ3

△試験が難しいかどうかにかかわらず、私は受験します。／
無論考試困難與否，我都要去考。

しゅちょう【主張】	主張，主見，論點	名・他サ◎グループ3

△あなたの主張は、理解しかねます。／
我實在是難以理解你的主張。

しゅっきん【出勤】	上班，出勤	名・自サ◎グループ3

△電車がストライキだから、今日はバスで出勤せざるを得ない。／
由於電車從業人員罷工，今天不得不搭巴士上班。

しゅっちょう【出張】	因公前往，出差	名・自サ◎グループ3

△私のかわりに、出張に行ってもらえませんか。／
你可不可以代我去出公差？

しゅっぱん【出版】	出版	名・他サ◎グループ3

△本を出版するかわりに、インターネットで発表した。／
取代出版書籍，我在網路上發表文章。

じゅんかん【循環】	循環	名・自サ◎グループ3

△運動をして、血液の循環をよくする。／
多運動來促進血液循環。

しよう 【使用】	使用・利用・用（人）　　　　　　　　　　　　名・他サ◎グループ3
	△トイレが使用中だと思ったら、なんと誰も入っていなかった。／ 我本以為廁所有人，想不到裡面沒有人。

しょうか 【消化】	消化（食物）；掌握，理解，記牢（知識等）；容納，吸收，處理 名・他サ◎グループ3
	△麺類は、肉に比べて消化がいいです。／ 麵類比肉類更容易消化。

じょうきょう 【上京】	進京，到東京去　　　　　　　　　　　　　　名・自サ◎グループ3
	△彼は上京して絵を習っている。／ 他到東京去學畫。

じょうげ 【上下】	（身分、地位的）高低，上下，低賤　　　　名・自他サ◎グループ3
	△社員はみな若いから、上下関係を気にすることはないですよ。／ 員工大家都很年輕，不太在意上司下屬之分啦。

じょうしゃ 【乗車】	乗車，上車；乘坐的車　　　　　　　　　　名・自サ◎グループ3
	△乗車するときに、料金を払ってください。／ 上車時請付費。

しょうじる 【生じる】	生，長；出生，產生；發生；出現　　　　　　自他サ◎グループ3
	△コミュニケーション不足で、誤解が生じた。／ 由於溝通不良而產生了誤會。

じょうたつ 【上達】	（學術、技藝等）進步，長進；上呈，向上傳達　　名・自他サ◎グループ3
	△英語が上達するにしたがって、仕事が楽しくなった。／ 隨著英語的進步，工作也變得更有趣了。

しょうち 【承知】	同意，贊成，答應；知道；許可，允許　　　　名・他サ◎グループ3
	△「明日までに企画書を提出してください」「承知しました」／ 「請在明天之前提交企劃書。」「了解。」

しょうどく 【消毒】	消毒，殺菌　　　　　　　　　　　　　　　　名・他サ◎グループ3
	△消毒すれば大丈夫というものでもない。／ 並非消毒後，就沒有問題了。

しょうにん【承認】	批准，認可，通過；同意；承認　　　　　　　　名・他サ◎グループ3
	△社長が承認した以上は、誰も反対できないよ。／ 既然社長已批准了，任誰也沒辦法反對啊！

じょうはつ【蒸発】	蒸發，汽化；（俗）失蹤，出走，去向不明，逃之夭夭　名・自サ◎グループ3
	△加熱して、水を蒸発させます。／ 加熱水使它蒸發。

しょうぶ【勝負】	勝敗，輸贏；比賽，競賽　　　　　　　　　　名・自サ◎グループ3
	△勝負するにあたって、ルールを確認しておこう。／ 比賽時，先確認規則！

しょうべん【小便】	小便，尿；（俗）終止合同，食言，毀約　　　　名・自サ◎グループ3
	△ここで立ち小便をしてはいけません。／ 禁止在這裡隨地小便。

しょうめい【照明】	照明，照亮，光亮，燈光；舞台燈光　　　　　　名・他サ◎グループ3
	△商品がよく見えるように、照明を明るくしました。／ 為了讓商品可以看得更清楚，把燈光弄亮。

しょうもう【消耗】	消費，消耗；（體力）耗盡，疲勞；磨損　　　名・自他サ◎グループ3
	△おふろに入るのは、意外と体力を消耗する。／ 洗澡出乎意外地會消耗體力。

しょうらい【将来】	將來，未來，前途；（從外國）傳入；帶來，拿來；招致，引起 名・副・他サ◎グループ3
	△20代のころはともかく、30過ぎてもフリーターなんて、さすがに将来のことを考えると不安になる。／ 二十幾歲的人倒是無所謂，如果過了三十歲以後還沒有固定的工作，考慮到未來的人生，畢竟心裡會感到不安。

しょめい【署名】	署名，簽名；簽的名字　　　　　　　　　　　名・自サ◎グループ3
	△住所を書くとともに、ここに署名してください。／ 在寫下地址的同時，請在這裡簽下大名。

| しょり
【処理】 | 處理・處置・辦理 　　　　　　　　　　　名・他サ◎グループ3 |
| | △今ちょうどデータの処理をやりかけたところです。／
　現在正好處理資料到一半。 |

| しんこう
【信仰】 | 信仰・信奉 　　　　　　　　　　　　　　名・他サ◎グループ3 |
| | △彼は、仏教を信仰している。／
　他信奉佛教。 |

| しんさつ
【診察】 | （醫）診察・診斷 　　　　　　　　　　　名・他サ◎グループ3 |
| | △先生は今診察中です。／
　醫師正在診斷病情。 |

| しんじゅう
【心中】 | （古）守信義；（相愛男女因不能一起而感到悲哀）一同自殺，殉情；
（轉）兩人以上同時自殺 　　　　　　　名・自サ◎グループ3 |
| | △借金を苦にして夫婦が心中した。／
　飽受欠債之苦的夫妻一起輕生了。 |

| しんだん
【診断】 | （醫）診斷；判斷 　　　　　　　　　　　名・他サ◎グループ3 |
| | △月曜から水曜にかけて、健康診断が行われます。／
　禮拜一到禮拜三要實施健康檢查。 |

| しんにゅう
【侵入】 | 浸入・侵略；（非法）闖入 　　　　　　　名・自サ◎グループ3 |
| | △犯人は、窓から侵入したに相違ありません。／
　犯人肯定是從窗戶闖入的。 |

| しんぱん
【審判】 | 審判・審理・判決；（體育比賽等的）裁判；（上帝的）審判
　　　　　　　　　　　　　　　　　　名・他サ◎グループ3 |
| | △審判は、公平でなければならない。／
　審判時得要公正才行。 |

| しんよう
【信用】 | 堅信・確信；信任・相信；信用・信譽；信用交易・非現款交易
　　　　　　　　　　　　　　　　　　名・他サ◎グループ3 |
| | △信用するかどうかはともかくとして、話だけは聞いてみよう。／
　不管你相不相信，至少先聽他怎麼說吧！ |

しんらい 【信頼】	信頼・相信　　　　　　　　　　　　　　　　　名・他サ◎グループ3
	△私の知るかぎりでは、彼は最も信頼できる人間です。／ 他是我所認識裡面最值得信賴的人。

すいじ 【炊事】	烹調・煮飯　　　　　　　　　　　　　　　　　名・自サ◎グループ3
	△彼は、掃除ばかりでなく、炊事も手伝ってくれる。／ 他不光只是打掃，也幫我煮飯。

すいせん 【推薦】	推薦・舉薦・介紹　　　　　　　　　　　　　　名・他サ◎グループ3
	△あなたの推薦があったからこそ、採用されたのです。／ 因為有你的推薦，我才能被錄用。

スイッチ 【switch】	開關；接通電路；（喻）轉換（為另一種事物或方法）　名・他サ◎グループ3
	△ラジオのスイッチを切る。／ 關掉收音機的開關。

すいてい 【推定】	推斷・判定；（法）（無反證之前的）推定・假定　　名・他サ◎グループ3
	△写真に基づいて、年齢を推定しました。／ 根據照片來判斷年齡。

すいみん 【睡眠】	睡眠・休眠・停止活動　　　　　　　　　　　　名・自サ◎グループ3
	△健康のためには、睡眠を8時間以上とることだ。／ 要健康就要睡8個小時以上。

すきずき 【好き好き】	（各人）喜好不同・不同的喜好　　　　　　名・副・自サ◎グループ3
	△メールと電話とどちらを使うかは、好き好きです。／ 喜歡用簡訊或電話，每個人喜好都不同。

スタート 【start】	起動・出發・開端；開始（新事業等）　　　　名・自サ◎グループ3
	△1年のスタートにあたって、今年の計画を述べてください。／ 在這一年之初，請說說你今年度的計畫。

すっきり	舒暢・暢快・輕鬆；流暢・通暢；乾淨整潔・俐落　　副・自サ◎グループ3
	△片付けたら、なんとすっきりしたことか。／ 整理過後，是多麼乾淨清爽呀！

すっと	動作迅速地・飛快・輕快；（心中）輕鬆・痛快・輕鬆 副・自サ◎グループ3
	△言いたいことを全部言って、胸がすっとしました。／ 把想講的話都講出來以後，心裡就爽快多了。
ストップ 【stop】	停止・中止；停止信號；（口令）站住・不得前進・止住；停車站 名・自他サ◎グループ3
	△販売は、減少しているというより、ほとんどストップしています。／ 銷售與其說是減少，倒不如說是幾乎停擺了。
スピーチ 【speech】	（正式場合的）簡短演說・致詞・講話 名・自サ◎グループ3
	△部下の結婚式のスピーチを頼まれた。／ 部屬來請我在他的結婚典禮上致詞。
スライド 【slide】	滑動；幻燈機・放映裝置；（棒球）滑進（壘）；按物價指數調整工資 名・自サ◎グループ3
	△トロンボーンは、スライド式なのが特徴である。／ 伸縮喇叭以伸滑的操作方式為其特色。
せいきゅう 【請求】	請求・要求・索取 名・他サ◎グループ3
	△かかった費用を、会社に請求しようではないか。／ 支出的費用，就跟公司申請吧！
せいげん 【制限】	限制・限度・極限 名・他サ◎グループ3
	△太りすぎたので、食べ物について制限を受けた。／ 因為太胖，所以受到了飲食的控制。
せいさく 【制作】	創作（藝術品等），製作；作品 名・他サ◎グループ3
	△娘をモデルに像を制作する。／ 以女兒為模特兒製作人像。
せいさく 【製作】	（物品等）製造・製作・生產 名・他サ◎グループ3
	△私はデザインしただけで、商品の製作は他の人が担当した。／ 我只是負責設計，至於商品製作部份是其他人負責的。
せいしょ 【清書】	謄寫清楚・抄寫清楚 名・他サ◎グループ3
	△この手紙を清書してください。／ 請重新謄寫這封信。

せいそう 【清掃】	清掃，打掃　　　　　　　　　　　　名・他サ◎グループ3
	△罰に、1週間トイレの清掃をしなさい。／ 罰你掃一個禮拜的廁所，當作處罰。

せいぞう 【製造】	製造，加工　　　　　　　　　　　　名・他サ◎グループ3
	△わが社では、一般向けの製品も製造しています。／ 我們公司，也有製造給一般大眾用的商品。

せいぞん 【生存】	生存　　　　　　　　　　　　　　　名・自サ◎グループ3
	△その環境では、生物は生存し得ない。／ 在那種環境下，生物是無法生存的。

せいちょう 【生長】	（植物、草木等）生長，發育　　　　名・自サ◎グループ3
	△植物が生長する過程には興味深いものがある。／ 植物的成長，確實有耐人尋味的過程。

せいび 【整備】	配備，整備；整理，修配；擴充，加強；組裝；保養　名・自他サ◎グループ3
	△自動車の整備ばかりか、洗車までしてくれた。／ 不但幫我保養汽車，甚至連車子也幫我洗好了。

せいりつ 【成立】	產生，完成，實現；成立，組成；達成　　　名・自サ◎グループ3
	△新しい法律が成立したとか。／ 聽說新的法條出來了。

せっきん 【接近】	接近，靠近；親密，親近，密切　　　名・自サ◎グループ3
	△台風が接近していて、旅行どころではない。／ 颱風來了，哪能去旅行呀！

せっけい 【設計】	（機械、建築、工程的）設計；計畫，規則　　名・他サ◎グループ3
	△この設計だと費用がかかり過ぎる。もう少し抑えられないものか。／ 如果採用這種設計，費用會過高。有沒有辦法把成本降低一些呢？

せっする 【接する】	接觸；連接，靠近；接待，應酬；連結，接上；遇上，碰上 　　　　　　　　　　　　　　　　自他サ◎グループ3
	△お年寄りには、優しく接するものだ。／ 對上了年紀的人，應當要友善對待。

せつぞく 【接続】	連續・連接；（交通工具）連軌・接運	名・自他サ◎グループ3

△コンピューターの接続を間違えたに違いありません。／
一定是電腦的連線出了問題。

せつび 【設備】	設備，裝設，裝設	名・他サ◎グループ3

△古い設備だらけだから、機械を買い替えなければなりません。／
淨是些老舊的設備，所以得買新的機器來替換了。

ぜつめつ 【絶滅】	滅絶，消滅，根除	名・自他サ◎グループ3

△保護しないことには、この動物は絶滅してしまいます。／
如果不加以保護，這動物就會絕種。

ぜんご 【前後】	（空間與時間）前和後，前後；相繼，先後；前因後果	名・自サ・接尾◎グループ3

△要人の車の前後には、パトカーがついている。／
重要人物的座車前後，都有警車跟隨著。

せんこう 【専攻】	專門研究，專修，專門	名・他サ◎グループ3

△彼の専攻はなんだっけ。／
他是專攻什麼來著？

ぜんしん 【前進】	前進	名・他サ◎グループ3

△困難があっても、前進するほかはない。／
即使遇到困難，也只有往前走了。

せんすい 【潜水】	潛水	名・自サ◎グループ3

△潜水して船底を修理する。／
潛到水裡修理船底。

せんたく 【選択】	選擇，挑選	名・他サ◎グループ3

△この中から一つ選択するとすれば、私は赤いのを選びます。／
如果要我從中選一，我會選紅色的。

せんめん 【洗面】	洗臉	名・他サ◎グループ3

△日本の家では、洗面所・トイレ・風呂場がそれぞれ別の部屋
になっている。／
日本的房屋，盥洗室、廁所、浴室分別是不同的房間。

N2
サ変

せつぞく・せんめん

せんれん 【洗練】	精錬，講究　　　　　　　　　　　　　　名・他サ◎グループ3 △あの人の服装は洗練されている。／ 　那個人的衣著很講究。
そうい 【相違】	不同，懸殊，互不相符　　　　　　　　　名・自サ◎グループ3 △両者の相違について説明してください。／ 　請解說兩者的差異。
ぞうか 【増加】	増加，増多，増進　　　　　　　　　　　名・自他サ◎グループ3 △人口は、増加する一方だそうです。／ 　聽說人口不斷地在增加。
ぞうげん 【増減】	増減，増加　　　　　　　　　　　　　　名・自他サ◎グループ3 △最近の在庫の増減を調べてください。／ 　請查一下最近庫存量的增減。
そうさ 【操作】	操作（機器等），駕駛；（設法）安排，（背後）操縱　名・他サ◎グループ3 △パソコンの操作にかけては、誰にも負けない。／ 　就電腦操作這一點，我絕不輸給任何人。
そうさく 【創作】	（文學作品）創作；捏造（謊言）；創新，創造　　　名・他サ◎グループ3 △彼の創作には、驚くべきものがある。／ 　他的創作，有令人嘆為觀止之處。
ぞうさつ 【増刷】	加印，増印　　　　　　　　　　　　　　名・他サ◎グループ3 △本が増刷になった。／ 　書籍加印。
ぞうすい 【増水】	氾濫，漲水　　　　　　　　　　　　　　名・自サ◎グループ3 △川が増水して危ない。／ 　河川暴漲十分危險。
ぞうせん 【造船】	造船　　　　　　　　　　　　　　　　　名・自サ◎グループ3 △造船会社に勤めています。／ 　我在造船公司上班。

そうぞう 【創造】	創造 名・他サ◎グループ3 △芸術の創造には、何か刺激が必要だ。／ 従事藝術的創作，需要有些刺激才行。
そうぞく 【相続】	承繼（財產等） 名・他サ◎グループ3 △相続に関して、兄弟で話し合った。／ 兄弟姊妹一起商量了繼承的相關事宜。
ぞうだい 【増大】	増多，增大 名・自他サ◎グループ3 △県民体育館の建設費用が予定より増大して、議会で問題になっている。／ 縣民體育館的建築費用超出經費預算，目前在議會引發了爭議。
そうち 【装置】	裝置，配備，安裝；舞台裝置 名・他サ◎グループ3 △半導体製造装置を開発した。／ 研發了半導體的配備。
そうとう 【相当】	相當，適合，相稱；相當於，相等於；值得，應該；過得去，相當好；很，頗 名・自サ・形動◎グループ3 △この問題は、学生たちにとって相当難しかったようです。／ 這個問題對學生們來說，似乎是很困難。
そうべつ 【送別】	送行，送別 名・自サ◎グループ3 △田中さんの送別会のとき、悲しくてならなかった。／ 在歡送田中先生的餞別會上，我傷心不已。
ぞくする 【属する】	屬於，歸於，從屬於；隸屬，附屬 自サ◎グループ3 △彼は、演劇部のみならず、美術部にもコーラス部にも属している。／ 他不但是戲劇社，同時也隸屬於美術社和合唱團。
そくてい 【測定】	測定，測量 名・他サ◎グループ3 △身体検査で、体重を測定した。／ 我在健康檢查時，量了體重。
そくりょう 【測量】	測量，測繪 名・他サ◎グループ3 △家を建てるのに先立ち、土地を測量した。／ 在蓋房屋之前，先測量了土地的大小。

そしき 【組織】	組織，組成；構造，構成；（生）組織；系統，體系　　名・他サ◎グループ3 △一つの組織に入る上は、真面目に努力をするべきです。／ 　既然加入組織，就得認真努力才行。
そん 【損】	虧損，賠錢；吃虧，不划算；減少；損失　名・自サ・形動・漢造◎グループ3 △その株を買っても、損はするまい。／ 　即使買那個股票，也不會有什麼損失吧！
そんがい 【損害】	損失，損害，損耗　　　　　　　　　　　　　　名・他サ◎グループ3 △損害を受けたのに、黙っているわけにはいかない。／ 　既然遭受了損害，就不可能這樣悶不吭聲。
そんざい 【存在】	存在，有；人物，存在的事物；存在的理由，存在的意義 　　　　　　　　　　　　　　　　　　　　　名・自サ◎グループ3 △宇宙人は、存在し得ると思いますか。／ 　你認為外星人有存在的可能嗎？
そんしつ 【損失】	損害，損失　　　　　　　　　　　　　　　　　名・自サ◎グループ3 △火災は会社に2千万円の損失をもたらした。／ 　火災造成公司兩千萬元的損失。
ぞんずる・ ぞんじる 【存ずる・存じる】	有，存，生存；在於　　　　　　　　　　　　　自他サ◎グループ3 △その件は存じております。／ 　我知道那件事。
そんぞく 【存続】	繼續存在，永存，長存　　　　　　　　　　　名・自他サ◎グループ3 △存続を図る。／ 　謀求永存。
そんちょう 【尊重】	尊重，重視　　　　　　　　　　　　　　　　　名・他サ◎グループ3 △彼らの意見も、尊重しようじゃないか。／ 　我們也要尊重他們的意見吧！
だい 【題】	題目，標題；問題；題辭　　　　　　　　名・自サ・漢造◎グループ3 △絵の題が決められなくて、「無題」とした。／ 　沒有辦法決定畫作的名稱，於是取名為〈無題〉。

たいざい 【滞在】	旅居，逗留，停留　　　　　　　　　　　　　　　名・自サ◎グループ3
	△日本に長く滞在しただけに、日本語がとてもお上手ですね。／ 不愧是長期居留在日本，日語講得真好。
たいしょう 【対照】	對照，對比　　　　　　　　　　　　　　　　　名・他サ◎グループ3
	△木々の緑と空の青が対照をなして美しい。／ 樹木的青翠和天空的蔚藍相互輝映，美不勝收。
たいする 【対する】	面對，面向；對於，關於；對立，相對，對比；對待，招待 自サ◎グループ3
	△自分の部下に対しては、厳しくなりがちだ。／ 對自己的部下，總是比較嚴格。
たいせん 【大戦】	大戰，大規模戰爭；世界大戰　　　　　　　　　名・自サ◎グループ3
	△伯父は大戦のときに戦死した。／ 伯父在大戰中戰死了。
たいほ 【逮捕】	逮捕，拘捕，捉拿　　　　　　　　　　　　　　名・他サ◎グループ3
	△犯人が逮捕されないかぎり、私たちは安心できない。／ 只要一天沒抓到犯人，我們就無安寧的一天。
だいり 【代理】	代理，代替；代理人，代表　　　　　　　　　　名・他サ◎グループ3
	△社長の代理にしては、頼りない人ですね。／ 以做為社長的代理人來看，這人還真是不可靠啊！
たいりつ 【対立】	對立，對峙　　　　　　　　　　　　　　　　　名・他サ◎グループ3
	△あの二人はよく意見が対立するが、言い分にはそれぞれ理がある。／ 那兩個人的看法經常針鋒相對，但說詞各有一番道理。
たうえ 【田植え】	（農）插秧　　　　　　　　　　　　　　　　　名・他サ◎グループ3
	△農家は、田植えやら草取りやらで、いつも忙しい。／ 農民要種田又要拔草，總是很忙碌。
たっする 【達する】	到達；精通，通過；完成，達成；實現；下達（指示、通知等） 　　　　　　　　　　　　　　　　　　　　他サ・自サ◎グループ3
	△売上げが1億円に達した。／ 營業額高達了一億日圓。

だっせん 【脱線】	（火車、電車等）脱軌，出軌；（言語、行動）脱離常規，偏離本題 名・他サ◎グループ3
	△列車が脱線して、けが人が出た。／ 因火車出軌而有人受傷。
たっぷり	足夠・充份・多；寛綽・綽綽有餘；（接名詞後）充滿（某表情、語氣等） 副・自サ◎グループ3
	△食事をたっぷり食べても、必ず太るというわけではない。／ 吃很多，不代表一定會胖。
だとう 【妥当】	妥當，穩當，妥善 名・形動・自サ◎グループ3
	△予算に応じて、妥当な商品を買います。／ 購買合於預算的商品。
たび 【旅】	旅行，遠行 名・他サ◎グループ3
	△旅が趣味だと言うだけあって、あの人は外国に詳しい。／ 不愧是以旅遊為興趣，那個人對外國真清楚。
ダンス 【dance】	跳舞，交際舞 名・自サ◎グループ3
	△ダンスなんか、習いたくありません。／ 我才不想學什麼舞蹈呢！
だんすい 【断水】	斷水，停水 名・他サ・自サ◎グループ3
	△私の住んでいる地域で、三日間にわたって断水がありました。／ 我住的地區，曾停水長達三天過。
だんてい 【断定】	斷定，判斷 名・他サ◎グループ3
	△その男が犯人だとは、断定しかねます。／ 很難判定那個男人就是兇手。
たんとう 【担当】	擔任，擔當，擔負 名・他サ◎グループ3
	△この件は、来週から私が担当することになっている。／ 這個案子，預定下週起由我來負責。
ちゅうしゃ 【駐車】	停車 名・自サ◎グループ3
	△家の前に駐車するよりほかない。／ 只好把車停在家的前面了。

| ちゅうしょう | 抽象 | 名・他サ◎グループ3 |

【抽象】

△彼は抽象的な話が得意で、哲学科出身だけのことはある。／
他擅長述說抽象的事物，不愧是哲學系的。

| ちゅうたい | 中途退學 | 名・自サ◎グループ3 |

【中退】

△父が亡くなったので、大学を中退して働かざるを得なかった。／
由於家父過世，不得不從大學輟學了。

| ちょうか | 超過 | 名・自サ◎グループ3 |

【超過】

△時間を超過すると、お金を取られる。／
一超過時間，就要罰錢。

| ちょうこく | 雕刻 | 名・他サ◎グループ3 |

【彫刻】

△彼は、絵も描けば、彫刻も作る。／
他既會畫畫，也會雕刻。

| ちょうせい | 調整，調節 | 名・他サ◎グループ3 |

【調整】

△パソコンの調整にかけては、自信があります。／
我對修理電腦這方面相當有自信。

| ちょうせつ | 調節，調整 | 名・他サ◎グループ3 |

【調節】

△時計の電池を換えたついでに、ねじも調節しましょう。／
換了時鐘的電池之後，也順便調一下螺絲吧！

| ちょうだい | （「もらう、食べる」的謙虛說法）領受、得到、吃；（女性、兒童請求別人做事）請 | 名・他サ◎グループ3 |

【頂戴】

△すばらしいプレゼントを頂戴しました。／
我收到了很棒的禮物。

| ちょくつう | 直達（中途不停）；直通 | 名・自サ◎グループ3 |

【直通】

△ホテルから日本へ直通電話がかけられる。／
從飯店可以直撥電話到日本。

| ちょくりゅう | 直流電；（河水）直流，沒有彎曲的河流；嫡系 | 名・自サ◎グループ3 |

【直流】

△いつも同じ方向に同じ大きさの電流が流れるのが直流です。／
都以相同的強度，朝相同方向流的電流，稱為直流。

ちょぞう 【貯蔵】	儲藏	名・他サ◎グループ3
	△地下室に貯蔵する。／ 　儲放在地下室。	

ちょちく 【貯蓄】	儲蓄	名・他サ◎グループ3
	△余ったお金は、貯蓄にまわそう。／ 　剩餘的錢，就存下來吧！	

ついか 【追加】	追加・添付・補上	名・他サ◎グループ3
	△ラーメンに半ライスを追加した。／ 　要了拉麵之後又加點了半碗飯。	

つうか 【通過】	通過，經過；（電車等）駛過；（議案、考試等）通過，過關，合格 名・自サ◎グループ3	
	△特急電車が通過します。／ 　特快車即將過站。	

つうがく 【通学】	上學	名・自サ◎グループ3
	△通学のたびに、この道を通ります。／ 　每次要去上學時，都會走這條路。	

つうこう 【通行】	通行，交通，往來；廣泛使用，一般通用	名・自サ◎グループ3
	△この道は、今日は通行できないことになっています。／ 　這條路今天是無法通行的。	

つうしん 【通信】	通信，通音信；通訊，聯絡；報導消息的稿件，通訊稿 名・自サ◎グループ3	
	△何か通信の方法があるに相違ありません。／ 　一定會有聯絡方法的。	

つうち 【通知】	通知，告知	名・他サ◎グループ3
	△事件が起きたら、通知が来るはずだ。／ 　一旦發生案件，應該馬上就會有通知。	

つうよう 【通用】	通用，通行；兼用，兩用；（在一定期間內）通用，有效；通常使用 名・自サ◎グループ3	
	△プロの世界では、私の力など通用しない。／ 　在專業的領域裡，像我這種能力是派不上用場的。	

つきあい 【付き合い】	交際・交往・打交道；應酬・作陪　　　　　　　　　　名・自サ◎グループ3
	△君こそ、最近付き合いが悪いじゃないか。／ 你最近才是很難打交道呢！

ていか 【低下】	降低、低落；（力量、技術等）下降　　　　　　　　名・自サ◎グループ3
	△生徒の学力が低下している。／ 學生的學力（學習能力）下降。

ていこう 【抵抗】	抵抗・抗拒・反抗；（物理）電阻・阻力；（產生）抗拒心理・不願接受 名・自サ◎グループ3
	△社長に対して抵抗しても、無駄だよ。／ 即使反抗社長，也無濟於事。

ていし 【停止】	禁止・停止；停住・停下；（事物、動作等）停頓 名・他サ・自サ◎グループ3
	△車が停止するかしないかのうちに、彼はドアを開けて飛び出した。／ 車子才剛一停下來，他就打開門衝了出來。

ていしゃ 【停車】	停車・刹車　　　　　　　　　　　　　　　　　名・他サ・自サ◎グループ3
	△急行は、この駅に停車するっけ。／ 快車有停這站嗎？

ていしゅつ 【提出】	提出・交出・提供　　　　　　　　　　　　　　　　名・他サ◎グループ3
	△テストを受けるかわりに、レポートを提出した。／ 以交報告來代替考試。

でいり 【出入り】	出入・進出；（因有買賣關係而）常往來；收支；（數量的）出入；糾紛・爭吵 名・自サ◎グループ3
	△研究会に出入りしているが、正式な会員というわけではない。／ 雖有在研討會走動，但我不是正式的會員。

ていれ 【手入れ】	收拾・修整；檢舉・搜捕　　　　　　　　　　　　　名・他サ◎グループ3
	△靴を長持ちさせるには、よく手入れをすることです。／ 一雙鞋想要穿得長久，就必須仔細保養才行。

てきする 【適する】	（天氣、飲食、水土等）適宜，適合；適當，適宜於（某情況）；具有做某事的資格與能力　　　　　　　　　　　　　　　　自サ◎グループ3
	△自分に適した仕事を見つけたい。／ 我想找適合自己的工作。

てきよう 【適用】	適用，應用　　　　　　　　　　　　　　　名・他サ◎グループ3
	△鍼灸治療に保険は適用されますか。／ 請問保險的給付範圍包括針灸治療嗎？

でこぼこ 【凸凹】	凹凸不平，坑坑窪窪；不平衡，不均勻　　　　名・自サ◎グループ3
	△でこぼこだらけの道を運転した。／ 我開在凹凸不平的道路上。

てんかい 【展開】	開展，打開；展現；進展；（隊形）散開　名・他サ・自サ◎グループ3
	△話は、予測どおりに展開した。／ 事情就如預期一般地發展下去。

でんせん 【伝染】	（病菌的）傳染；（惡習的）傳染，感染　　　名・自サ◎グループ3
	△病気が、国中に伝染するおそれがある。／ 這疾病恐怕會散佈到全國各地。

てんてん 【転々】	轉來轉去，輾轉，不斷移動；滾轉貌，嘰哩咕嚕　　副・自サ◎グループ3
	△今までにいろいろな仕事を転々とした。／ 到現在為止換過許多工作。

とういつ 【統一】	統一，一致，一律　　　　　　　　　　　　名・他サ◎グループ3
	△中国と台湾の関係をめぐっては、大きく分けて統一・独立・現状維持の三つの選択肢がある。／ 關於中國與台灣的關係，大致可分成統一、獨立或維持現狀等三種選項。

とうけい 【統計】	統計　　　　　　　　　　　　　　　　　　名・他サ◎グループ3
	△統計から見ると、子どもの数は急速に減っています。／ 從統計數字來看，兒童人口正快速減少中。

どうさ 【動作】	動作　　　　　　　　　　　　　　　　　　名・自サ◎グループ3
	△私の動作には特徴があると言われます。／ 別人說我的動作很有特色。

とうしょ 【投書】	投書，信訪，匿名投書；（向報紙、雜誌）投稿　名・他サ・自サ◎グループ3 △公共交通機関でのマナーについて、新聞に投書した。／ 在報上投書了關於搭乘公共交通工具時的禮儀。
とうじょう 【登場】	（劇）出場，登台，上場演出；（新的作品、人物、產品）登場，出現 　　　　　　　　　　　　　　　　　　　名・自サ◎グループ3 △主人公が登場するかしないかのうちに、話の結末がわかって しまった。／ 主角才一登場，我就知道這齣戲的結局了。
とうちゃく 【到着】	到達，抵達　　　　　　　　　　　　　　　名・自サ◎グループ3 △スターが到着するかしないかのうちに、ファンが大騒ぎを始 めた。／ 明星才一到場，粉絲們便喧嘩了起來。
とうばん 【当番】	值班（的人）　　　　　　　　　　　　　　名・自サ◎グループ3 △今週は教室の掃除当番だ。／ 這個星期輪到我當打掃教室的值星生。
とうひょう 【投票】	投票　　　　　　　　　　　　　　　　　　名・自サ◎グループ3 △雨が降らないうちに、投票に行きましょう。／ 趁還沒下雨時，快投票去吧！
とうぶん 【等分】	等分，均分；相等的份量　　　　　　　　　名・他サ◎グループ3 △線にそって、等分に切ってください。／ 請沿著線對等剪下來。
どく 【毒】	毒，毒藥；毒害，有害；惡毒，毒辣　　名・自サ・漢造◎グループ3 △お酒を飲みすぎると体に毒ですよ。／ 飲酒過多對身體有害。
とくてい 【特定】	特定；明確指定，特別指定　　　　　　　　名・他サ◎グループ3 △殺人の状況を見ると、犯人を特定するのは難しそうだ。／ 從兇殺的現場來看，要鎖定犯人似乎很困難。
とくばい 【特売】	特賣；（公家機關不經標投）賣給特定的人　名・他サ◎グループ3 △特売が始まると、買い物に行かないではいられない。／ 一旦特賣活動開始，就不禁想去購物一下。

どくりつ 【独立】	孤立，單獨存在；自立，獨立，不受他人援助 　　　　　名・自サ◎グループ3
	△両親から独立した以上は、仕事を探さなければならない。／ 既然離開父母自力更生了，就得要找個工作才行。

とざん 【登山】	登山；到山上寺廟修行 　　　　　　　　　　　　　　　名・自サ◎グループ3
	△おじいちゃんは、元気なうちに登山に行きたいそうです。／ 爺爺說想趁著身體還健康時去爬爬山。

とたん 【途端】	正當…的時候；剛…的時候，一…就… 　　　　　名・他サ・自サ◎グループ3
	△会社に入った途端に、すごく真面目になった。／ 一進公司，就變得很認真。

とっくに	早就，好久以前 　　　　　　　　　　　　　　　　　他サ・自サ◎グループ3
	△鈴木君は、とっくにうちに帰りました。／ 鈴木先生早就回家了。

なかなおり 【仲直り】	和好，言歸於好 　　　　　　　　　　　　　　　　　　名・自サ◎グループ3
	△あなたと仲直りした以上は、もう以前のことは言いません。／ 既然跟你和好了，就不會再去提往事了。

にこにこ	笑嘻嘻，笑容滿面 　　　　　　　　　　　　　　　　　副・自サ◎グループ3
	△嬉しくてにこにこした。／ 高興得笑容滿面。

にっこり	微笑貌，莞爾，嫣然一笑，微微一笑 　　　　　　　　副・自サ◎グループ3
	△彼女がにっこりしさえすれば、男性はみんな優しくなる。／ 只要她嫣然一笑，每個男性都會變得很親切。

にゅうしゃ 【入社】	進公司工作，入社 　　　　　　　　　　　　　　　　　名・自サ◎グループ3
	△出世は、入社してからの努力しだいです。／ 是否能出人頭地，就要看進公司後的努力。

にゅうじょう 【入場】	入場 　　　　　　　　　　　　　　　　　　　　　　　名・自サ◎グループ3
	△入場する人は、一列に並んでください。／ 要進場的人，請排成一排。

ねっする	加熱，變熱，發熱；熱中於，興奮，激動	自サ・他サ◎グループ3
【熱する】	△鉄をよく熱してから加工します。／ 將鐵徹底加熱過後再加工。	

のびのび(と)	生長茂盛；輕鬆愉快	副・自サ◎グループ3
【伸び伸び(と)】	△子供が伸び伸びと育つ。／ 讓小孩在自由開放的環境下成長。	

のろのろ	遲緩，慢吞吞地	副・自サ◎グループ3
	△のろのろやっていると、間に合わないおそれがありますよ。／ 你這樣慢吞吞的話，會趕不上的唷！	

はいけん	（「みる」的自謙語）看，瞻仰	名・他サ◎グループ3
【拝見】	△お手紙拝見しました。／ 拜讀了您的信。	

はいたつ	送，投遞	名・他サ◎グループ3
【配達】	△郵便の配達は1日1回だが、速達はその限りではない。／ 郵件的投遞一天只有一趟，但是限時專送則不在此限。	

ばいばい	買賣，交易	名・他サ◎グループ3
【売買】	△株の売買によって、お金をもうけました。／ 因為股票交易而賺了錢。	

はきはき	活潑伶俐的樣子；乾脆・爽快；（動作）俐落	副・自サ◎グループ3
	△質問にはきはき答える。／ 俐落地回答問題。	

ばくはつ	爆炸，爆發	名・自サ◎グループ3
【爆発】	△長い間の我慢のあげく、とうとう気持ちが爆発してしまった。／ 長久忍下來的怨氣，最後爆發了。	

はさん	破產	名・自サ◎グループ3
【破産】	△うちの会社は借金だらけで、結局破産しました。／ 我們公司欠了一屁股債，最後破產了。	

パス 【pass】	免票，免費；定期票，月票；合格，通過　　　　　名・自サ◎グループ3
	△試験にパスしないことには、資格はもらえない。／ 要是不通過考試，就沒辦法取得資格。

はついく 【発育】	發育，成長　　　　　　　　　　　　　　　　　名・自サ◎グループ3
	△まだ10か月にしては、発育のいいお子さんですね。／ 以十個月大的嬰孩來說，這孩子長得真快呀！

はっき 【発揮】	發揮，施展　　　　　　　　　　　　　　　　　名・他サ◎グループ3
	△今年は、自分の能力を発揮することなく終わってしまった。／ 今年都沒好好發揮實力就結束了。

バック 【back】	後面，背後；背景；後退，倒車；金錢的後備，援助；靠山 　　　　　　　　　　　　　　　　　　　　　名・自サ◎グループ3
	△車をバックさせたところ、塀にぶつかってしまった。／ 倒車，結果撞上了圍牆。

はっこう 【発行】	（圖書、報紙、紙幣等）發行；發放，發售　　　名・自サ◎グループ3
	△初版発行分は1週間で売り切れ、増刷となった。／ 初版印刷量在一星期內就銷售一空，於是再刷了。

はっしゃ 【発車】	發車，開車　　　　　　　　　　　　　　　　　名・自サ◎グループ3
	△定時に発車する。／ 定時發車。

はっしゃ 【発射】	發射（火箭、子彈等）　　　　　　　　　　　　名・他サ◎グループ3
	△ロケットが発射した。／ 火箭發射了。

はっそう 【発想】	構想，主意；表達，表現；（音樂）表現　　　　名・自他サ◎グループ3
	△彼の発想をぬきにしては、この製品は完成しなかった。／ 如果沒有他的構想，就沒有辦法做出這個產品。

ぱっちり	眼大而水汪汪；睜大眼睛　　　　　　　　　　　副・自サ◎グループ3
	△目がぱっちりとしている。／ 眼兒水汪汪。

| はってん | 擴展・發展；活躍・活動 | 名・自サ◎グループ3 |

はってん
【発展】
擴展・發展；活躍・活動　　　　　名・自サ◎グループ3
△驚いたことに、町はたいへん発展していました。／
令人驚訝的是，小鎮蓬勃發展起來了。

はつでん
【発電】
發電　　　　　　　　　　　　　名・他サ◎グループ3
△この国では、風力による発電が行われています。／
這個國家，以風力來發電。

はつばい
【発売】
賣・出售　　　　　　　　　　　名・他サ◎グループ3
△新商品発売の際には、大いに宣伝しましょう。／
銷售新商品時，我們來大力宣傳吧！

はっぴょう
【発表】
發表・宣布・聲明；揭曉　　　　名・他サ◎グループ3
△ゼミで発表するに当たり、十分に準備をした。／
為了即將在研討會上的報告，做了萬全的準備。

はんえい
【反映】
（光）反射；反映　　　　名・自サ・他サ◎グループ3
△この事件は、当時の状況を反映しているに相違ありません。／
這個事件，肯定是反映了當下的情勢。

パンク
【puncture之略】
爆胎；脹破・爆破　　　　　　　名・自サ◎グループ3
△大きな音がしたことから、パンクしたのに気がつきました。／
因為聽到了巨響，所以發現原來是爆胎了。

はんこう
【反抗】
反抗・違抗・反擊　　　　　　　名・自サ◎グループ3
△彼は、親に対して反抗している。／
他反抗父母。

はんだん
【判断】
判斷；推斷・推測；占卜　　　　名・他サ◎グループ3
△上司の判断が間違っていると知りつつ、意見を言わなかった。／
明明知道上司的判斷是錯的，但還是沒講出自己的意見。

はんばい
【販売】
販賣・出售　　　　　　　　　　名・他サ◎グループ3
△商品の販売にかけては、彼の右に出る者はいない。／
在銷售商品上，沒有人可以跟他比。

はんぱつ 【反発】	回彈，排斥；拒絕，不接受；反攻，反抗　　　　　名・他サ・自サ◎グループ3
	△彼は感情的になって反発した。／ 他意氣用事地加以反對。

ひがえり 【日帰り】	當天回來　　　　　　　　　　　　　　　　　　　　名・自サ◎グループ3
	△課長は、日帰りで出張に行ってきたということだ。／ 聽說社長出差一天，當天就回來了。

ひかく 【比較】	比，比較　　　　　　　　　　　　　　　　　　　　名・他サ◎グループ3
	△周囲と比較してみて、自分の実力がわかった。／ 和周遭的人比較過之後，認清了自己的實力在哪裡。

ぴかぴか	雪亮地；閃閃發亮的　　　　　　　　　　　　　　　　副・自サ◎グループ3
	△机はほこりだらけでしたが、拭いたらぴかぴかになりました。／ 桌上滿是灰塵，但擦過後便很雪亮。

ひこう 【飛行】	飛行，航空　　　　　　　　　　　　　　　　　　　名・自サ◎グループ3
	△飛行時間は約5時間です。／ 飛行時間約五個小時。

ひっき 【筆記】	筆記；記筆記　　　　　　　　　　　　　　　　　　名・他サ◎グループ3
	△筆記試験はともかく、実技と面接の点数はよかった。／ 先不說筆試結果如何，術科和面試的成績都很不錯。

びっくり	吃驚，嚇一跳　　　　　　　　　　　　　　　　　　副・自サ◎グループ3
	△田中さんは美人になって、本当にびっくりするくらいでした。／ 田中小姐變成大美人，叫人真是大吃一驚。

ひてい 【否定】	否定，否認　　　　　　　　　　　　　　　　　　　名・他サ◎グループ3
	△方法に問題があったことは、否定しがたい。／ 難以否認方法上出了問題。

ひとやすみ 【一休み】	休息一會兒　　　　　　　　　　　　　　　　　　　名・自サ◎グループ3
	△疲れないうちに、一休みしましょうか。／ 在疲勞之前，先休息一下吧！

ひはん 【批判】	批評，批判，評論　　　　　　　　　　名・他サ◎グループ3 △そんなことを言うと、批判されるおそれがある。／ 　你說那種話，有可能會被批評的。	

ひひょう 【批評】	批評，批論　　　　　　　　　　　　　名・他サ◎グループ3 △先生の批評は、厳しくてしようがない。／ 　老師給的評論，實在有夠嚴厲。	

ひょうか 【評価】	定價，估價；評價　　　　　　　　　　名・他サ◎グループ3 △部長の評価なんて、気にすることはありません。／ 　你用不著去在意部長給的評價。	

ひょうげん 【表現】	表現，表達，表示　　　　　　　　　　名・他サ◎グループ3 △意味は表現できたとしても、雰囲気はうまく表現できません。／ 　就算有辦法將意思表達出來，氣氛還是無法傳達的很好。	

ひるね 【昼寝】	午睡　　　　　　　　　　　　　　　　名・自サ◎グループ3 △公園で昼寝をする。／ 　在公園午睡。	

ひろびろ 【広々】	寬闊的，遼闊的　　　　　　　　　　　副・自サ◎グループ3 △この公園は広々としていて、いつも子どもたちが走り回って 遊んでいます。／ 　這座公園占地寬敞，經常有孩童們到處奔跑玩耍。	

ふくしゃ 【複写】	複印，複制；抄寫，繕寫　　　　　　　名・他サ◎グループ3 △書類は一部しかないので、複写するほかはない。／ 　因為資料只有一份，所以只好拿去影印。	

ぶさた 【無沙汰】	久未通信，久違，久疏問候　　　　　　名・自サ◎グループ3 △ご無沙汰して、申し訳ありません。／ 　久疏問候，真是抱歉。	

ふぞく 【付属】	附屬　　　　　　　　　　　　　　　　名・自サ◎グループ3 △大学の付属中学に入った。／ 　我進了大學附屬的國中部。	

プリント 【print】	印刷（品）；油印（講義）；印花・印染	名・他サ◎グループ3

△説明に先立ち、まずプリントを配ります。／
在說明之前，我先發印的講義。

ふわっと	輕軟蓬鬆貌；輕飄貌	副・自サ◎グループ3

△そのセーター、ふわっとしてあったかそうね。／
那件毛衣毛茸茸的，看起來好暖和喔。

ふわふわ	輕飄飄地；浮躁，不沈著；軟綿綿的	副・自サ◎グループ3

△このシフォンケーキ、ふわっふわ！／
這塊戚風蛋糕好鬆軟呀！

ふんか 【噴火】	噴火	名・自サ◎グループ3

△あの山が噴火したとしても、ここは被害に遭わないだろう。／
就算那座火山噴火，這裡也不會遭殃吧。

ぶんかい 【分解】	拆開，拆卸；（化）分解；解剖；分析（事物）	名・他サ・自サ◎グループ3

△時計を分解したところ、元に戻らなくなってしまいました。／
分解了時鐘，結果沒辦法裝回去。

ぶんせき 【分析】	（化）分解・化驗；分析，解剖	名・他サ◎グループ3

△失業率のデータを分析して、今後の動向を予測してくれ。／
你去分析失業率的資料，預測今後的動向。

ぶんたん 【分担】	分擔	名・他サ◎グループ3

△役割を分担する。／
分擔任務。

ぶんぷ 【分布】	分布，散布	名・自サ◎グループ3

△この風習は、東京を中心に関東全体に分布しています。／
這種習慣，以東京為中心，散佈在關東各地。

ぶんるい 【分類】	分類，分門別類	名・他サ◎グループ3

△図書館の本は、きちんと分類されている。／
圖書館的藏書經過詳細的分類。

へいかい 【閉会】	閉幕，會議結束　　　　　　　　　　　名・自サ・他サ◎グループ3
	△もうシンポジウムは閉会したということです。／ 聽說座談會已經結束了。

へいこう 【平行】	（數）平行；並行　　　　　　　　　　　　名・自サ◎グループ3
	△この道は、大通りに平行に走っている。／ 這條路和主幹道是平行的。

へいてん 【閉店】	（商店）關門；倒閉　　　　　　　　　　　名・自サ◎グループ3
	△あの店は7時閉店だ。／ 那間店七點打烊。

ペラペラ	說話流利貌（特指外語）；單薄不結實貌；連續翻紙頁貌 　　　　　　　　　　　　　　　　　　　　副・自サ◎グループ3
	△英語がペラペラだ。／ 英語流利。

へんしゅう 【編集】	編集；（電腦）編輯　　　　　　　　　　　名・他サ◎グループ3
	△今ちょうど、新しい本を編集している最中です。／ 現在正好在編輯新書。

ぼうけん 【冒険】	冒險　　　　　　　　　　　　　　　　　名・自サ◎グループ3
	△冒険小説が好きです。／ 我喜歡冒險的小說。

ぼうし 【防止】	防止　　　　　　　　　　　　　　　　　名・他サ◎グループ3
	△水漏れを防止できるばかりか、機械も長持ちします。／ 不僅能防漏水，機器也耐久。

ほうそう 【包装】	包裝，包捆　　　　　　　　　　　　　　名・他サ◎グループ3
	△きれいな紙で包装した。／ 我用漂亮的包裝紙包裝。

ほうそう 【放送】	廣播；（用擴音器）傳播，散佈（小道消息、流言蜚語等） 　　　　　　　　　　　　　　　　　　　　名・他サ◎グループ3
	△放送の最中ですから、静かにしてください。／ 現在是廣播中，請安靜。

ほうもん 【訪問】	訪問，拜訪　　　　　　　　　　　　　　　　名・他サ◎グループ3
	△彼の家を訪問するにつけ、昔のことを思い出す。／ 毎次去拜訪他家，就會想起以往的種種。

ほかく 【捕獲】	（文）捕獲　　　　　　　　　　　　　　　　名・他サ◎グループ3
	△鹿を捕獲する。／ 捕獲鹿。

ぼしゅう 【募集】	募集，徵募　　　　　　　　　　　　　　　　名・他サ◎グループ3
	△工場において、工員を募集しています。／ 工廠在招募員工。

ほしょう 【保証】	保証，擔保　　　　　　　　　　　　　　　　名・他サ◎グループ3
	△保証期間が切れないうちに、修理しましょう。／ 在保固期間還沒到期前，快拿去修理吧。

ほそう 【舗装】	（用柏油等）鋪路　　　　　　　　　　　　　名・他サ◎グループ3
	△ここから先の道は、舗装していません。／ 從這裡開始，路面沒有鋪上柏油。

ほっそり	纖細，苗條　　　　　　　　　　　　　　　　副・自サ◎グループ3
	△体つきがほっそりしている。／ 身材苗條。

ぽっちゃり	豐滿，胖　　　　　　　　　　　　　　　　　副・自サ◎グループ3
	△ぽっちゃりしてかわいい。／ 胖嘟嘟的很可愛。

ぼんやり	模糊，不清楚；迷糊，傻愣愣；心不在焉；笨蛋，呆子 　　　　　　　　　　　　　　　　　　　名・副・自サ◎グループ3
	△仕事中にぼんやりしていたあげく、ミスを連発してしまった。／ 工作時心不在焉，結果犯錯連連了。

まごまご	不知如何是好，惶張失措，手忙腳亂；閒蕩，遊蕩，懶散 　　　　　　　　　　　　　　　　　　　　名・自サ◎グループ3
	△渋谷に行くたびに、道がわからなくてまごまごしてしまう。／ 每次去澀谷，都會迷路而不知如何是好。

まさつ 【摩擦】	摩擦；不和睦，意見紛歧，不合　　　　　　名・自他サ◎グループ3

△気をつけないと、相手国との間で経済摩擦になりかねない。／
如果不多注意，難講不會和對方國家，產生經濟摩擦。

まね 【真似】	模仿，裝，仿效；（愚蠢糊塗的）舉止，動作　　名・他サ・自サ◎グループ3

△彼の真似など、とてもできません。／
我實在無法模仿他。

みかた 【味方】	我方，自己的這一方；夥伴　　　　　　　　　名・自サ◎グループ3

△彼を味方に引き込むことができれば、断然こちらが有利になる。／
只要能將他拉進我們的陣營，絕對相當有利。

むし 【無視】	忽視，無視，不顧　　　　　　　　　　　　　名・他サ◎グループ3

△彼が私を無視するわけがない。／
他不可能會不理我的。

むじゅん 【矛盾】	矛盾　　　　　　　　　　　　　　　　　　　名・自サ◎グループ3

△話に矛盾するところがあるから、彼は嘘をついているに相違ない。／
從話中的矛盾之處，就可以知道他肯定在說謊。

メモ 【memo】	筆記；備忘錄，便條；紀錄　　　　　　　　　名・他サ◎グループ3

△講演を聞きながらメモを取った。／
一面聽演講一面抄了筆記。

めんぜい 【免税】	免税　　　　　　　　　　　　　　　　名・他サ・自サ◎グループ3

△免税店で買い物をしました。／
我在免税店裡買了東西。

もうしわけ 【申し訳】	申辯，辯解；道歉；敷衍塞責，有名無實　　　名・他サ◎グループ3

△先祖伝来のこの店を私の代でつぶしてしまっては、ご先祖様に申し訳が立たない。／
祖先傳承下來的這家店在我這一代的手上毀了，實在沒有臉去見列祖列宗。

もんどう 【問答】	問答；商量，交談，爭論　　　　　　　　　　　名・自サ◎グループ3 △教授との問答に基づいて、新聞記事を書いた。／ 根據我和教授間的爭論，寫了篇報導。
やく 【訳】	譯，翻譯；漢字的訓讀　　　　　　　　名・他サ・漢造◎グループ3 △その本は、日本語訳で読みました。／ 那本書我是看日文翻譯版的。
やけど 【火傷】	燙傷，燒傷；（轉）遭殃，吃虧　　　　　　　　　名・自サ◎グループ3 △熱湯で手にやけどをした。／ 熱水燙傷了手。
ゆうしょう 【優勝】	優勝，取得冠軍　　　　　　　　　　　　　　　　名・自サ◎グループ3 △しっかり練習しないかぎり、優勝はできません。／ 要是沒紮實地做練習，就沒辦法得冠軍。
ゆけつ 【輸血】	（醫）輸血　　　　　　　　　　　　　　　　　　名・自サ◎グループ3 △輸血をしてもらった。／ 幫我輸血。
ゆそう 【輸送】	輸送，傳送　　　　　　　　　　　　　　　　　　名・他サ◎グループ3 △自動車の輸送にかけては、うちは一流です。／ 在搬運汽車這方面，本公司可是一流的。
ゆだん 【油断】	缺乏警惕，疏忽大意　　　　　　　　　　　　　　名・自サ◎グループ3 △仕事がうまくいっているときは、誰でも油断しがちです。／ 當工作進行順利時，任誰都容易大意。
ゆっくり	慢慢地，不著急的，從容地；安適的，舒適的；充分的，充裕的 　　　　　　　　　　　　　　　　　　　　　　副・自サ◎グループ3 △ゆっくり考えた末に、結論を出しました。／ 經過仔細思考後，有了結論。
ゆったり	寬敞舒適　　　　　　　　　　　　　　　　　　　副・自サ◎グループ3 △ゆったりした服を着て電車に乗ったら、妊婦さんに間違われた。／ 只不過穿著寬鬆的衣服搭電車，結果被誤會是孕婦了。

ようきゅう 【要求】	要求，需求	名・他サ◎グループ3
	△社員の要求を受け入れざるを得ない。／ 不得不接受員工的要求。	
ようじん 【用心】	注意，留神，警惕，小心	名・自サ◎グループ3
	△治安がいいか悪いかにかかわらず、泥棒には用心しなさい。／ 無論治安是好是壞，請注意小偷。	
ようやく 【要約】	摘要，歸納	名・他サ◎グループ3
	△論文を要約する。／ 做論文摘要。	
よき 【予期】	預期，預料，料想	名・自サ◎グループ3
	△予期した以上の成果。／ 達到預期的成果。	
よそく 【予測】	預測，預料	名・他サ◎グループ3
	△来年の景気は予測しがたい。／ 很難去預測明年的景氣。	
よほう 【予報】	預報	名・他サ◎グループ3
	△天気予報によると、明日は曇りがちだそうです。／ 根據氣象報告，明天好像是多雲的天氣。	
らいにち 【来日】	（外國人）來日本，到日本來	名・自サ◎グループ3
	△トム・ハンクスは来日したことがありましたっけ。／ 湯姆漢克有來過日本來著？	
らくらい 【落雷】	打雷，雷擊	名・自サ◎グループ3
	△落雷で火事になる。／ 打雷引起火災。	
リード 【lead】	領導，帶領；（比賽）領先，贏；（新聞報導文章的）內容提要	名・自他サ◎グループ3
	△5点リードしているからといって、油断しちゃだめだよ。／ 不能因為領先五分，就大意唷。	

N2
サ変
ようきゅう・リード

りょうしゅう	收到	名・他サ◎グループ3
【領収】	△会社向けに、領収書を発行する。／ 發行公司用的收據。	

れいとう	冷凍	名・他サ◎グループ3
【冷凍】	△今日のお昼は、冷凍しておいたカレーを解凍して食べた。／ 今天吃的午餐是把冷凍咖哩拿出來加熱。	

れんごう	聯合・團結；（心）聯想	名・他サ・自サ◎グループ3
【連合】	△いくつかの会社で連合して対策を練った。／ 幾家公司聯合起來一起想了對策。	

れんそう	聯想	名・他サ◎グループ3
【連想】	△チューリップを見るにつけ、オランダを連想します。／ 每當看到鬱金香，就會聯想到荷蘭。	

ろうどう	勞動，體力勞動，工作；（經）勞動力	名・自サ◎グループ3
【労働】	△家事だって労働なのに、夫は食べさせてやってるっていばる。／ 家務事實上也是一種勞動工作，可是丈夫卻大模大樣地擺出一副全是由他供我吃住似的態度。	

ろんそう	爭論・爭辯・論戰	名・自サ◎グループ3
【論争】	△女性の地位についての論争は、激しくなる一方です。／ 針對女性地位的爭論，是越來越激烈。	

わりびき	（價錢）打折扣・減價；（對說話內容）打折；票據兌現	名・他サ◎グループ3
【割引】	△割引をするのは、三日きりです。／ 折扣只有三天而已。	

Memo

日本語動詞活用辭典
N2 單字辭典 [25K]
【山田社日語 32】

▌發行人／**林德勝**

▌著者／**吉松由美、田中陽子**

▌出版發行／**山田社文化事業有限公司**
　　地址　臺北市大安區安和路一段112巷17號7樓
　　電話　02-2755-7622　02-2755-7628
　　傳真　02-2700-1887

▌郵政劃撥／**19867160號　大原文化事業有限公司**

▌總經銷／**聯合發行股份有限公司**
　　地址　新北市新店區寶橋路235巷6弄6號2樓
　　電話　02-2917-8022
　　傳真　02-2915-6275

▌印刷／**上鎰數位科技印刷有限公司**

▌法律顧問／**林長振法律事務所　林長振律師**

▌書／**定價　新台幣 379 元**

▌初版／**2018年 04 月**

© ISBN：978-986-246-491-5
2018, Shan Tian She Culture Co., Ltd.